U0691673

跨度小说文库

Kuadu Fiction Series

跨度小说文库
Kuadu Fiction Series

大地之上

魏灵芝　著

中国文史出版社

目 录

第一章　位寺村

这熊熊大火势必要将这把古老的芦苇藤椅，以及这久远的老屋一起燃烧为灰烬！有关位寺村的那个时代，终将从世人记忆中根除，并且再也不会有机会在人们眼中重现。苏以莞躺在这把破落的藤椅里，试图写完这部《古诗词新解》，写完生命记忆的最后章节。但此时她已被滚滚浓烟熏烤得呼吸急促，手指僵硬得已握不住笔杆……她用尽全力将尚未完成的书稿，扔到斑驳、沧桑、布满苔藓的院子里。之后，身体就再也动不了了。那把芦苇藤椅，承载着她最后的追忆、想象，以及散落于这盛大的永远无法重来的时空，永远无法重来的一切……

皖北泉河县是古老的沈子国，历史文化悠久。多年以来，泉河县是全国人口最多的一个县，也是全国最为贫穷、落后的一个县。贫穷落后到什么地步呢？就是当时很多周边地区的百姓都知道，只要是遇到背着鱼鳞袋子要饭的人，问上一句："你是哪里来的啊？"端着破碗要饭的那个人一定会说："俺是泉河哩。"是的，泉河顶着穷帽子的年头已经不短了。

在泉河县的关庙镇，有着大大小小几百个村庄，这样的人口大镇在全县只有一个。这个镇子原来叫鲷城区，它处于安徽与河南交界，在明清时期由丁关帝庙前来朝拜的民众络绎不绝，在这一带逐渐形成集镇，贸易繁荣，商贾云集。镇子境内有关帝庙、位寺、清凉寺等古迹遗址，文化底蕴丰厚。要论起关庙镇的位寺村，过去它可是有名的富庶村。村民都是清朝乾隆年间从外地迁徙过来的，位置是阴阳先生根据风水之说用罗盘定下来的。这里四周土地肥沃，是个年年都有好收成的地方。这里的河流清澈见底，河床边长满生生不息的芦苇坡。河里有缤纷五色的草鹭、小猪一般肥硕的鲇鱼、青花或者枣花的爬行起来带风的大蛇，还有不知道活了多少年的大乌龟。这里弥漫着新鲜初开的气息，仿佛这里是刚刚被创造出来一样。这里的大人、孩子对这里的哪一棵树能够结果子，哪一条河里可以摸出泥鳅来都熟稔于心。

位寺村有个自己的集，叫位寺集，这个集名来源于民国之前老辈们自发修建的一个寺庙，叫天王庙。庙里敬着三尊佛像，位居正中间的是天王塑像。到了国共打仗的年月，天王庙遭到土匪头子的破坏，三尊大佛像也被砸烂。当时土匪头子命令村里的一个独眼龙掂着斧头砸佛像。等到第二天，这个独眼龙鼻子上长了一个大疮，不几天就烂死了，这事老辈人都知道，都说是天王显灵了。这个土匪平日里欺男霸女，无恶不作，当地老百姓早就恨透了他。在一次他攻打寨门的时候，不到半小时的工夫，寨门就打开了。这个土匪其实是中了村长（那时候叫甲长）的计策。寨门打开后，土匪还没有入村就被提前准备好的几个大渔网牢牢兜住，土匪拼命挣扎，根本无济于事。就在那天晚上，村长要把五花大绑的土匪枪毙掉，位寺村的男女老少就像开大会一样，都搬着凳子坐在西寨门的大路上。土匪的面前，架着一堆熊熊燃烧的柴火锅，不时地有妇女在锅底下续柴火。枪毙土匪以后，老百姓都很高兴，村长干脆就直接划开了土匪的肚子，把他的心脏挖了出来，然后拿着这颗心脏让周围的老百姓全部看看，边看边喊道："父老乡亲们，今儿个这作恶多端的土匪终于被除掉了，咱们一起来看看他的心究竟长得是啥样子，咋会这么没有良心。"村民们都鼓掌说："好！"土匪的心脏被切成黄豆大小，在柴火锅里煮了半小时。村长让在场的村民都尝一尝这土匪的心脏，但是却没有一个人愿意吃。最后，村民把这个土匪的身体和心脏，一起扔到西南窑的乱死岗里了。

话说，在苏以莞出生的第二个年头，母亲不知道遭遇到什么样的打击，忽然间神志不清了。在她两岁多的时候，疯疯癫癫的母亲又生下了一个男孩。她的父亲苏小满心中大喜，给这孩子取名苏如意。全家人除疯子娘之外都毫不掩饰对男孩的喜爱，表现最明显的要数她的父亲了。那时候，谁家只要生了儿子，他就会兴致勃勃地说："添人了！""添个中用哩！"若是谁家生了闺女，他会面无颜色地说"添个酒坛"——就是闺女长大出嫁后，会给父亲拿酒喝。他说闺女不算家里的一口人，只能算一门走动的亲戚。当然，村里谁家娶媳妇了，他也会说"添个人"，就是一个闺女当了别人家的媳妇，才算人。每逢过小年祭灶的时候，他总是在放置碗筷的上方，毕恭毕敬地贴上灶神画像，然后再毕恭毕敬地点上香，嘴里咕噜咕噜地说着："……您老多说好话，赖话少言，保佑家里一顺百顺，人丁兴旺……"其实，村子里很多老人都有这样根深蒂固的封建思想，由来已久。

苏以莞大约六七岁的时候，隐约听见爷爷和奶奶的一些谈话，似是而非地听到一些关于母亲忽然疯癫的原因，但具体是什么原因，她就不得而知了。因为他们在谈论这个话题的时候声音非常低弱，就像是盛夏夜晚吹进院子里的微风，似有若无。

那时候苏以莞还不懂什么是"换亲"，就经常听奶奶趁着家里没人的时候，给她念叨着："以莞啊，以后你啥都得让着弟弟，弟弟是咱们家唯一的根啊。"她就会好奇地反问："奶奶，弟弟是根，那我是啥？"奶奶就会瞪她一眼说："你是人家的人，将来是要泼出去的水。"接着继续教育道："以后你弟弟万一娶不到女人，你就得换亲，那也算家里没有白白养活你。"她一头雾水地问："奶奶，啥是换亲？"奶奶的面容立即就会变得非常慈祥起来，极尽温柔地摸着她的头说："换亲，就是你嫁给另一个家的儿子，另一个家就会把女儿嫁给你弟弟。就是给你找一个婆家。让你给你弟弟换一个女人，来咱家过日子。"她一听，立即噘嘴道："我才不要找婆家，我也不要换亲，我要一辈子住在这个家里。""不找婆家，你可不能分你弟弟的这块宅子，这可是没有你的份儿。你还想让俺家把你养成一个老闺女哩。"

"你又开始说这样的话，切烦人。"苏以莞不喜欢奶奶总说这些听不明白又很反感的话。"切烦人，你现在都开始烦我了？是啊，我老了啊。老猫尿屋檐，一辈一辈往下传，等你老了，你的孩子们一样会烦你。不相信？你就等着看吧！鲜花能开几朵红啊？想当年俺年轻的时候，也是水灵灵的可漂亮……"奶奶挤着眼，自个儿笑得满脸皱皮又把说了无数遍的那些话，再拿出来说了一遍。她知道奶奶又开始胡搅蛮缠，不讲道理了，便无力再和她抗争，不再吭声。

有好几次，家里的亲戚挎着竹篮子来看爷爷奶奶。她知道那盖着破旧毛巾的篮子里一定会有饼干或者冰糖之类好吃的东西。那次，好不容易等到亲戚走后，她央求奶奶想吃几块冰糖："奶奶，我可想吃了。"奶奶一听就厉声道："没你的份儿！这都是留给你弟弟如意的，他去你姥姥家走亲戚快回来了，等着他回来再吃。"她可怜兮兮地说："只给我一块，就一块。""不占！这不是给你拿的，这包只能让你弟弟吃。"奶奶啪地关上了那扇黑色的西屋门，她是那么坚决，严肃。

被奶奶如此坚决地排斥，她感觉很委屈，虽然她还不懂得什么是自尊心，但是的的确确在那个时候，她确信自尊心已受到了伤害。孩子爱吃的天性总是难以控制，她趁着奶奶吃饭的工夫，悄悄推开了那扇黑色的小屋门。她一眼就瞧见那"包"就在奶奶床头上方的一颗钉子上挂着，因为慌乱她没有脱鞋子直接爬到床上，伸手把那"包"取下来。她小心翼翼地解开那外面的塑料袋，看到里面裹了一层旧的方巾，再打开方巾才露出来一包大小块不一的晶莹剔透的冰糖。她拿着一块刚塞到嘴里，奶奶就踮着小脚嗷嗷叫着冲过来了："死妮子，你咋正肯吃！穿着鞋跑到俺床上偷吃冰糖了……"

这时候父亲闻讯也过来了，一把将她从床上拉下来，脱下一只布鞋照着她的屁股打起来："让你肯吃嘴儿，让你肯吃嘴儿。这小闺女儿，我不打你不占！"奶奶这时候又慌忙过来把父亲拉开，但是她丝毫都不感激奶奶。她一直嘤嘤哭泣，那一晚，她是在断断续续的哭泣中睡去的，她还隐约记得父亲烦躁的声音："这闺女生就的犟筋头！"

疯子娘在刚刚生下苏如意半天的工夫，就疯疯癫癫跑出了镇子，当家里将她找回来的时候，奶水已经回了。看着嗷嗷待哺的孩子，

4

全家人都很着急。好在村里正在哺乳的妇女也有几个。因此，苏如意生下来就没有吃过母亲的一口奶水，全靠着村里那些正在哺乳的妇女好心肠，宁愿自己孩子少吃点儿也要把奶水留给苏如意吃几口，村里的人都知道苏如意是一个吃"百家饭"长大的孩子，没有村里好心妇女们接济的奶水，就没有后来的苏如意。

那是一个炎热的伏里天，天气闷热得连一丝风都透不过来，树上的叶子、田里的庄稼叶子都软软地耷拉着，就像犯了错的孩子。疯子娘生下苏如意后，俨然成了丈夫和公婆眼中的大功臣，因为生的是儿子。她那天得到的最好待遇就是喝了一碗红糖搅拌的好面稀饭，之后又是婆婆做的杂面馍蘸着盐水吃。那天她趁家里人不注意又疯跑出镇子，当婆婆看见儿媳妇又不见了，床上的婴儿哭得哇哇大叫，就着急地嚷嚷道："哎呀，这疯婆娘又跑哪儿去了，这大坐月子的跑出去会落病根啊。自己身上掉下来的肉都不知道心疼，这可怜的娃蛋啊……"

一群人坐在寨门口的树底下凉快，说闲话。男男女女散落地坐着，屁股底下有的垫着一只鞋子，有的直接坐在发白的土地上。几个正在喂奶的妇女，掀起打着补丁的褂子露出白花花的奶子，熟练地将乳头塞到怀中婴儿的嘴里。那些正在吃奶的孩子，有的几个月，有的一两岁，还有的三四岁了也蹲下来不嫌羞地猛吸着母亲甘甜的乳汁——大点儿的孩子还没有断奶，往往是最后一个孩子（在当地叫老末），而且是一个娃蛋（男孩子）。通常这个娃蛋老末就是家里最娇宠的孩子，所以当娘的会格外心疼，不舍得断奶，那奶水也怪，小孩天天吸着，它就不断地分泌。甚至哪个村上都有几个小孩已经上小学了，还放学回来就像羊羔跪乳似的跪在地上吸吮母亲不再饱满的乳房。

正当人们散坐在地上喂奶、说笑话之际，一个愁容满面的男人双手小心翼翼地抱着一个用旧衣服粗略包裹的婴儿，迟疑地向人群这边走来。他细长条，大个子。头发有些凌乱，瘦削的面颊上镶嵌着一双忧苦的眼睛。人们都识得他——苏小满，他是疯子的丈夫。这村上祖祖辈辈谁家的大事小事，村上的人们都像熟知自己的家人一样熟悉。

"都吃了吗？"苏小满勉强挤出一丝笑意，向人群里的人们打着招呼。是的，在当地无论什么时候大家见了面都会先说这一句："吃了吗？"就相当于城里人说的"你好"。吃了吗，这个看似简单的招呼语，却是承载着祖祖辈辈的生活印记流传下来的一种文化。因为穷，因为吃不饱饭，长久以来，就形成了这么一个至今仍然延续在用的招呼语——你吃了吗？一般的乡邻关系，对方一般会回答说："吃了，您吃了没有？"然后各自就可以走开了。如果关系比较好一点儿，亲密一点儿的，当说了这句"你吃了吗"之后，还会再加上一句"上屋里坐会儿"。对方要是没事就会去屋里坐一起说说话。

几个人都接着苏小满的话，热情地回道："吃了，吃了。"这时候，他怀里的婴儿哇哇地张着粉色的小嘴大哭起来。他嗫嚅着，酝酿好久的话却不知道怎么说出口，他抱着婴儿过来就是想给孩子找奶吃。几个妇女饶有经验地说，这孩子是饿了。苏小满赶紧点头似小鸡啄米："嗯嗯，如意是饿了，饿了。"正在喂奶的大花嫂子说："把如意给俺，俺先给喂喂。"说着就把自己两岁多的儿子春生推到一边，一把接过小如意就开始喂奶，如意大口大口地吸吮着奶水，一点儿也不哭了。春生看见母亲抱着如意吃奶，在一旁撒泼大哭，他可能觉得自己的母爱被分走了，潜意识里生出一种危机感。苏小满歉意中手足无措，忙说："来，春生，让俺抱抱。"春生不肯，继续扯着嗓子哭。大花嫂子说："别管他，哭一会儿就好了。"

眼看着大花嫂子的两只奶都吃过了，一拿掉乳头，如意还是哭。另外几个正在喂奶的妇女说："这孩子还是没有吃饱，吃饱了不会哭。"紧接着，如意又吃了一个妇女慷慨解怀的奶水。小如意就是这样吃着村里一些妇女的奶水，一天天地长大的。

那时候位寺村的村支书叫杨万山，要是按着村里生搬硬套排的辈分，苏以莞该喊他一声大伯。但她生性孤僻不爱说话，好像从来没有这样喊过他。杨万山家有两个女儿与两个儿子。两个女儿分别取名杨晓燕、杨晓曼，双胞胎儿子叫杨阳、杨星。那时候计划生育把控得非常严格，普通人家就算是躲躲藏藏的也就只能生两个孩子，一般的家庭生第二胎都要被罚款，还有的被扒掉房屋，至于第三胎就别想了，杨万山家有四个孩子却似乎是顺理成章的事儿。村里人谁都知道杨万山是个有头有脸的人，他的叔叔在省城身居要职，四邻八村的无人不晓。杨万山此人平日待人较为霸道、刻薄，村里有人场的地方只要他一出现，立即就会像老鼠见了猫一样迅速地散去，很快就会各回各家，大有"惹不起，躲得起"之意。村里没有人愿意和他唠家常，都是见面与他客气地打个招呼就走开了。

那个时候的人都穷啊，泥巴麦秸堆垒成的几间房子，一家六七口人住得热热乎乎，烟火气十足。家境稍微好一点儿的人家，会加一道青砖盖成新样式的房子。每家每户日夜都敞开着大门，谁家东西也没有少过一点儿。邻里之间谁家哪天改善了伙食，都会多做一些饭，挨家挨户地端着送去一碗，尝尝味儿。天气炎热的时候，人们就拿着蒲扇坐在成蓬的树荫下面乘凉，拉家常。每天那些被人们反复回忆、咀嚼过了多少遍的话题，都会在接下来的一顿饭时，被大家围坐在泥巴生成的土地上再一次拿来说笑、逗闹，就像第一次来说这件事一样认真而有趣。没有庄稼活儿的时候，人们会一不小心就把中午饭吃到了该做晚饭的时候，然后站起身来下意识地拍拍屁股上的尘土，拿着空饭碗往自己家门口走去，大家谁都不会像现代人这样客套地说一声"再见"，但是等村庄上的烟筒里炊烟袅袅升起的时候，大人和孩子们都知道只需要一小会儿的工夫，大家又要端着饭碗坐在明净的月光下吃饭唠嗑了。

那时候，无论谁家的孩子，大的小的都会在人们围坐的地方嬉笑着，玩闹着。那氛围永远充满了纯净和欢乐。

苏以莞与杨晓燕同岁，她们两家离得不远，中间仅隔着一条胡同。谁家大人喊孩子吃饭，只要扯着嗓子喊几声，不一会儿小孩就跑回家吃饭了。读小学的时候，杨晓燕总是喊着她一起去家里玩。杨晓燕家里会有一些她平时见都没有见过的好吃的，譬如她的房间里会堆放着几大麻袋的蜜枣，几大袋子熟花生、瓜子。杨晓燕每次邀请她去家里玩，都会给她抓几把蜜枣或者瓜子吃。对于一个几岁的小孩子，吃，就是最大的满足和快乐。那时候，她并不知道这些所谓的好吃的，都是政府救济给当地老百姓的吃食，而杨万山明目张胆地把这些救济粮给独吞了。这也是不久后政府救济给当地百姓衣服，每家排着队抓阄领衣服的时候，人们才知道每年救济的不只是衣裳，还有吃食。

有时候，苏以莞和杨晓燕从午饭后玩到天黑，被父亲喊着回家。杨晓燕就噘着小嘴说："以莞，你不能回家，你晚上要陪我一块儿睡觉。"苏以莞很是为难，因为父亲不允许她晚上住在别人家。看她不答应，杨晓燕就扬起小脸，颐指气使地说："你晚上要是不陪我睡觉的话，就必须把你吃过的蜜枣和花生、瓜子，统统还给我。"

苏以莞一听她这样说，就着急了。都已经吃过了，拿什么还她呢？正在这时候，苏小满扯着嗓子过来了，一脸的怒气："以莞，我喊你几遍了，没有听见吗？这么晚了还不知道回家！"她偷眼看了一下杨晓燕，见她正挤着眉毛给自己使眼色。她红着脸，小声地央求父亲："爸，我晚上能住在晓燕家吗？"

"你说啥？一个女孩家不懂规矩，赶紧给我回家去！"苏小满气得火冒三丈，一把将她拉走了。

刚到院子里，苏小满就指着她的头，大声吼着："这妮子，你越来越不像话了，天天玩得不进家，还想晚上住人家那里。你疯子娘到现在还没有回来，你不该去找找吗？这日子咋过，没有一个听话的……"院子里几只下蛋的母鸡和一只打鸣的公鸡，吓得扑棱棱往一处躲去。奶奶在一边劝说着他："她还小，才几岁，你发正大的火干啥……"

苏以莞本来勾着头抿着嘴，不敢哭出声。一听见奶奶劝说，哇地大哭了起来。这一哭，彻底激怒了父亲，他干脆从门后抄起一个笤帚，朝着她身上、头上胡乱打去。边打边骂："你还哭，你有啥哭的，有啥委屈的！你爹为了这个家容易吗……"

此时疯子娘回来了，咿咿呀呀地用脏兮兮的手臂搂着她。她闻到疯子娘身上熟悉的泥巴味道，这种味道让她获得一种不明确的安全感。直到多年以后，她还常常能够在那种泥巴味道里，嗅到来自久远时空的亲切或者悲伤。

父亲好像太累了，他扔掉笤帚蹲在地上，用双手捂住脸颊呜呜地哭起来。那时候，苏以莞并不知道父亲究竟承担了怎样的压力与艰难，她只知道看见他哭，她的心就像被什么撕扯了一样特别疼，那是她第一次没有因为挨打而怨恨父亲。多年以后，她常常在这种追忆中心生孤独，她无比热切地怀念那笤帚打在身上的疼痛，怀念那片土地终日飘扬的清新的泥巴味道。

　　父亲常常在吃饭时给苏以莞讲一些大道理，说什么女孩子就该有个女孩子的样，要规规矩矩，不能整天咧着嘴大笑之类的话。大约是父亲的这些话起了作用的缘故，她开始认定"嘻嘻哈哈"就是一种不懂规矩的表现，不知从何时起，她渐渐变得不爱笑，也不怎么合群。她有着不属于那个年龄的孤独、忧郁，甚至悲凉，这是一个几岁孩子不该有的性情。

　　从那个时候起，杨晓燕只要一看到她，就会像讨债似的逼迫她，归还她的蜜枣和花生、瓜子。杨晓燕总是一副很厉害的口气，用小手指着她问："苏以莞，你啥时候还我的蜜枣和花生、瓜子？"而她总会感觉亏欠了她很多，下意识地就会躲躲藏藏。

　　有一次，苏以莞从集上回来，一眼看见杨晓燕和几个小朋友正在小桥边玩游戏。她吓得转身就跑，杨晓燕就在后面大笑着追喊："哈哈，苏以莞，你娘是个疯子，你是不是也快疯了啊……"她随后听到小伙伴们一阵哄然大笑，那笑声就像无数个荆棘戳刺着她的每一根神经，直至血肉模糊……直至多年以后，她仍然能够清晰地听见那揶揄的声音，就像黑夜里的寒风如影随形……

　　她回到家，一头就趴在床上失声痛哭。疯子娘走过来，小心轻抚着她因哭泣而耸动的身体。她猛地坐起身，怨恨地朝着疯子娘大吼："都是你，都是因为你，你为什么是个疯子！为什么？……"

　　疯子娘手足无措地呆站在那里，一动也不动，她不知道该怎样来安慰女儿。这时候，小如意被什么绊了一脚，一只盛着稀饭的碗被摔得稀巴烂，一群公鸡、母鸡马上围拢上来，欢快地啄食起来。父亲伸手就打了他一巴掌，小如意吓得哇哇大哭，躲在了疯子娘身后。疯子娘咿咿呀呀地摸着他的头，混沌不清地说着："如意不哭，如意不哭。"

煤油灯的光线越来越灰暗。年近古稀的爷爷卸下满是陈年旧污的油灯盖子，重新添加了一些煤油。屋子里的光线似乎又明亮了一些。另一间老屋里父亲划了一根火柴，用焦黄的手指燃着一根烟，自言自语地说："人啊！活着比啥都难……"

夜晚永远充斥着诡秘与欲望，就在那个似乎无任何异样的夜晚，苏以莞在睡梦中似乎感觉到有一双粗糙的大手像蛇一样游弋在小腹上，黑暗中她惊恐万分地看到一张满脸横肉的大脸，没错！那模糊不清的脸像极了杨万山。她刚想喊叫，嘴里就被塞上了一团严实的棉花，然后那条黑影就像狸猫一样快速地消失在茫茫夜色之中。那时候，她还只是个八九岁的孩子！这件事情就像是雕刻在了她的脑海里一样，令她日夜惶恐不安。自此，她经常对着一个方向发呆，经常在睡梦中惊醒、说梦话。大人们每日里忙忙碌碌，被日子折磨得各自疲惫，没有人会在意一个孩子性情的转变。岁月凉薄，她变得更加孤独与敏感。

第二章　祸从天降

初夏的空气里夹杂着许多枯萎的各种花香，欢腾的鸟"叽叽喳喳"伴着清晨的第一缕阳光开始歌唱。那些卑微却生命力旺盛的小草，散布于田边地头以及所有坑坑洼洼的地方。它们都有着自己的名字，譬如那种叶子分瓣较多，开白色圆形花朵的草叫走马芹，根茎可以入药。譬如，那种叶子肥厚、呈鳞片状的小草，它叫猫儿眼，老人们都说它是有毒性的，不小心弄到眼睛里会瞎眼。又譬如，那一片片毛茸茸的像初生小猫的尾巴一样柔顺的小草，它叫狗尾巴草，孩子们通常会把它像抽蒜薹一样抽出来，变成好看的花环戴在头上。再看，那金黄色的麦田在微风的吹动下形成一层层优美的麦浪，那一群群白色的羊群无忧无虑地啃食着似乎永远也吃不完的野草。那清澈见底的河流，成蓬的杂草裹着许多欢腾的小鱼儿，以及一个个紧附于河堤的蛤蜊、河蚌，大的、小的，长的、圆的……

多年以后，当这里走出去的每一个人回忆起一生遇见的最美的景色，都会不假思索地想起——泉河县的关庙镇。多年以后，苏以莞就算几乎看遍了各地的名胜风景，却依然常常在文字中眷恋起家乡刻骨的优美记忆。

在位寺村小学读四年级的时候，苏以莞和杨晓燕是同班同学。那时候苏以莞因学习成绩优秀而多次获得老师的鼓励，以前的孤僻和敏感已得到很大程度的改善，她逐渐不再拒绝和同学们一起讨论或者玩耍。那天苏以莞和一个同学在教室里一起玩石头剪刀布，杨晓燕这时也凑上来蛮横地说："这个游戏你不能玩，这是我发明的游戏。"苏以莞一听就急了，脸红脖子粗地和她辩解说："这游戏根本不是你发明的!"

杨晓燕看她竟然敢顶嘴,恼羞成怒地叫嚷着:"好啊,苏以莞,我看你就是一个大孬种!"苏以莞一听她骂自己孬种,情急之下,脱口就来了一句:"你才是大孬种!你爹整天贪污老百姓的东西,欺男霸女,你就是个最大的孬种!"

杨晓燕的眼泪一下子不听使唤地蹦出来了,她大哭着用两只手去撕打苏以莞。苏以莞也被怒火冲昏了头,毫不示弱地和她扭打在一起。

杨晓燕边哭边骂着:"看我回家咋告诉我爹,让他一定收拾你个孬种!"

这种扭打持续了约有十分钟之久,两人的打斗把桌子、椅子都撞到了一边,最后就像两只老豆虫一样滚到了地上继续厮打。苏以莞感觉鼻子一热,嘴里一股血腥味涌出来,她觉得自己好像快要死了,挤着眼睛猛烈出击两个拳头。就在这时候,有几个同学已经把班主任老师叫过来了。

班主任一边把她俩拉开,一边大吼着:"别再打了,俩女孩儿这样闹腾,成何体统!"苏以莞斜着眼睛偷看了一下杨晓燕,她的嘴巴也流血了,嘴唇肿得像唐老鸭。

"老师,就是这个孬种!是她先骂我的!"杨晓燕用衣袖擦了一下嘴上的血迹叫嚣着。

"老师,不是我先骂的,是杨晓燕先骂我的!"苏以莞咬着嘴唇努力向班主任老师解释着。

"好了,好了,都不要再争执了,你们俩放学后都要留下!每人给我写一份检讨书!"班主任唾沫星子乱飞着说。然后,他接着又关切地问杨晓燕,说:"你碍事不碍事?办公室有紫水,去擦点儿紫水吧。"

杨晓燕跟着班主任去擦紫水了。她回过头来,一副胜利者的骄傲姿态,轻蔑地看了苏以莞一眼,然后又得意地伸了伸舌头。

苏以莞耷拉着头,吐了一口还在往外渗出的血水,教室地上的尘土经过血水的冲击,飞扬起一片迷蒙。她感觉到同学们的眼神都在齐刷刷地望着她，那目光有同情、有不解、有嘲笑。她不敢抬头看，悻悻地回到座位上，委屈与压抑令她快要喘不过气来。班主任的态度，让她开始否定自己：自己究竟错在了哪里？然而，她暂时还找不到答案。那个时候她并不知道什么是"势利"二字，但是她人生第一次体会到了一种蚀骨的难过、伤心。

那一节课，苏以莞头发凌乱地半伏在课桌上，脑子里乱哄哄的，老师讲的内容一点儿也没有听进去。那节课过得尤其漫长，她只盼望着快点儿放学回家。杨晓燕擦完紫水回到教室，苏以莞偷眼向她看去，正好与她的眼神相撞。她看到一团怒火在杨晓燕的眼睛里隐藏着，她胆怯地收回自己的目光，假装看课文。

放学后一回到家，苏以莞害怕家里人发现有什么异常，匆忙钻进自己的屋子里，直到吃晚饭的时候才敢出来。也可能是家里的煤油灯忽明忽暗，又可能是大人们已经活得很不容易，并没有人看出来她的鼻子有些红肿。

第二天早上晨读，苏以莞发现杨晓燕缺课了，她莫名地心里有一些发慌。放学后，苏以莞一脚踏进院子，就看到了永远也无法忘怀的一幕：父亲端坐在堂屋门口的一条油光锃亮的老板凳上，杨万山手拿着一把杀猪的尖刀对准父亲的脖子，他恶狠狠的眼光死死盯着父亲，嘴里说些什么她却没有听清楚。

苏以莞的双腿有些不听使唤了，沉重得就像灌了铅一样。她把书包一下子扔到地上，呜咽着喊了一声"爸！"她可怜的父亲脖子被杨万山的尖刀顶着，不能低头，也不能抬头，只是轻声"嗯"了一声。苏以莞吓坏了，直觉告诉她，她惹上大祸了！她的眼泪不自觉地向下流淌。她看到身旁的爷爷奶奶、疯子娘还有弟弟苏如意，都是那么的惶恐与慌乱、茫然与无助。

不知哪儿来的勇气和力量，苏以莞忽然一下子跪在杨万山面前，声泪俱下地哀求他："求求你，求求你不要杀俺爸，都是我的错，俺爸是无辜的！"

"小孬种，要不是你爹平时教唆你，你咋会知道啥是贪污！"杨万山恶狠狠地剜了她一眼，转过头又对着她的父亲说："苏小满，你真是想找死吧，你倒是说说看，我贪污啥了？欺男霸女？啥时候的事，你说说看啊……"

苏小满闭着眼睛，面色通红，不敢吭一声。苏以莞看到父亲被尖刀顶住的脖子处，渗出了殷红的血。那一刻，她是怎样的愧疚与惶恐啊！

这时候，苏以莞年迈的奶奶也扑通一声跪在杨万山的面前。她抱着杨万山的一条腿，干瘪的眼睛里淌出泪水，哀求着说："大山啊，看在我这快要入土人的分儿上，您就饶过小满吧！"

"饶他？那也得看我心里得劲不得劲……"杨万山神气十足。

"要是你不解气，就连我这老婆子也收走吧！我也活够了！"

良久，杨万山余怒未消地收起尖刀，一副大发慈悲的口气说："好吧，要不是看在你老娘的分儿上，我今天一定不会轻饶你！"

杨万山这才骂骂咧咧地离开苏小满家的院子。

苏以莞一骨碌从地上爬起来，赶紧关上栅子门。她心里既愧疚又害怕，不敢正视父亲，直直地跪在父亲面前等候发落。苏如意小跑着过来，用小手摸了摸父亲被尖刀刺破皮的脖子，奶声奶气地问："爸，你的脖子很疼吗？"父亲一把将他搂在怀里，失声痛哭，他一边大哭一边说："还是如意这孩子懂事，能指望住！"接着他又嘶哑着嗓子，哭道："我是上辈子作啥孽了啊，让我有这样不孝的闺女，让我灾难不断啊！这辈子我咋该受恁些罪。我活得不像个人样啊，人家想过来杀我，我也躲不过啊……"

苏小满哭得声嘶力竭，那声音饱含着委屈、心酸、无奈。那哭声在寂静的村庄上不断回荡，不断挣扎。苏以莞从来没有见过父亲像现在这样悲惨地哭泣过。她跪在那里不敢动一下，泪水噗噗地落在地上，她模糊地看到每一滴泪水坠落后，地上的尘土都会被洇成更大面积的潮湿。

苏小满终于停止了哭声，他甩了一把鼻涕抹在黑布鞋帮上。一块凝固的血块牢牢地粘在他的脖子上，他咬着牙恨恨地把那血块用手指抠掉，瞬间血又涌出来一些。他的老母亲心疼地说："不能抠掉结疤，不能抠掉啊。"她慌忙拿来毛巾给儿子压紧伤口，而后又找来盐水擦洗。伤口还没有擦完，苏小满就怒不可遏地脱下来鞋子，朝着苏以莞身上打来。

苏以莞早知道这一顿挨打是跑不掉的，她也不想跑，因为祸端是因自己而起的。疯子娘咿咿呀呀地在一旁阻拦，父亲一把将她推到了旁边，拼了命地朝着苏以莞的头和背胡乱地打，边打边骂："你这死妮子，天天净惹事，啥时候把你爹逼死了就一了百了……我要你有啥用，连养活一头猪都不如……"

起初的时候，苏以莞试图用双手抱着头，这一举动惹得父亲更加愤怒了，她感觉一会儿的工夫双手都已经被打肿了。她咬紧牙关，不敢喊疼，更不敢吭一声。父亲打累了扔掉鞋子厉声斥责道："死妮子你说说看，你错了没有？啊，你说话啊？"

苏以莞放下红肿的双手，摸了摸脸上火辣辣的地方，虔诚地对父亲说着："对不起，对不起，是我害了您，我错了，以后我再也不惹事了。"

父亲长叹了一口气，一把鼻涕一把泪地说："唉！其实都是恁爹窝囊啊，人家才敢跑到家里要杀了我。"停顿了一下，他又摸了摸女儿的头，接着哭："俺养的狗，咬不咬人，是啥样，俺心里最清楚。"

苏以莞不再吭声，奶奶催她赶紧去屋子里睡觉，明天一早还得上学。她站起身险些摔倒，双腿由于长时间跪在地，已经麻木得失去知觉。

苏小满躺在床上又唉声叹气地抱怨年迈的老爹："爹啊，你也是个没有担当的胆小鬼儿，你儿子都要被人杀死了，你也不管，你的心咋正硬哩，我可是你的亲生儿子啊……"老头儿没有吱声，一副失魂落魄的样子回屋里去了。

苏以莞和奶奶同睡一间屋子，半夜里正睡得沉的工夫，忽然就听见奶奶凄厉地叫了一嗓子："上吊了！这老头子上吊了啊！"她揉了揉惺忪的眼睛，慌忙穿衣起床，走到院子里看到爷爷在一棵老枣树上直挺挺地挂着，他的头被一个裤腰带牢牢拴在树杈上，舌头伸在了外面……

苏以莞撕心裂肺地哭喊着："爷爷！爷爷！"可是，她可怜的爷爷再也无法开口说话了，他就像一个雕塑一样僵直地悬挂在那里。后来的日子里，她无数次梦见爷爷，梦见了他又开口和她说话，给她讲故事。每次她都会在梦中哭着求爷爷，不要离开，不要离开，然而每次醒来泪水都会打湿脸颊，每次都会心痛为什么方才的温馨只是一场梦。

她从刚记事起就知道，爷爷是村上有名的"文化人"，谁家孩子取名，春节写对联、画门画，他都是村里的一把好手。农闲时节，他总是坐在西寨门口给人们讲天文地理，三皇五帝，谁想听哪个朝代的历史，他都能够绘声绘色地给大家讲出来。譬如，唐三藏西天取经，红楼梦刘姥姥进大观园，水浒传武松打虎，三国演义三气周瑜等等，每次他都能够讲得像第一次一样惟妙惟肖，后来人们都说他讲的书，比那些收音机里讲评书的讲得还要好。无论是人群中谁想听哪一朝哪一代的历史更迭，他都能够讲得非常详细动人。每天晚上吃过饭，苏以莞和苏如意总会缠着爷爷给他们讲古戏（故事）——上小学之后他们才知道，爷爷每天晚上为他们讲的所谓的古戏就是古典故事。听古戏习惯了，这姐弟俩哪一天不听，都会睡不着觉。

多年以后，苏以莞还能够清晰地回味起爷爷给他们讲古戏的那种音调，而那种音调在她孤独的灵魂中早已有着亘古不变的意义。

她多才多艺的爷爷自己也懂一些木工活儿，家里的长条板凳、方形小凳子，还有桌子都是他自己动手做的。那些老年人都经常说，这四邻八村除了她爷爷，再也没有一个像他这样博学多才的人。爷爷早年刚下学那阵子，有段时间学着做生意，就是卖香烟。他自制了一个桐木的敞口箱子，两边钻了两个洞眼，然后用旧布条搓一条绳将木盒子串起来挂在脖子上，他用家里的鸡蛋去换了一些时下流行的便宜香烟，把它们分别有序地摆放在木箱盒子上。他每天脖子上挂着那个摆满香烟的木盒子，站在西寨门口人多的地方卖烟。

起初有一些人买烟，他一天也能挣到几分钱。大约卖了十几天的光景，他被村里人口最多、拳头最硬的弟兄六个强横地抢走了所有的香烟，并且按倒在地打得头破血流。在当时，家里弟兄多的，通常都被人们用方言称为"攒劲"，就是很厉害的意思。那种"攒劲"的人在村上走路都是昂首阔步，雄赳赳气昂昂的。而苏以莞的爷爷走路从来都是小心谨慎的，他的这种惴惴不安与满腹经纶组合在一起，令人觉得简直难以匹配。爷爷在后来的日子，渐渐失去了心底仅存的风骨，也开始慢慢落入了俗套，他也嘴里常念叨着当地的一句话："十个花花女，不抵一个扁脚儿。"可怜的爷爷势单力薄，姊妹虽然五个，但却只有他一个男孩。挨了打，受了气也只能忍着无处诉冤。在那个讲究人多、拳头硬就是王道的年代，爷爷屡次遭受欺凌，但是他都坚强地挺了过来。

现在，爷爷却因为自己儿子的抱怨，"窝囊"地选择了一条不归路。这究竟是怎样的伤心欲绝，怎样的悲凉无助，才让他如此决绝地离开这个世界啊！苏以莞想到爷爷悲凉的一生，愈加哭得撕心裂肺。

苏小满一眼瞧见老爹的惨死，扑通一声就跪在地上了，他懊悔地捶打着自己的头，哭着叫喊："俺的爹啊，儿不该怨你啊！你咋就这样撇下我走了啊，俺的爹……"

一瞬间，小小的院子里哭声一片。

当夜无月，一阵凉风袭来，树上的叶子发出"沙沙"的声音，让人禁不住倍感阴冷和绝望。

第三章　死　葬

　　苏以莞爷爷的葬礼办得简单而仓促，桐木棺材是卖了粮食从关庙集上临时买回来的。前来吊唁的亲戚邻居除表示哀恸之外，无一不是小心翼翼不敢提及事情详细的经过，但是大家又都心知肚明酿成此悲剧的真正因由。在坟地里，到处都是身着如鸽子一般洁白的孝衣、孝帽跪地哭着的人们，在鞭炮的阵响中，苏以莞的爷爷被铁锹挖开的黄土慢慢掩埋，直至在他身上堆起来一个圆锥形状的坟堆。这时天空中飞过一只乌鸦，它嘶哑地鸣叫着留下一片悲切的声音。

　　这种经历让苏以莞原本纯洁无瑕的心遭到怨恨的玷污，那时她似乎已完全接受命运，她试图用歇斯底里唤回爷爷身上散发出的淡淡煤油味道，唤回父亲作为一个普通人的尊严，并且将他们救出这悲惨的境地、这凄惶的人间。而这些挣扎与泪水无论怎样的痛彻心扉，都会把她推向更为孤独与伤悲的境地。除此之外，她幼小的心灵找不到任何支点。从此，再也没有任何一个人给她讲过古戏，而讲古戏、说评书、取名、写春联、画门画这样的高度象征精神意义的东西，随着她爷爷的去世，再也没有在位寺村出现过，就像一场刮起的大风，之后一切归于平静。多年以后，仍旧有一些上年龄的老人坐在人场里，吃着面条或者喝着稀饭，饶有兴趣地给大家讲着那个位寺村一流的大才子。然后，人群中会发出一些由衷的赞叹，以此表达对他的最后一丝怀念。

　　苏如意也变得沉默寡言，他常常在放学后蹲在地上看蚂蚁，一看就是很长时间。时间一长，他都能分辨出蚂蚁王何时出现，会途经什么路线，小蚂蚁会有什么样的分工等等。就连吃饭的时候，他

18

也会勾着头，边看边吃，时不时地他会挑出来一粒米放在蚂蚁中间，看它们如何巧妙地把米粒搬进蚂蚁窝里。那几乎成了他一天中最为快乐的事情。

那天午后，苏如意在放学的路上被杨阳与杨星两兄弟拦住了去路。苏如意心里一阵恐慌，撒腿想跑，却被两兄弟按到了地上，一顿拳打脚踢。苏以莞赶到的时候，一眼看到鼻子出血的弟弟，心脏因愤怒而跳动得特别厉害，她一边拉起弟弟的身体，一边歇斯底里地咆哮："你们还是不是人啊？想把如意打死吗？那我就先把你们一个一个都打晕……"苏以莞不知道哪儿来的勇气，拎起来厚重的书包朝着杨阳、杨星两兄弟身上与头上胡乱地砸去。苏以莞眼睛喷火，完全没有了昔日十几岁小少女该有的淑女姿态，她拼尽力气把苏如意放在身后，自己则像一只母鸡一样冲在前面拼了性命。杨阳与杨星见这阵势，仓皇撤退。

苏以莞与苏如意回到家后，心情都很低落。当父亲战战兢兢地问起他俩的时候，他俩勾着头，谁也不肯说一句话，生怕给这个家再带来任何的不幸。那个漆黑的夜晚，村里除了偶尔的狗吠声，静寂得就像遥远的世纪一样。谁也没有想到，这时候疯子娘拎了一把镰刀蹑手蹑脚地走出了家门，翻过不高的墙头，溜进了杨万山家中。黑暗中她摸索着钻进一个屋子，她胡乱地砍割下去，一声凄厉的惨叫，惊醒了杨万山家里的所有人。杨万山的老婆被疯子娘割开了腹部与胸部，鲜血染红了床褥。疯子娘像往常一样眼神迟钝，动也不动地呆站着，手里的镰刀还挂着血迹。

杨万山的老婆被及时送到了镇医院抢救，脱离了生命危险。就在当天，杨万山叫来了警察，警车闪叫着直奔苏以莞家的位置。村子里一片骚动和喧哗，人们就像看一场有史以来最有看点的戏剧一样，水泄不通地拥挤在苏小满的家门口。

疯子娘被警察带走后，苏小满终日愁眉苦脸，原本瘦削的脸颊更是增添了横七竖八的胡须。疯子娘要被判刑两年的宣告，好像让整个村子里的人与畜生都活跃了起来，大家这几天都在议论和分析这个事情。有人分析说，精神病人不属于故意伤害，不应该判刑。

有人说，杨万山早就暗地里把关系买通了，判刑两年那算是轻的。这些议论与分析都是人们私底下悄悄说出来的，就像小麻雀们的细语一样隐秘，人们谁也不会也不敢公然在人场里说起这件事。

现在，苏小满的家就像笼罩在一张黑色的大网之下，看不见一星点的光亮。让事情变得更糟糕的是苏小满的妹妹苏然的离奇失踪。

苏然是个老姑娘了，她二十八岁了，还留在家里没有嫁人。她少女时期就是十里八村出了名的天然美人。她皮肤白皙，身材高挑，有一双纯净如雪的眼眸，不管随意穿一件什么样的衣服，都会让她显现出无与伦比的窈窕与气质。那时候，倘若逢集或是逢会只要苏然一出现，那定会吸引一大堆尾随的男子，痴痴地跟在她身后，只为看一眼或者哪怕感受一丝这绝色美人的气息。家人发现这样的情况后，就不允许她再出现在集上或会上了。就算非常有必要的出门，也是有家人紧跟其后。尽管如此，在夜晚的时候苏然家的栅子门也会常常被人撬开，院子里的看家狗也被人下药毒死过多次。还有一次，睡到半夜，苏然竟然被人堵住嘴巴扛到了院子里，幸亏被起夜的父亲发现并拿刀追赶，那人才把她扔在地上仓皇逃窜。当然，有关那人是谁却一直是个谜团。家里人各有各的难，谁也不去追究那个人是谁。

那个时候，苏小满的父亲——那个位寺村的第一大才子，虽然为此感到百般烦恼与不安，但还没有对于红颜祸水的更多防范。他早想到了把她赶紧嫁出去，却又觉得没有适合的配得上女儿的男子。苏然变得神情呆滞，源自她那时深深迷恋村里的一个木匠，而那个木匠也与她两情相悦。但是这件事情遭到苏然父亲的坚决反对，他执意认为木匠根本配不上美丽如仙子般的女儿。木匠既家境贫寒，又其貌不扬，他身形瘦小，脸色暗淡，嘴唇的颜色就像刚长熟的桑葚。就在那唯一的一次他们费尽心血才见到彼此的晚上，他们离得很近，近得可以看见彼此因紧张、激动而羞红的面颊，他们说着一些不着边际的话，临别时却哀伤泪流，难舍难分。

那个黄昏，木匠穿着一套在集上缝纫店新裁剪的蓝色衣服，脚下是一双新买的时下最为流行的浅口布鞋，他还特意梳了个儒雅增倍的亮堂堂的发型，整体看起来比往日多了几分自信与英俊。他的双手有很多淡黄色的茧子，指甲缝以及手部皮肤的褶皱处均显得有几分粗糙，这是他长期用双手从事木匠活儿的有力证据。

他镇定了一下，鼓足勇气用中指轻叩心爱姑娘家的栅子门。他的举止透出与他职业不符的修养与风度。

栅子门开了，苏然的父亲一眼瞧见他，就反感难掩地说："你有啥事？没事就出去！"木匠诚恳地说："让我进去说说话吧。"

"完全没有必要！有啥可说的！"

"你的意思是说，我和苏然没有一点儿希望吗？"木匠继续说。

"是！我不想看到你出现在这儿，我准备把她许配给县城那个吃商品粮，有工作单位的男人了。"

"哦，恁不知道那个人换过心脏吗？村里人都知道这事。"木匠孤独的眼神中，蓄满了心疼与不安。

"当然知道，换心脏也没有啥事，现在医学技术多发达，这根本用不着你操心！"

木匠一阵长久的沉默。苏然就像一个诚惶诚恐的兔子，从一侧偷看着他，既紧张又羞怯，她不敢出来和他搭茬。

"我，我……"木匠表情痛苦地又想说些什么，此时苏然的父亲啪的一声猛然关上了栅子门。

院子里重重地传出来一句厌恶而粗重的声音："滚！赶紧滚！"

就在那个晚上，痴情的木匠穿着那套蓝色的衣服还有那双浅口新鞋子，在孤独与绝望中吊死在自己的堂屋里。

第二天，当响亮的鞭炮声在村子里回荡的时候，村里人都像炸开了锅。

大家你一言我一语："这是谁家办啥事呢？""听说是丧事。""是谁死了？咦！听说是村西头的木匠死了，听说头一天去了美人苏然家意图不轨遭到羞辱而死……""是吗？那木匠到底把美人苏然睡了没有？哦，这种事情可不能瞎说，啥都有可能……""唉，年纪轻轻的走了这条路，怪可惜的……"

木匠下葬的时候很是仓促简单，家人用一张芦苇编制的席子把他卷成条形状，放进了冰凉黑暗的黑泥土坟墓里。那晚无月，漆黑一片。一向内敛胆小的苏然，摸索着来到木匠的坟前，她划着一根火柴，这里再也没有她熟悉的眼神，只有冰冷的一座孤坟。她掩面呜咽，那抽泣伴着没有停息的虫鸣声，回荡在夜空，让整个位寺村的夜晚更显得悲凉与沧桑。

苏然拖着沉重的步子，神情恍惚地离开坟地。在回家的途中，她清清楚楚地看到那一路忽明忽暗的"鬼火"，不停地尾随着她。她似乎毫不在意，又似乎满眼泪水。

直到多年后，她容颜憔悴再也流不出一滴眼泪。直到她待在一个屋子里不愿意见到任何一个人。直到她二十八岁这年离奇失踪，除家人之外，整个村子的人都对她似乎再也没有记忆。

第四章　村里的暗室

对于妹妹苏然的莫名失踪，起初苏小满确实因此事感到懊恼与沮丧过，找寻两日无果后，他好像是得到了心灵上的某种解脱。一次吃饭的时候，他自言自语地说："这都是她的命！"此后这个家再也没有人敢提及苏然的名字，包括她伤心难过的母亲。

几个月后，他们的老母亲由于哀伤过度而病情加重，她离世之前瘦得皮包骨，躺在堂屋的高粱秆蒲席上，她闭着眼睛呼吸急促，大约还有几口气的时候，嘴里还在咕噜咕噜地唤着苏然的名字，还在用微弱的声音发出难以辨别的语言："小然，是你回来了吗？"苏以莞紧紧抓住奶奶骨瘦如柴的手，泪如雨下地说："嗯，我回来了，回来了。"她看见奶奶的神情变得逐渐平静，那粗糙干裂的手逐渐变得冰凉，最后像一片坠落的叶子从苏以莞紧握的小手里滑落……

她多想奶奶还能够活着，还踮着小脚追撵她。打她记事起，她就爱和奶奶顶嘴。每回一放学，她进了院子就会问奶奶："俺娘呢？"奶奶总是挤着眼，笑着说那一句话："你疯子娘给人家老和尚暖脚去了。"她不知道那是什么意思，但是知道那不是什么好话。这时候她立即就会挑衅地回一句："你真烦人。"她和奶奶顶嘴成了家常便饭，这顶嘴不是撒娇的那种，而是水火不容。他们彼此总是拌嘴，可是再不喜欢也要每天在同一个屋檐下吃饭、睡觉，自然而然地就有一种心理上的温暖。尤其是冰天雪地的冬天，她和奶奶睡在同一张硬板床上，听着她断断续续的咳嗽声以及呼吸声，就会觉得睡得特别踏实，睡得特别暖和。奶奶会做各种各样的树头蒸菜、杂面窝窝，她蒸出来的菜是那条胡同最好吃的蒸菜。她会过日子也是出了名的，

23

就连她梳掉的头发她也舍不得扔掉，都积攒到一块儿，一两个月的工夫，就可以拿着那撮子头发换上一包缝衣针。奶奶患有肺气肿，常年咳嗽不断，她常常面色通红地剧烈地咳嗽一阵子之后，坐在那里"呼呼"喘着粗气，这个时候谁都不能和她说话，因为她已经因刚刚的咳嗽累得筋疲力尽。每每这时候，她都觉得奶奶是可怜的，她都很想在她剧烈咳嗽的时候，温柔地帮她捶一捶背部，却是始终都没有动。即使过后很后悔，想着下一次一定帮她捶一捶，但是下一次她又是做不出来那样亲密、温柔的表达。她和奶奶之间，从来没有那么相互柔软过。如果她那么做了，奶奶一定会觉得不适应吧。

现在，苏以莞多想奶奶能够活过来，能够让自己在她剧烈咳嗽的时候，温柔地为她捶一捶背，为她减轻一些痛苦。可是，这必将成为苏以莞心中永远的遗憾。

两年后，苏以莞的疯子娘刑满释放，她被家人接回来的时候，虽然头上过早地盖满了白发，瘦得就剩一副骨架，但是她的行为举止与语言表达似乎清晰了许多，如果不太关注细节，初次遇见她的人一定会误以为这是一个正常人。这真是又悲又喜的事情！直到多年后，她流浪在不知名的村头和集市的时候，她的确再也没有出现过特别疯癫的行为。

那几日，村子里流传着一件令人惊诧的事情：村支书杨万山家偶尔传出婴儿的啼哭声，于是有人猜测他家新添了子嗣，还有人猜测他在路边捡到一个婴儿。事实上大家都知道，自从杨万山的老婆被镰刀割伤腹部之后，虽然保住了性命，也已是个残废人，丧失了某些功能。所以大家心里最后一致推测，这婴儿是捡来的。

一天夜里，苏小满家的栅子门响起一阵急促而小心的拍打声。苏以莞睡的屋子离栅子门最近，她没有点灯摸索着起床，然后来到门口疑惑地问："是谁呀？"门外消瘦的人影艰涩地回了一句："以莞，我是你姑姑苏然啊。"

"啊！姑姑，真的是你吗？"苏以莞赶紧小跑着过去，一把打开了栅子门，果然是失踪了两年的苏然！她恍若梦中，真想一把抱住姑姑，可是她看见苏然的怀抱里多出来一个襁褓婴儿。这时候，苏小满也披衣而起，一家人围坐在煤油灯下。

两年不见，苏然眼窝深陷，嘴唇苍白如纸，昔日娇美的容颜如今只剩下憔悴的病态。她怀中酣睡的婴儿像是被打扰了，哼哼唧唧地哭着。她像所有的母亲一样满怀慈爱地望着那孩子，用手轻拍着，直到那孩子再次熟睡。她问哥哥："咱娘呢？"

"咱娘在你失踪几个月后就病逝了。"苏然听完泪水噗噗下落，一屋子半天都是沉默。

这时候，父亲厉声斥责苏以莞："半夜三更，还不回屋睡觉去！小孩子不要知道恁多大人的事儿，没啥好处！"苏以莞嘴里应承着，乖乖地回屋了。

苏然积压在胸口几年的伤痛，在见到哥哥的这一刻崩塌，她哀伤至极，一边流泪一边向哥哥讲述两年来经历的悲惨遭遇。

两年前的那天晚上，杨万山先是下毒药，毒死了苏家的老黄狗，然后悄悄潜入苏然的房间，对她用了提前备好的迷魂药（那时候迷魂药、鸦片在泉河县一带一点儿都不稀罕），暂时失去知觉的苏然就像小鸟一样被力大无穷的杨万山扛走。就像多年前她还是少女时一样，她再被杨万山扛走，只是第一次她被家人发现并救下，这次却没有那么幸运。

在那个漆黑而又忧伤的夜晚，她被扛到杨万山家一个内置隐秘的房间里。

那是一个类似地下密室的地方，看上去已有些年头。此处密封严实、阴冷，长期没有光线，里面储藏着一些古文物，譬如宋徽宗绘的鹰、青花八宝壶等。这些古物件都是杨万山的父亲年轻时跟随一个军长到地主家抄家时，顺手藏进自己衣袖里而获得的。而苏然虽然被"囚禁"于此，对这些身外之物并无关注。那晚，当苏然清醒之后发现自己躺在一个陌生的地方，她赤裸的身体竟然被杨万山紧紧地搂在怀里。自从木匠死后，她几乎多年都没有开口说过一句话了，连她自己都觉得早已丧失了语言能力，但是就在她发现这羞辱、可耻的场景之时，她就像一头发疯的野兽，瞬间爆发出嚎叫、嘶鸣。她努力想推开杨万山粗壮的身体，她捶打，啃咬，哭泣，直

25

至把自己折腾到精疲力竭。

杨万山镇静地告诉她："不要白费功夫了！你乖一点儿，我会让我老婆秀英好好照顾你。"

苏然绝望地看着他，叫道："我要告你强奸罪！让你身败名裂！不得好死！"

杨万山哈哈大笑："好啊，你去告啊，你知道后面是啥后果吗？你全家人还有你，都会背负坏名声！你已是我的人了，应该和我一心一意才是出路啊。"苏然心里禁不住升起一阵巨大的惶恐与悲伤。

杨万山又俯身亲吻她的脸颊，她猛然推开他，就像一只受伤的兔子抱着双臂紧缩在床角。杨万山满脸横肉抖动着，玩世不恭地大笑道："小然哪，没想到你还是完璧之身，看来当年传言你与木匠有染，都是瞎话啊，只可惜那木匠没这福分，死得凄惨……"提及木匠，苏然心碎神伤，如遭雷击，顿感大脑一片空白，说不出任何一句话。

待在暗室的屋子里，苏然每天只有那么狭小的一个活动空间，秀英每天都会准时给她送饭过来，到了晚上杨万山就会像幽灵一样出现在她的床前。那个叫秀英的女人总是面无表情，她好像不委屈也不快乐，就像一个机器人一样被杨万山呼来唤去。秀英每天洗衣做饭，一家人的活儿都是她一个人在做，哪怕是这样，杨万山还是对她非打即骂，毫无夫妻情意可言。这大半辈子秀英都是逆来顺受，从不反抗，对杨万山唯命是从，或许她早就习惯了这样一种奴役式的生活。村里的人都知道她是个可怜又可恨的女人，一旦走出家门，她就和在家里判若两人，她不但会在村里那些妇女面前趾高气扬，更会有意欺压那些在她面前小心翼翼的妇女。她可以妄自指桑骂槐，妄自去别人家地里摘菜，哪怕是她的菜园里并不缺少那种菜。她总是仗着杨万山村支书的身份蛮横无理，但从没有人提出任何异议。

在那间犹如地狱一般的暗室里，苏然感觉自己人不像人，鬼不像鬼，分明就是一具行尸走肉。"度日如年"，她如今比任何人都清楚这四个字的沉重意义，现在的处境绝对比木匠死后的孤独与绝望来得更为猛烈。她看不见光芒，看不见希望，多少次在杨万山熟睡之际，她都想动手掐死这个魔鬼，可是怯懦最终还是占了上风，她总是到最后一刻没有了行动的勇气。

因为那一次，她鼓足勇气把所有的仇恨都集中在了双眼与双手上，就在她的双手刚刚触到杨万山脖子的时候，他忽然间像做了一个噩梦似的醒过来，瞪着一双凶恶的眼睛斥问她："你这是干啥？想要掐死我？谋杀亲夫？"她吓坏了，赶紧放下双手，嗫嚅着："我没有，没有。"至此之后，苏然再也没有了掐死他的念头，这不是因为她遗忘了仇恨或者她对他生出情意，而是她内心的恐惧与彷徨占据了上风。

事情真正出现转机，是在苏然生下孩子后不久的一天。为了掩盖这种非正常行径，苏然生产之时，杨万山并没有请来接生的医生，硬是让秀英充当接生婆的角色。当苏然出现阵痛，被汗水与血污折磨了几个时辰后，生下了一个瘦小的男婴。杨万山喜出望外，夸赞苏然就是他的福星。这是他的第三个儿子，他给这孩子取名晓驰。晓驰出生后，秀英忙于帮忙照料，可能出于对杨万山的畏惧，她竟未对这孩子表现出一点儿讨厌。

那天，杨万山来到暗室把上了锁的一个红漆柜子打开，他喜出望外地从里面拿出一个细长的包裹，然后打开那外面裹着的一层防潮油布，里面露出一幅发黄但保存尚且完整的图画来。杨万山小心翼翼地把那幅画展开，一幅活灵活现的《飞鹰图》呈现出来。杨万山扭头向苏然解说道："你看，这就是宋徽宗的真迹《飞鹰图》。据说，在民国的时候，这只鹰曾经从画上飞下来并把一个人的双眼啄瞎了，所以这家懂绘画的主人就给这只飞鹰，画上了一条铁链子。"

苏然看了下，果然见那形态逼真的飞鹰脚上，有一条崭新的铁链子，就算是绘画界之外的人看了也能够分辨出飞鹰与铁链子并不是一个时期所作，但是宋徽宗的落款笔记以及印章却清晰可见。苏然不懂书画，所以也没有说什么。

杨万山一时得意忘形，把《飞鹰图》拿走之后，竟然忘记给暗室上锁。随即他拿着画来到堂屋，那两个等候已久的客人，一个是附近村上的村长，一个是来自遥远城市北京的古玩商人。北京商人是村长透露的消息，请来准备出资买走《飞鹰图》的古玩商人。他们拿着那幅图，左左右右地研究了足足有两个多小时，最后彼此以当时的天文数字三千元成交，交易了此幅《飞鹰图》。这幅宋徽宗的真迹，几年后流落到海外欧洲地带，此后再也没有返回过自己的国土。

杨万山拿着《飞鹰图》换来的三千元现金，那天晚上心满意足，喝得酩酊大醉，倒在堂屋的椅子上呼呼大睡。在这种情况下，苏然终于找到了脱身的机会，逃出了囚禁她的暗室。

苏然呜呜咽咽地给哥哥讲完这些之后，忍不住叹气道："哥，我明天要到县里状告杨万山。"

苏小满一听，吓得连连摆手，说："不能告，不能告，弄不好家里的日子都没法过了。"怯懦与愚昧再一次让这个老实的庄稼人，做出了荒唐的让步。他接着说："你看看咱村，大娃子他老婆生的孩子有几个是自己的，不都是杨万山的吗？他弟兄还多，都不敢去告，我们指望啥去告人家，认命吧！"苏然低头抹着眼泪，没有再说一句话。

天蒙蒙亮鸡叫唤的时候，苏小满就把那个婴儿放到了杨万山家门口，然后不由分说就搭车把苏然送到了几百里地之外的一座寺庙里。在车上，苏然一直神情木然，对于哥哥安排她去寺庙的事情，她没有表示自己的意愿，仿佛去哪里都已是无关紧要的事情。她听见哥哥颓败的声音说着"咱家丢不起这个人，你以后就不要再回来了"。她只知道，这个叫家的地方，她再也不能回来了。从那之后，直到她差点儿老死在寺庙里，她的确再也没有在位寺村里出现过。

苏然忽然的离去，在杨万山心里造成了极大的挫败感，他好像从来没有如此沮丧、难受过，这当然不是因为他对这个女人产生过爱情或者感情，而是这种长久以来的占有欲已经让他无法接受失去。

那段时间以来，位寺村的人经常看到杨万山拎着一瓶泉河大曲酒摇摇晃晃，满身的酒味熏得路人呛鼻。他后悔自己不该卖掉那幅《飞鹰图》，不该因为那次醉酒而导致苏然的逃走。后来，他把那卖掉的三千元钱，全部用在了扩建家里的住房与建设上，孩子们都长大了，新建的新式房屋很宽敞，足够这些孩子闹腾。一个大院子中间被雕花的青石垒成圆形的花园，里面种植有各种花朵，月季、鸡冠花、兰花、牡丹等。杨万山家的红砖房屋是当时整个村子里最新式、最漂亮的。后来附近十里八村有一些条件稍微充裕点儿的人家，也开始模仿他们家的建筑风格。甚至一些到了谈婚论嫁年龄的女孩子，都会要求媒人向男方传达这样的信息，家里要有一座像杨万山家那样的房子，否则这桩婚事就会被这种条件的设置所耽搁。

苏然生下的那个孩子晓驰，在四五岁的时候，就常常被小伙伴戏谑地骂为"野种"。他从婴儿时就一直被秀英忙前忙后地照顾，并且一直喊她"娘"。他并不懂什么是野种。那天他问秀英："娘，野种是啥意思？"秀英故作不在意地说："人家闹着玩呢，没有啥意思。"接着她又问："谁家的孩子这么说？"晓驰说："好几个小伙伴都这么说。"杨万山告诫秀英，这事看你咋办了，这孩子绝对不能知道这些事情。

村里的妇女们聚集在一起的时候，都觉得秀英就是杨万山的一条狗，她自己可能从来不那么认为。那天吃饱了早饭，秀英就开始骂街了，她唾沫星子飞溅骂得昏天暗地，跳着脚骂，坐在地上骂，挨个胡同地去骂。

整个位寺村成了她一个人的战场，而且这独家战场绝不会有任何一个敌军来应战，她来来回回地骂着，意犹未尽地骂着。大致的内容是，谁家的孬种娃子，胡说八道，再发现一次，嘴巴撕烂等恶俗之词。这场恶骂整整持续了半天的时间，秀英骂得累了，就去压井里接几把水喝，然后接着继续骂。这样的骂街场面，要是放在别人家，那肯定是围观者众多，而这次不同，杨万山的女人秀英出来骂，什么时候都没有人敢出来看热闹，这仿佛是早就形成的一个定律一样。那一天，村民们谁也不端着碗出来吃饭、说话了，都仿佛同时接到了通知似的，无人迈出家门口半步，任凭那个疯了一样的女人拼命地辱骂，谁也不去接一句话。若谁家里有和晓驰年龄相仿的五六岁的孩子，此时定是正被大人反复教训着：以后千万不要和那孩子玩，即使万不得已也不能和那孩子多说一句话！

晓驰此后被这一特殊事件彻底孤立起来。在他从童年到少年的成长中，位寺村的人们谁都躲着他，生怕招惹了杨万山与秀英这一对老虎，就连有一次因雨水太大，路上的泥巴路太深，晓驰摔倒在泥巴窝里都没有人敢伸手拉一把，路过的人犹豫着最后还是装作视而不见。慢慢地这个小不点儿的孩子开始心事重重，开始怀疑自己到底是不是"野种"，这个聪慧的孩子甚至可以从秀英偶尔恶狠狠的眼神里，看到一些可怕的内容。

第五章 初 遇

　　皖北的春天有时风沙很大，就像从遥远的北方毫无阻碍地掠过来，漫天的尘土洋洋洒洒，仅半天的工夫，屋子里的桌椅上，床铺上，所有的一切陈设上面都会附着一层薄薄的细土，这时候只需用手指轻滑，就可以看见清晰的一道指印。这样的扬尘天气，连鸡、鸭、鹅看起来都不那么欢腾，它们聚集在一处比平日里相对安静许多。那古老的河流被大风吹起层层的波纹，那河岸的芦苇向同一个方向摆动姿影。抛却尘沙的污染不说，仅那自然、纯净的场景就已是一幅无比优美的图画。

　　苏以莞自然知道晓驰是姑姑的孩子，因为就在几年前的那天晚上苏然曾抱着孩子回过这个家，并且苏然讲述自己失踪经历的时候，苏以莞并无睡意，她一直在里屋的被窝里静静地倾听着。大人们的事情，孩子不可能有参与权。只是姑姑的遭遇，让苏以莞对杨大山的憎恨更为深刻，她甚至祈求童话故事里的魔法现身，以此魔法诅咒这个恶人赶紧死去。而那个时候，她并不知道她幼小的心灵被一种怨恨与悲伤的阴影所侵蚀，她更不知道这种悲伤和绝望会久久地纠缠着她。她看不到自己的心灵因缺乏营养而佝偻的样子，看不到这漫长一生再也无法真正快乐起来的污染根源。面对诸多束手无策的悲戚她只能默默孤独，默默流泪，她无法分辨出这种精神的苦难路途，究竟会有多远。

　　因为秀英那次在村里含沙射影的辱骂，致使晓驰备受村民的孤立与冷落。不管是上学还是放学的途中，晓驰都是一个人孤独地行走着，看见别的小伙伴说说笑笑、打打闹闹，他心里生出一种落差

31

感，而这种感觉让他日益表现得凝重、腼腆。苏以莞仿若看到幼时的另一个自己。她常常把积攒的好玩的好吃的，一并在他上学或者放学的路上塞进他兜里。她从他孤独的眼神与茫然的表情里解读到一些疑惑，再晚一些时候，她可以看到他眼神闪着光亮，嘴角有了笑意。苏以莞从晓驰这些微妙的变化中感受到一种从未有过的欣慰：这个与自己血脉相连的孩子，他本该是快乐的！

如今，杨晓燕、杨晓曼、苏以莞都已经出落成亭亭玉立、楚楚动人的窈窕少女。她们三人中，杨晓燕长得更为妩媚、漂亮，她秋水一般的眼眸、粉白的皮肤、乌黑的马尾辫以及窈窕的身姿，都使得她在同龄人的眼里显得格外出众。杨晓燕穿什么衣服都很好看，都会成为村子里最流行的新潮女装，即使她随意套上一件发白的旧衣服都会被其他女孩子模仿，也要去集上裁缝店做一件类似颜色发白的衣服。她穿着一双秀英做的红布凉鞋，马上就有许多妇女比着鞋样做。凉鞋材料很简单，几个细针脚缝好的细长红色布条，有比例地襻成几道最后缝制在纯白色泡沫底上，一双凉鞋就已经完成了。

那时候人们都没有出去打工或者做生意的意识，都是平平淡淡每天过着欢喜的小日子，人们没有太多的物质欲望，每个人的脸上都会洋溢着发自肺腑的笑意。

位寺村逢集或者逢会都是最热闹的，就像时下一些旅游名胜风景区一样，到处都是人。现在，时逢每年一度的小满会，集上的买卖也更全面：卖镰刀的，卖扬场锨的，卖草帽子的以及吹糖人的，卖甘蔗的，磨刀磨剪子的，卖布匹的……还有戏台上打花脸唱戏的，一些老年人都搬着小板凳在戏台下入迷地听戏。最热闹的地方要数天王庙火光冲天的场景，这天王庙虽是后来重新修建而成，但每逢赶会依旧人山人海，拥挤不动，前来烧香跪拜的人群都要排队。若刚踏进天王庙的大门，不忍着那炙热的香火熏烤，根本进入不了里面的佛像大店。

紧挨着天王庙不远的地方，今天赫然摆放着一个新的摊位：摊位前铺着一块蓝色细布，布上面摆放着一瓶墨水以及一些做工粗糙的宣纸，还有一只金黄色的铜丝笼子，笼子里装着一只正在啃食馒

32

头的老鼠。这摊主是一个年龄约二十七八岁的男子，他长得身材健硕，整体比例略显瘦削。白净的皮肤，搭配上深邃而孤绝的眼神，显示出一种与生俱来的独特气质。他着装很特别，身穿一套古典式白色丝绸襻扣衣服，脚上一双浅蓝色剪口布鞋，这样的一套潇洒飘逸的装束在整个位寺集上还是第一个出现。他的衣服和鞋子看起来穿了有一两个年头了，略显发旧，但这并不影响搭配在他身上的完美效果。他头发零碎且略长，稍一低头就会微微遮住半边脸颊，即使如此也能够让人一眼看出他的面庞俊朗无比。

只见这个男子一只手灵活地拎起那只老鼠，然后用老鼠的尾巴蘸饱墨汁，在宣纸上洋洋洒洒地写下一篇苏轼的词作《念奴娇·赤壁怀古》，那老鼠仿佛早已习惯了主人的调遣，瞪着眼珠不做任何反抗姿态。当他写完之后用一块手帕熟练地擦拭了老鼠尾巴上的墨汁，然后把它放进笼子里。这些潇洒轻巧的动作整个下来也就是几分钟时间！当他把这幅完美无瑕的书法作品用双手呈现在人们面前的时候，人群中瞬间响起一片热烈的掌声、喝彩声，还有年轻人的口哨声。

今日星期天不上课，苏以莞与杨晓燕虽未同行却同时被这样的场景所深深吸引，忍不住驻足观看。听到喝彩声来自这个摊位上，人们看热闹的兴趣被激发起来，笑着、起哄着一股脑儿地都向这边拥过来，后面很多看不到的人便踮起脚尖，抱小孩的大人索性将孩子像货物一样高高举过头顶，坐在脖子上利索地观看这场史无前例的热闹场面。

再看这男子，他似乎对这样的场面习以为常。只见他此时很绅士地微微一笑，只这一个细微的面部表情就使得他上扬的嘴角彰显出绝对的洒脱之感。他一只手背在身后，另一只手以食指取代毛笔，蘸了墨水然后在一张宣纸上，龙飞凤舞地写下了辛弃疾的《破阵子·为陈同甫赋壮词以寄之》。这字写得力透纸背，变化灵动，纵横挥洒，无论在场的懂书法者或者不懂书法者无不为之震撼！人群中掌声雷动，不断传出喝彩声："好！好啊！"

这时后面围上来的人群由于看不到现场，从而不断向前面拥挤。

苏以莞所处的位置正是最前方，一个不注意被后面的猛力挤得摔倒在地上，旁边的那瓶墨水被打翻，瞬间黑墨汁飞溅在她的脸上以及身上，那男子的书法作品上也被溅得星星点点。这突如其来的状况让苏以莞措手不及，她羞得脸颊如红布，禁不住轻叫了一句："哎呀！"

此时这男子赶紧放下手中的书法作品，伸手将苏以莞搀扶起来，急切地对人群说了一句："大家都向后退一点儿。"人们看到出现了意外情况，纷纷识趣地朝后面退出一些距离，唯独杨晓燕还呆呆站在原地，无法掩饰内心的失落。她确信，她少女萌动的心被这个初来乍到的男子俘虏了！她平日里的刁蛮任性在这一刻通通不见了踪影，她看他的眼神就像秋水一样温柔、迷离。她因激动、紧张而心跳加速，她对这样的一种感觉无能为力。就在刚才她还暗自欣喜苏以莞的摔倒、出丑，可是这会儿她多么希望那个出丑的是自己，如果这样她就可以近距离地接触到他，接受他的搀扶。可是现在，她只能傻傻地站在这里出神地望着眼前的一切。

苏以莞下意识地用手抹了一把脸，手上立即呈现出一层墨水，她勾着头知道自己今天闹了一个大笑话，颜面尽失，顿时内心慌乱至极。

那男子果断地拿出一条提前备好，用来擦拭老鼠尾巴的花边手帕，塞到苏以莞手里说："擦一下吧！"他深沉的双眸里充满善意。苏以莞因习惯性地羞涩而不敢正视他的眼睛，接过手帕轻声说了一句："谢谢！"随即擦拭了脸上的墨水，匆忙转身离开了。那男子目送她的身影像一片雪花落入白茫茫的雪地消失得无影无踪。目睹这一切，杨晓燕内心像被什么撕咬了一下：倘若这带有体温的花边手帕，是他塞到自己手中的；倘若他深沉的目光送别的是自己，那该有多好！她有生以来第一次如此嫉妒和憎恨苏以莞。

随后，男子将那幅溅有墨汁的书法作品折叠放在了一边，那幅书法因破相已不可能再卖掉。他重新铺上宣纸再次用手指，挥挥洒洒写了几幅新的书法作品。人群中又开始涌现新的骚动、喝彩和掌声。有几个年轻人很快买下了那几幅书法作品，因为这样完美的书法一幅竟然要价只有一角钱，这简直快要等同于白捡的便宜。人们猜测不到他是怎样的一种心态，是施舍爱心，还是取悦自己，或是无所谓价值的体现？毕竟艺术只是属于少数人的东西，一旦公然出现在大众眼前，大家都觉得这样的场景甚为新鲜。

到了晌午，集上的热闹场面渐渐地散去，人们手里拿着一些购买好的需用品，三个一群或者两个一伙散漫地往家里走着，位寺集十字路口的每条路都有不少集散后回家的人群。

那写书法的男子也开始折起铺在地上的蓝色细布，准备和其他摊主一样收摊。而这时候他才注意到一个沉静美丽、扎着两条麻花小辫、身材瘦削、鹅蛋脸型的女孩，还傻愣愣地站在摊位前，丝毫没有想要离开的意思。他感觉到她的目光跟随着他的一举一动。终于，他忍不住问了她一句："你有什么事情吗？"

女孩好像刚刚反应过来，下意识地"哦"了一声。

"我，我叫杨晓燕。请问，怎么称呼您？"杨晓燕鼓足勇气与他攀谈。

那男子面无表情地说："我姓南，名晋风。"他头也不抬地继续收拾那些零零散散的物件，把它们都规整在一个绿色的箱包里面，然后将这个包袱用尼龙绳熟练地捆系在自行车的后座上。

"南晋风，我记住您了！您的口音不像本地人，您逢集的时候还会再来这里吗？"杨晓燕红着脸问道。

"是的！"他惜字如金。

"您要去哪里住？"

"附近集上的旅馆。"

"我们家有空闲的房间，您可以考虑暂时借住到我家。您放心，我会给家里人说的，我父母都是非常通情达理的人。"杨晓燕站在南晋风的自行车前面，有意挡住他的去路。他的脸上露出不易察觉的烦闷："谢谢你！不必了。"

杨晓燕只得识趣地让开，看着他骑上永久牌自行车消失在眼前。她满腹欣喜又满腹遗憾，她有些后悔刚才忘记表达对南晋风书法的赞赏，又有些后悔刚才自己的刘海散落在额头上没有及时整理起来

35

影响了美观。她步伐缓慢地朝家里走着，脑子里已完全被这个男子的音容样貌所占据，她一会儿眉头紧皱，一会儿浅笑轻盈，甚至就连路上遇见村里的熟人向她打招呼的时候，她都会失态地回着"嗯""呀"之类的无意识词语。

到了晚上，杨晓燕趴在窗户处出神地望着外面的月亮，妹妹杨晓曼诧异地问她："姐姐，你为啥不睡觉?"她脸色绯红地低声告诉杨晓曼："我不瞌睡。"杨晓曼看她表情和平常不同，就继而撒娇追问。她索性不再隐藏，她告诉杨晓曼，她今天遇见了一个令她失魂落魄、牵肠挂肚的男子，还告诉她那是一种什么感觉。对，看见他就会紧张，会脸红心跳，甚至语无伦次!

姐妹俩说着说着就睡着了。自此以后，杨晓燕每次都会把在集上见到南晋风的情景以及心情，晚上在被窝里说给杨晓曼听，若是哪天杨晓燕因为作业累积过多，没有时间给她讲有关南晋风的事情，杨晓曼就会觉得似乎缺少了什么，便会等到姐姐做完作业央求她讲给自己听。然后，杨晓曼逐渐被这种甜蜜的氛围与心境所感染，她假设了许多次、许多种自己也像姐姐一样遇到怦然心动的男子。一个逢集的上午，杨晓曼终于忍不住去南晋风的摊位前悄悄观望，果然就像姐姐说的那样潇洒倜傥、才情超群、与众不同，她不知道这样一个神秘之人怎么会出现在这个穷乡僻壤的地方。

那些日子，姐妹俩的小屋里常常会飘荡起芬芳的花香，那些花香来自她们去田野里采摘的好几束不知名的野花，家里人并不知道那是她们因青春萌动与思念而产生的细腻情感。或许，就是从那个时候起，杨晓曼的脑海里开始出现一个挥之不去的影子——苏如意。

杨家的整个院落里，悄悄充满了爱情的味道。

第六章　世外高人

夏天的雨水很多时候来得快，走得也快，而这一次雨水一连下了十几天似乎还没有要停止的意思。那些快要发黄却还没有熟透的小麦，被雨水淹没在地里面，全都弯下了腰身。雨水一直没有按照人们的期望停止下来，一些小麦的根茎渐渐发黑，甚至腐烂。那时候连个雨伞都没有，逢上下雨，大人或者孩子出门头上都顶着一个鱼鳞袋子，那袋子从底部折叠一个窝窝，戴在头上倒也合适。只是逢到倾盆大雨或者暴雨的时候，那鱼鳞袋子起不了多少作用，身上还是会被大面积地淋湿。

淋雨，在那个时候是多么平常的一件事情。

位寺村的每一条河流，都因为水位的不断提高而满溢出来，随之溢出来的还有杂草、浮萍、鲤鱼、鲫鱼、泥鳅等，路上到处都是到膝盖深的雨水或河水。

自从苏如意在路上用水盆堵住了一些鱼之后，便有不少村民纷纷拿着水盆效仿着用水盆去堵鱼，不管逮到几条，每个人脸上都洋溢着幸福的笑容。虽然这种自然灾害使得这一季庄稼几乎没有收成，大家一见面就是长吁短叹，唉声叹气，但至少堵鱼的这一刻每个人都很快乐。

那些翻着白肚皮的鲢鱼、鲤鱼、鲇鱼、草鱼躺在水盆里，孩子们看见了都欢喜地叫嚷着："好多鱼！好多鱼！"雨水一直下，家里可以吃的东西基本只有杂面馍了，这样的情形下哪个孩子都是嘴馋得很，这些鱼足够他们饱餐和解馋了。

村里的女人们暂时停止了多日来雨水带来的烦恼与唠叨，家里暂时有了鱼肉这种可口的食物，男人们也可以不再忍受那种像蚊蝇一般在耳朵边嗡嗡的唠叨声。因为这样无休止的唠叨和烦忧，已经让村里的几个家庭陷入了比现状更糟糕的苦难。

雨水一直未停，事情的起因皆是女人们担忧未来日子的吃食以及柴火问题而产生的。女人刚开始还压抑着这种烦忧，接着几天随着仅有的粮食与柴火都快要没有的时候，女人再也忍不住自己的情绪，就站在男人身边不停地唠叨："家里已经快要没办法了，你也不想想办法！让一家子准备喝西北风吗？……"男人无奈地勾着头叹息，最后为了躲避这令人头痛欲裂的嗡嗡唠叨声，索性躲进另一间屋子上了锁。这种行为彻底激怒了女人，她使劲地晃荡薄弱的房门，似乎要把它摇晃个稀巴烂才解气。

"你给我出来！"

屋子里面并没有传出来什么动静，女人更恼火了，就站在门口不停地辱骂。这种辱骂很快刺激到男人克制已久的情绪，他从屋子里面箭一样地冲出来，一把揪住女人的头发开始暴打。冲动永远是魔鬼，这是不变的定律。

等男人的火气消去之后，那女人已经软绵绵地躺在地上了。

男人以为她在装死，并不理会。

"看你还天天唠叨！你装死也吓不到我。"

停了一会儿男人看那女人没有任何动静，便伸手准备把她拉起来，这才发现她被拳头击中太阳穴，虽未见出血，却早已气绝身亡。

男人哭得惊天动地，懊悔不已。这样大的雨水，连掩埋死人尸体都成了艰巨的困难。没有办法，女人的尸体只能暂时放在屋子里，孩子们既悲伤又害怕，整个家庭的苦难统统都落在了男人身上。

类似这样悲惨的情况，一连在整个村庄里出现过几例，而这个家庭的问题最为严重，因激烈吵架引发心理崩溃，最终导致出了人命。另外几家，要么无休止地争吵，要么仇人般厮打，让人看不到希望。

"老天爷！别再下雨了！再下老百姓都要没法活了。"一些老年人站在门口望着路上大腿深的雨水，长吁短叹。

村里穷，没有电视，村民们最近几天都在流传着一些关于雨水要停止的消息，据说这些消息来源于杨万山家，因为谁都知道他家有一个特别阔绰的收音机，收音机里每天播放天气预报。而大家还知道，那台收音机是他在省城身居要职的叔叔所赠送。

　　言归正传。果然像人们传说的那样，雨水真的停下了，晴空万里。

　　也就在这一年，杨万山家新添了全村第一台黑白电视机，这引得老老少少的村民们到了晚上都像看电影一样聚集在他们家的那条胡同里，为了看上一眼电视上那些能说会动的人儿。这台黑白电视机，只有一个铝锅口那么大。尽管如此，这也足以令全村人唏嘘不已了。

　　这种期待多日的天气，令村里的每一个人都很欣喜。太阳一出来就很热烈，路上的积水消失得也快。长时间雨水的浸泡，使得地里的小麦彻底变成了废物。村里的男人只得出去想办法解决口粮的问题，还有的去外地的亲戚家寻求支援。

　　当雨水满溢到路上的时候，学校只得停课放假。杨晓燕每天因为陷入对南晋风的思恋中而郁郁寡欢。杨晓曼再继续追问她细节的时候，她总是很烦躁地打断她的话。她比任何一个人都希望雨水赶紧停下来，就像她希望自己的爱情火焰永远不要熄灭一样。她不知道南晋风住在哪儿，不知道这些天的雨水会带给他怎样的麻烦，这种挂念一旦生出，就像长出了翅膀再也难以收敛。

　　对于苏以莞来说，那个出现在位寺集上写书法的男子，的确令她耳目一新。但是一想起那天脸上被溅墨汁当众出丑的情景，她便忍不住自惭形秽，面色羞红。她努力回避每一次对这种感觉的回忆。童年的经历历历在目，她不清楚何时才能走出那些阴影。

　　这场水灾使得村里的集上不再热闹，交易情况也变得相对冷清。南晋风又像两个月前一样出现在集上，出现在人们的视野里，用老鼠尾巴以及手指书写他独到精辟的书法。赶集的人熙熙攘攘，也可能是过了新鲜劲，也可能是无心欣赏，围观南晋风书法的人群很稀疏。但是，这一切好像无关紧要，南晋风依然气宇轩昂，书写字迹潇洒畅快，而且连当初的一毛钱售价也不收了，谁若是喜欢便直接免费赠予。

整整两个多小时，杨晓燕都站在南晋风的摊位旁，看他用手指写字，看他喂那笼子里的老鼠吃食。

"你为什么一直在这儿？"南晋风头也不抬地问。

"我没有事，就想学习您写的字。"杨晓燕口不应心地回答。

"学写字？那好啊！可以多送给你几张。"

"是的，您的字非常漂亮，谢谢！"

杨晓燕接过南晋风赠予的几幅字之后，并没有要离开的意思。现在，她只想和他说很多很多的话，想了解关于他的一切情况。

"我很疑惑，您为什么要免费赠送书法，就是之前也只收一角钱，整个集上恐怕没有第二份像您这样做生意的了。"

"小姑娘，这当然不是生意，是一种爱心艺术的传递，更是一种精神的传播。"南晋风若有所思地说。

"天哪！爱心艺术！我还是第一次听说这个名词。那冒昧地问一下，您以什么为生呢？"杨晓燕惊讶地睁大眼睛问。

南晋风嘴角微微上扬露出一丝淡淡的微笑，不再回答她的问题。

"我还是不明白。"

南晋风依然没有回答她的问题，他眉头微皱显得有些烦躁并且开始忙活着收摊了。

"那么，您可以去我家里住上一段时间吗？这毫不影响您的艺术创作，至少可以更详细地了解到我们当地人的风俗民情。"杨晓燕一双楚楚动人的眼睛深深地凝望着他，表情近乎哀求。

"那好吧！这并没有违背我从陵城来到这个镇上的初衷。"

"谢谢您！您来自陵城？那一定是一个很大的城市吧！"南晋风很意外地答应了杨晓燕的请求，这让她激动得差点儿跳起来，更让她感觉惊讶的是他竟然来自神秘时尚的陵城。她有些慌乱地忙着和他一起收拾笔墨纸砚。

"是的，谢谢你的热情好客。"他的声音依旧冷冷的。

杨晓燕笑颜如花，多日来的思念与惆怅都化作眼前从未有过的金色阳光。

　　南晋风这次没有骑车，而是一路上推着自行车和杨晓燕一起向杨家走去，这是他为人处世的风格，是对别人的一种尊重。但是，这种情况虽然一路两人几乎没说话，路上的行人仍然都会往他们这里多看上几眼。有三两个一群的更是只可意会不可言传地相互使眼色，窃窃私语。那时候谁家的姑娘基本都不敢像杨晓燕这样，公然和一名陌生男子一起出现在大众眼前。这在整个村子也是很难见到的情景，除非是结过婚的年轻男女。这些当地长期以来形成的意识，南晋风对此一无所知。

　　来到杨家大门口，南晋风有些迟疑地问杨晓燕："你的父母会欢迎我吗?"他深邃的眼神里透出一种遥远的孤独。"会的。"杨晓燕用肯定的口吻回答。

　　杨晓燕示意南晋风稍做等候，自己先来到院子里。秀英正在给孩子们织毛衣，看见杨晓燕就问："来，刚好在你身上比一下，看看还得织多长的袖子。"

　　"妈，我有话给你说。"杨晓燕嗫嚅着说。

　　"啥事，你说啊，这闺女啥时候变得吞吞吐吐了。"

　　"我想让一个朋友来咱们家暂时住一段时间，因为他不是本地人，还要在旅馆住，所以……"

　　"家里今年收成都是问题，你倒好，又要带回来一个人吃饭。"秀英把毛衣往地上一放，没心情再织。这时候，杨万山从屋里走出来接过话说："哪儿恁多事啊!"

　　"嘘! 你们小点儿声，他就在大门口哩。"

　　杨晓燕小跑着来到大门口的时候，发现南晋风已经不见了人影。哎呀! 他一定是听见母亲不欢迎的话语才离去的。

　　杨晓燕左看右看，哪条路上都没有看见南晋风。她急得眼泪都出来了，沮丧地跺着脚说："爸，妈! 都是你们小气，人家走了!"

　　杨晓燕回到自己屋里，锁上门呜呜地痛哭起来，任谁劝说都没有用，到了晌午连饭也不吃一口，这下急坏了杨万山与秀英。两口子开始相互埋怨，然后情急之下，杨万山怒火中烧地吼了一嗓子:

"老子把你养大了，你还哭哭啼啼闹事，气性大，就一顿饭也别吃！饿死算了！"

杨万山说了这话后，就听里面没有抽泣声了，还以为这句话起了作用，暗自觉得管教孩子还是严厉点儿好。谁知到了傍晚时分，杨晓曼忽然从屋子里跑出来惊恐地叫道："快来人啊，姐姐要死了！"

这一句话，让家里所有人都震惊了。杨万山和秀英两腿发软跑到女儿床前，只见杨晓燕头发凌乱，脸色苍白，口吐白沫，秀英一下子抱住她大哭起来："我的傻孩子啊！"

倒在地上的药瓶子里散发出刺鼻的味道。

"姐姐喝老鼠药了！"杨晓曼哭着叫道。一旁的杨阳、杨星、晓驰几个孩子也都吓得手足无措。

情况万分紧急，一家人七手八脚慌忙把杨晓燕抬上架子车，身上蒙上一条薄被子，准备拉到关庙镇上的医院抢救。大家心里谁都清楚，位寺村到关庙镇好歹也有十几里路，这就算拉过去估计人也不行了。但是现在唯一的办法，就是赶紧把杨晓燕拉到镇医院，村卫生所里赤脚草医的本领，谁也信不过。

大家神色慌张地刚刚把杨晓燕拉出胡同，就被一个陌生男子拦下来。这个男子不是别人，正是南晋风。

"慢着！让我看看她什么情况。"南晋风说着就神速地一手抓住杨晓燕的手腕，几个手指分别放在她的寸、关、尺三脉。

"你、你是谁？不要耽误了俺闺女的救命时间。"杨万山红着眼珠子急切地叫道，说着就准备去推搡南晋风。

杨晓曼赶紧拽住了杨万山说："爸，这个人就是姐姐信任的那个朋友，你就让他试试吧！"

杨万山暂时消停，他上下打量了南晋风一阵，满腹狐疑：这不是最近来到位寺集上卖艺的外地人吗？

只见南晋风给杨晓燕把脉之后，又一只手翻开她的眼皮看了看，急切地从腰间拿出一个葫芦形状的小药瓶说："让她赶快服下一粒神效丸！"

杨万山和秀英半信半疑，面面相觑。

杨晓曼说："没有时间了，你们都别再犹豫了！"然后迅速帮南晋风打开了小药瓶，从里面倒出来一粒黄豆大小的黑色药丸。

南晋风熟练地捏开杨晓燕的嘴巴，将药丸塞了进去。此丹药共采用十几种天然名贵药材，需春、夏、秋、冬四个季节的第一天的晨露为药引，再经过三伏天的正中午一点到三点的太阳，九蒸九晒制作而成。药丸乃是南晋风亲自秘制，随身携带的救命神效丸，救人于水火，百发百中，从未出现过意外。不管多危急的情形，只要这个人还有呼吸存在，将药丸塞于舌下一旦溶解就会立即生效。

就在杨晓燕含服药丸约一分钟之后，奇迹果然出现了，只见她慢慢睁开了眼睛，她的眼神先是呆滞混沌，然后逐渐恢复了以往的明亮清澈。杨万山和秀英看见女儿死而复生，激动得直掉眼泪，他们的眼神里都充满着对南晋风的感激之情。

当杨晓燕一眼看到南晋风之时，又激动又惊讶。她慌乱地一下子坐起身，带着哭声说："南先生！您回来了！您回来了！"

南晋风微微一笑，似乎是自言自语道："这条河真美，鱼虾也多，我把它们画了下来。"

"您是在写生？"杨晓燕问。

南晋风点点头。

杨晓燕和杨晓曼几乎同时赞叹道："南老师真是太有才华了！"

因为这件事情的发生，杨万山和秀英盛情邀请南晋风住在家里，把他当作一家人看待。南晋风这种起死回生的本领，就像一阵风一样很快在整个位寺村传开。人们都知道这个来自大城市的男子是一个传说中的"世外高人"。

南晋风借住在杨晓燕家，受到了杨家所有人的欢迎。这对于杨晓燕来说，幸福简直来得太突然。

如果死一次，就能换来南晋风的出现，她宁愿再也不要醒来。

第七章　吃"百家饭"的孩子

酷暑炎热，树上的蝉儿躲在人眼望不见的地方拼了性命似的叫唤，所有绿色的叶子都在太阳的暴晒下变得灰白、疲软。那些黄狗、黑狗，还有大黄牛都卧在家门口相对阴凉的地方，吐着淡红色的舌头大口大口喘着热气，仿佛是刻意要把整个伏天的热燥短时间内吐完，才会觉得心安理得。

尽管天热得要命，秋季庄稼芝麻、黄豆地里的各种野草也长得旺盛，人们顶着火热的太阳蹲在地里拔草、锄草，只一会儿工夫身上就会汗如水洗，勤劳的人们衣服湿了再被晒干，干了又被汗水打湿。在芝麻地里拔草的时候，偶尔也有意外收获，那就是幸运地碰见几株香菇茑，成熟的香菇茑就像小枣大小，拨开它褐黄色薄薄的外衣就可以看到里面金黄色的香菇茑了，它在太阳底下闪着晶莹剔透的光泽。又渴又饿的大人却也不舍得吃，把它们都摘下来等到放工的时候，欢喜地拿给在地头树荫下玩青蛙或者蚂蚁的孩子们分着吃。

就在杨晓曼给苏如意写了一封表白爱慕的信件后不久，为了让成绩优异的姐姐苏以莞上学，善良的苏如意主动辍学了。当然他完全没有理会那个"仇人"家的女儿，更不会给她回信。从小到大，他的耳朵眼里听到最多的就是杨万山这个可恶的名字，这个名字曾经让家里多年来饱受苦难。所以，杨晓曼在他眼里永远都是令人生厌的。而杨晓曼误以为是自己的那封表白信，导致苏如意不敢上学了，她为此深感内疚与不安，却一直没有机会向他问个明白。因为，他好像从来都不给她那样的一个对话的机会。

44

苏如意这个曾经吃"百家饭"长大的孩子，现在已长成一个潇洒俊朗的少年：他身材魁梧，轮廓自然清晰，忧郁的眼眸下却有着一种耐人寻味的孤独。他继承了父亲的忠厚老实、勤劳能干，但是却比父亲勇敢积极、聪慧果断。他善于探索和研究铝、银的冶炼过程以及工艺品的制作。

　　苏如意痴迷于这个行当，源于村里的一个光棍汉——绰号叫"三两银"的老人，自从辍学之后他喜欢去三两银家里玩，两人有着跨越年龄界限的共同爱好与话题。不久之后，这孤独的少年和孤独的老人竟然逐渐成了忘年交。

　　三两银近几年没有种田地，将田地赠予邻居种植，他本人长期以收购废弃的铝制品、纯银装饰品，然后亲自冶炼成成品再卖出去为生。而铝与银这两样东西，那个时候在村里都是很少的物件。基本上家家用的锅碗瓢盆都是固有的原料，像锅，都是铁锅，碗与盆是简单工艺烧成的瓷器品，瓢就更简单了，直接是自家地里种的葫芦长老了的时候，切成两半，便成了两个好用的瓢了。所以这样的买卖都是骑自行车去一百多里地之外的沈丘、太和、平舆等地做成的，每次准备去收购废原料的时候，三两银都是带上半袋子杂面馍，饿了的时候就停下车子吃一个馍，然后再喝点儿河水就解决了饥肠辘辘的问题。

　　等三两银到达目的地，他就慢慢骑着车子在附近集镇上转悠着，吆喝着："有那不用的废铝、废银拿来卖吧！……"

　　这样一天吆喝下来，三两银便能够收到几份废铝、废银，约莫三五天的工夫便收上两大鱼鳞袋子原料了，当然废银占少数，废铝占总量的大多数。满载而归的途中，三两银用自行车的尾座驮着两大袋子物品却不觉得辛苦，反而精神抖擞，一路狂奔。因为他很快就能冶炼下一次的铝锭与银锭了，那个过程是他最为振作和期待的。

　　三两银是位寺村第一个做生意的人，也是村上第一个有自行车的人。虽然，三两银一生都在做这个生意，但是他日子却也过得相对拮据和困难，因为行情的忽高忽低，也因为货源的短缺，最重要的是囤货严重。收货人价钱出得不理想，他就宁愿自己囤货。三两银的三间房子除了睡觉吃饭的地方，都被冶炼好的铝锭、银锭装得满满的。就算是在晚上漆黑一片没有点灯的情况下，只要有人一推门进去，定会被里面白花花的铝锭、银锭的光芒所吸引。

现在的苏如意完全被冶炼铝锭、银锭所痴迷。去收购原料的时候，他没有自行车就跟着三两银一起推着架子车走远路，常常一走就是两三天才能够到达太和或平舆。苏如意心疼年近七旬的三两银，就在架子车上铺上一层厚厚的麦秸，让他坐在架子车上，如此麦秸的铺垫便可以有效减少一些土路坑坑洼洼的颠簸。他们不是父子，不是亲人，在外地集镇上收购原料的时候，却常常被误以为是父子或亲人。无论有什么吃食，苏如意总是先尽着三两银吃饱，然后自己才吃。

三两银很欣慰：在自己孤独年老之际，苏如意就像上天安排好的一样，那么自然而然地来到了他身边。他比儿子孝顺，比知己贴心，比学生虔诚！而三两银只喜欢苏如意称呼自己"三两银"，好像只有这样的称呼才会让他觉得内心痛快。苏如意来到他的身边，让他感受到人生的更多乐趣。同样这个身形佝偻、大红鼻子的小老头，也带给了苏如意无尽的温暖。他们的感情彼此依赖，密不可分。三两银连家里的钥匙都给苏如意配了一把，为了方便他随时进出。

有次快过年的时候，从进入腊月开始就一直断断续续地下雨、下雪。到了大年三十那天，鹅毛大雪下了一天也没有停下来，积雪堆得半腰身那么高。人家门前都有人扫雪，积雪清完路就出来了。而三两银因身体受凉病倒了，刚开始咳嗽，后面就开始发起高烧。那天，苏如意心神不宁地陪父母包完大年三十的饺子就急匆匆往三两银家里跑。他的父亲冲着他走远的身影吼叫着："大过年的也去找那个糟老头子，整天和他一个五保户混在一起，能有个啥好出路……"

苏如意跑到三两银家门口，看到积雪高筑，顿时心里难过极了。他拿着铁锨一阵拼命地猛铲，这些积雪在一个意气风发的强壮少年手里，工夫不大就全被堆到墙角的一侧。扔掉铁锨，苏如意一头钻进三两银睡觉的屋子。

"三两银！三两银！"苏如意大声而急切地呼喊着他的名字。

眼见三两银直挺挺地睡在床上一动不动，苏如意用手摸了一把他的额头，才发现他在发高烧。

苏如意心急如焚，想让他赶紧喝点儿水散热，却见他唇色发白，嘴巴紧闭。情急之下，他就端起碗里兑好的温开水，噙满一大口，嘴对嘴地喂到三两银胡子拉碴的嘴里，一口接着一口就像老鸟在喂雏鸟那样细心地往嘴里输送。刚开始三两银的嘴角只是微微动弹一下，水又都顺着他的胡子滚成一颗一颗的水珠流下来。再喂他的时候，苏如意注意了分寸，他一次只往他的嘴里吐一点点，这样效果很明显，三两银慢慢张开了嘴巴。他的牙齿已经残缺不全，只剩下几颗又黑又黄的老牙齿了，牙齿的每一条纹路里都布满了沧桑的痕迹。他的嘴唇因为年老而气血不足看上去皱巴巴的，整个口腔张开缝隙的时候，从里面透出来一股难闻的味道。那味道似乎是到了老年时候内脏功能下降引发的脏腑之气，又似乎是高烧之后脏腑缺乏水分而引起的异味。总之，如果不是足够虔诚，足够友善，任何一个人都不会对这种散发于面前的味道视而不见。苏如意对这些好像并不在意，或者根本毫无感知，他心里只有一个念头，三两银要尽快退烧脱离危险。

三两银醒过来的时候，朦朦胧胧地看见苏如意在往自己嘴里喂水，塌陷松弛的眼眶里一下子渗出了浑浊的老泪。

"如意，我的好孩子！"他用干裂粗糙的大手握着苏如意的稚嫩的手心，第一次说出来如此亲密的语言。他年轻时候的孤傲已经随着岁月的打磨逐渐土崩瓦解，这样的风烛残年，还有什么能比遇上这样有情义的人更值得欣慰的呢！

苏如意给他熬了白面汤，喝完两小碗之后他慢慢退烧了。两人会心地笑着，这样的默契无须言语的表达，这是属于他们自己的幸福时刻。

再有几个小时，就要到除夕夜了。苏如意和三两银一起动手包了韭菜鸡蛋馅饺子，在栅子门、房屋门上分别贴上对联和门神，又在灶屋里粘上灶君爷神像。

除夕的那天晚上，苏小满前来喊了苏如意两次，但是都没有将他喊走。他执意留下来，陪伴这个孤独多年的老人，过个热闹年。

苏小满无奈，只得摇头叹息。临走嘴里还不忘骂一句，白养你个龟儿子了。

多少年了，三两银终于过了一个有人气的大年。他以为他早已习惯了那样的孤独和冷清，事实上，直到现在他才敢于承认，他也是喜欢烟火气，喜欢热闹，喜欢有人有一搭没一搭地随意说说话。

是的，一般人是体会不到真正的孤独的，孤独是进入骨子里的一种特殊韵味，它足够高远、辽阔、深不可测。而平常人口中的孤独，大多都只是寂寞而已。

从五更起来，吃过饺子之后，他们俩就又开始默契地打开院里的大锅炉，上炭火，冶炼银锭、铝锭。

三两银负责生炭火，因为这方面他更有经验，先是燃着几根劈柴放进锅炉，趁着火旺之时把炭火放在上面，一会儿的工夫炭火就会烧起来了。

炭火烧起来之后，苏如意这时候开始大显身手了，这是个体力活儿也是个灵巧活儿：他把两个重约八十斤的冶炼铁罐，用大火钳子一个一个放进炭火适当的位置，然后将提前准备好的原料铝或者原料银放进铁罐中，约莫十五分钟的工夫原料银即可熔化为白花花的液体，而原料铝需要的时间稍微长一些，约莫半小时工夫，也会变成白花花的液体，到了这个阶段就需要快速把铁罐子用大火钳子夹出来，牢牢夹住从锅炉里拎上来再放在地上提前刨好的坑里，待到半小时后液体冷却成崭新的银锭和铝锭，就是收获成果的时候了。而在刚刚夹出来两个冶炼好的铁罐子之后，为避免炭火源的浪费，就又及时放进锅炉两个大铁罐子里，里面放上冶炼原料又开始新一轮的冶炼。

这是一个苦差事。在火光冲天的时候，要将头探进火炉，用钳子夹出铁罐子。一天一夜下来，常常会炙烤得脸上脱落一层皮，眼睛也常常会模糊不清，需要几天的时间才能够缓解过来。

在冶炼的过程中，渴了就喝点儿水，饿了就在锅炉边上烤上几个馒头吃。尽管如此，苏如意仍然对冶炼充满了痴迷和执着，一点儿也不觉得辛苦。在冶炼铝锭和银锭的基础之上，现在苏如意通过自己的摸索和研究，将一部分成品加工成工艺品。譬如，一些银梳子、银耳坠、银镯子等等。

冶炼完工的时候，每到位寺村逢集或者附近集镇逢集的时候，苏如意都会用垫着厚麦秸的架子车拉着三两银，去集上摆摊卖这些新鲜、美观、可爱的铝、银工艺品。

那时候的人们都还记得，无论春夏秋冬，都会在赶集的路上或者散集的途中，看到一个头发蓬乱、眼神善良的少年人用一辆破旧的架子车，拉着一个身形佝偻的瘦小老人……他们俩的身影，就像南飞的大雁一样不断地出现在泉河县的关庙镇、鲖城镇、庙岔镇等地。

苏如意的工艺品虽然每个集上卖出去的寥寥无几，甚至很多时候一件也卖不出去，但是他从来没有停止对这种工艺品细节的改进。在那一时期，任谁说他"死脑筋"都没有用，他只管全身心地去研究和探索这件他认为最有意义的事情。

因为没有生意，三两银通常就躺在架子车上睡觉，苏如意则是一个人呆坐在摊位前，摆弄那些银饰品，那样子好像永远不厌其烦。

在庙岔镇摆摊的时候，苏如意结识了一个叫媛媛的小寡妇，这个小寡妇是个云南人。在孩子两岁多的时候，她的丈夫就因为在砖窑场干活儿被意外砸死。她的年龄其实和苏如意相仿，只是命运的捉弄，让她过早地承担了这一切。媛媛还眼眸潮湿地告诉他，她很想回家，但是她不认识字，她只知道那是一个有山有水的地方，一个叫昭通的地方。

天性善良的苏如意被眼前这个娇小瘦弱的女人的遭遇所感染，他不记得从第几次谈话的时候开始心疼她，想要帮助她。但是他确信每一次她那娇小的身影出现，都会带给他一种欣喜，连同跟在她身后那个怯生生的小女孩，都逐渐和他熟悉成了朋友。苏如意有感而发，给那女孩取名馨儿。那时候，他还不确定自己对媛媛是爱情还是同情，他只是感觉到生命中注入了一股新鲜的血液。

第八章　亲情与爱情

苏如意带媛媛回家的那天，杨晓曼听说以后哭得很伤心。毕竟从小到大，她只喜欢过这么一个男孩，她不懂得什么是心碎，那些日子却茶饭不思，日渐憔悴。她跟姐姐哭诉说，那个黑黑瘦瘦的云南女人有什么好，还带着一个拖油瓶，难道我一个妙龄少女还不如那个小寡妇。杨晓曼越说内心越是生出来许多爱而不得的恨意，她觉得这世间所有的美好与痛苦都与苏如意有关。杨晓燕劝说她，苏如意迟早会后悔的，他就是一个不懂好歹的家伙。她终究还是听不进去。

滚滚红尘中，总有人前赴后继地喝下爱的毒药，甚至为了爱情死去活来，一生不得清醒。

对于苏如意带回家的这个云南女人，苏小满耷拉着头吧嗒吧嗒地抽着烟，不肯多说一句话。刚开始只是拉着一个驴脸，到了第二天直接开门见山地对苏如意说："你让这个女人走吧！我不同意你娶一个结过婚而且还带着孩子的女人，这是咱祖上的耻辱啊。"

人在很年轻的时候，总会生出一种不可抵挡的逆反心理。譬如现在的苏如意，他原本只想把媛媛带回来给予好友似的关怀与帮助，并没有过要娶她为妻的念头，而现在父亲坚决的态度和话语，激起了他潜藏的逆反心理。他心里掠过一个念头，一定要好好保护媛媛，哪怕遭遇所有人的反对。

"爸，这次我不会听你的话，我不能让媛媛走！"苏如意坚定地对父亲说。

媛媛操着难以辨别的南方口音"呜呜呀呀"的令所有人相互对

看，却又不知怎么接话，大家对望的意思是：你听懂了吗？

见此情景，苏小满更是烦躁难掩。他连连摆手，嘴里不住地说着："别说了，别说了。"

这个家里无论大事小事，疯子娘还是像以前一样几乎不怎么说话，她心里简单惯了。哪怕是现在她的精神状态已经接近正常人，家里人和村里人也并没有把她当成正常人，好像大家潜意识里习惯了她是一个疯子。又或者说大家懒得去想这件事情，谁又去在意一个先前不知道穿衣服的疯子呢。

苏以莞和苏如意姐弟情深，见状就央求父亲道："爸，现在都什么年代了，如意长大了，他懂得怎么去做选择。再说了，现在都是自由恋爱。"

"啥？你懂啥？啥是自由恋爱？这是你一个闺女家该说的话吗？你以后敢这样的话，我就打断你的腿。"

苏以莞见父亲像以往一样又上来了倔强的牛脾气，只得意味深长地看了一眼苏如意，不敢再吭声。

谁也没想到那天晚上，苏如意竟然做出了一个大胆的决定，他带着媛媛和馨儿搬到三两银家去住了。这突如其来的事件，让三两银也慌了神。他只得开门相迎，在自己床边给他们搭了两个地铺，让他们暂时住下。

第二天，三两银问清楚事情的来龙去脉之后，就马上劝说苏如意搬回家，并说这样是大不孝之为，这要是传出去以后咋在村上做人呢！

好说歹说，苏如意总算开口说话了："只要我爹一天不同意媛媛进家门，我就一天不回家，以后安家落户到您这儿，您就是俺爹，俺给您养老送终还不行吗？"

三两银听他这样说心里五味杂陈，唉声叹气。

事情到了这个地步，三两银只得准备过些日子就动手盖几间房子，不然这样住实在太拥挤。

苏小满这几天气得饭都吃不下去。终于，那天他再也忍受不了假装的无所谓，他站在三两银家门口大骂自己不孝的儿子，还扬言这次要彻底断了父子关系，从此直到自己死后，也不要苏如意问津，生不养，死不葬！

苏如意见父亲正在气头上，关着门不出来见他。等到苏小满骂累了，骂够了，他才从里面"吱呀"一声打开栅子门，递上一碗水说："爸，您就消消气吧！我是真舍不得媛媛走。"

这一句话，还不如不说，苏小满一巴掌就把碗打在了地上，水花四溅，瓦碗摔成了几块。"你舍不得这个刚认识的外地女人，你咋就舍得生你养你十几年的爹了？你说啊？"

这时候庄稼地里都长着绿油油的秋季农作物，人们正好空闲，听见吵闹声就都围在这个地方看热闹了。

大家你一言我一语："这苏如意真是不孝顺啊，为了一个女人把自己的亲爹气得七窍生烟，这还不说，竟然还搬家到了三两银家里住，这在整个位寺村上也算是排名第一的大不孝了。"

"是啊，是啊，你说这小孩要是长大了都像苏如意这样，还养活他干啥？有啥用啊！"

"唉！小时候多好个孩子，吃咱村妇女谁的奶水，都会解开怀喂他吃几口，咋长大是这样的人啊……"

"是啊，真是不孝啊！"

"咱们的奶水真是白让他喝了，还不如喂狗娃子，这对他亲爹都这样啊……"

"是啊！是啊！"

…………

人们唏嘘一片，议论纷纷。

苏如意索性关上了栅子门，他知道自己已是千夫所指，无力挽回。好吧！任凭村民们怎么议论，任凭父亲怎么摆理，怎么号叫他都不再出来说一句话。

自此之后，父子俩就结上了仇怨，就算出门见着面谁也不搭理谁，就像陌生人一样。固执的斗气就像是顽疾一样，时间越久越难以排解。

不几日，三两银变卖了几架车的铝锭，等拿到现金后，他开始

52

邀请村里的泥工瓦匠等，盖起了新的青砖齐襟瓦房。三个月后，三两银家连正房带偏房一共六间房屋算是完工了，这下一家几口人住得够宽敞了。媛媛主动承担起做饭和家务，还养起了几只鸡和鹅。这个瘦小的云南女人非常勤劳能干，每天院子里、厨房里都能看见她忙碌不停的身影。家里干净得一尘不染，多亏了这个女人无间歇的收拾和摆放。

在一个雨水充沛的夜晚，大雨落地的声音把村里的狗叫声、蛙鸣声、虫鸣声统统覆盖于天地之间。屋内没有点灯，漆黑一片，满屋飘荡的都是苏如意被压抑的情感，他为自己执拗地维护媛媛而伤害了父亲，感到难以克制的愧疚。望着窗外滂沱的雨水，他遍体的不安，穿透每一个骨节。亲情与爱情同样折磨着他的灵魂，拷问着他的每一次呼吸。他起身路过媛媛的睡房，他半卷的右手试图用中指与食指叩响房门，一想到她正在熟睡的梦中，他的手就放下来。他脚上穿着母亲亲手缝制的布鞋，确信自己没有发出一点点声响的时候，推开门走了进去。黑暗中，他隐约看见媛媛像一只小猫一样蜷缩在床上，约占据整张床面积的三分之一，她三岁多的女儿馨儿依偎在她身边睡得香甜。

"你怎么还没有睡？"黑暗中冒出来媛媛一声温柔的声音。

苏如意似乎被这忽然冒出来的声音惊吓住，他羞愧得面红耳赤，暗自感谢夜晚的黑色替他掩盖了这样的尴尬。

"哦，我没有，外面下雨了。"他语无伦次地说完这句话，就转身逃出这个屋子。这一年，他只有十七岁，还是个懵懂的孩子。自此之后，苏如意和媛媛一直是井水不犯河水，依然是各住各屋。这个事情除三两银之外，村里的其他人毫不知情。在村里近些年的规矩就是这样，早早休学的男孩与女孩就是要定媒，结婚成家。

窗外的雨水，整整下了一夜。到了第二天清晨的时候出了明媚的大太阳。媛媛早早起来生火做好了早饭，苏如意将院子里提炼过的废渣都铲到一个位置，准备攒到一块儿卖个不错的好价钱。

三两银老了，他现在好多天都不刮胡子，也不愿意洗澡，这些事情通常都是在苏如意的哄劝下才能帮他完成，现在连他自己都觉得懒得不想动了，只觉得四肢乏力，哈欠连连。他在开饭之前，还在教馨儿看连环画的故事书，三两银家从来没有如此热闹过，整个院子里充满着其乐融融的味道。他唯恐这样的繁华与热闹转瞬即逝，让他再次陷入长久以来的孤独之中。他小心翼翼地对待这样的每一分钟，小心翼翼地注意着自己的言行举止。他不清楚自己到底孤独了多久，就像不清楚自己是不是真的孤独过一样，他内心却觉得这好日子来得太突然，他只有倍加珍惜。

苏如意对父亲的愧疚之意日益加深，直到这种愧疚搅和得他坐卧难安，他才决定放下与父亲的斗气与较量，准备回家向他低头认错，乞求原谅。其实，他从第一天搬走的时候，就一直挂念着他的那一家血脉相连的亲人。

人生没有如果。

就在苏如意准备回家向父亲认错道歉的那天早晨，小河边的胡同方向传来了响亮的鞭炮声。起初，苏如意并没有将这件事放在心上，想着可能是谁家有什么事。可工夫不大，村里的人都渐渐走出院子，开始忙忙碌碌。

三两银从门外回家后，一脸沮丧。他眼皮也不抬一下地对苏如意说："如意，你爹老了。"

"俺爹老了！谁说的?"苏如意面如土色，手里拎着一篮子鸡蛋原本准备去看父亲，而现在这篮子鸡蛋就像失去重心似的碎了一地，白的黄的四处乱淌，一群鸡过来欢叫着一口接着一口啄食起来。

"别问了，赶紧回去吧！门口的人都知道，刚才放炮就是你爹的事。"

苏如意脑子嗡的一下，瞬间一片空白。他难以接受这突如其来的阴阳两隔！他悲伤至极，悔恨至极，却根本流不出一滴泪水。他不知道自己是如何移动脚步回到那个家里的。

刚来到大门口，疯子娘就一下子把栅子门关上了，她声泪俱下："你不要进这个家门！你爹死了也不要你来埋！滚出去！

"从你搬出这个家后，你哪儿还记得有这个爹，有这个娘啊！你爹气得吃不下饭睡不着觉，今早上突发心肌梗死走了啊……"

苏如意跪在地上，呜咽地哀求着母亲："您开开门，我错了！我对不起我爹，求您让我送他最后一程吧……"

疯子娘不知道哪根神经受了刺激，忽然就把浑身的衣服都扯掉了，又哭又笑。只是她脑子里好像只记住一件事，就是死守住那个栅子门，不准苏如意进入院里。有人给她把衣服穿上，她就去打人家，骂人家，然后再把衣服撕掉。人们面面相觑，不知道如何是好。

而整整一个上午，苏如意跪到瘫软在地上也没有求得母亲的谅解。这情况，院子里的人出不去，院子外的人进不来，整个村子的人都在议论纷纷，都在谴责苏如意难以赎回的罪责。在家族长辈们的劝说下，苏如意不再坚持。他神情恍惚，似乎失去了悲痛的感觉，悲痛在极点上持续，就不再是悲痛。

母亲受了刺激再次疯癫，他只觉得自己罪孽深重，简直快要崩溃了。

苏如意被三两银拉着手就像牵着一只绵羊一样，拉回了院子。他双目呆滞，满眼睛里都是痛苦和绝望。他很想大声地哭一场，但是他的声音、泪水好像都不听他指挥。他努力地张大嘴巴，挤着眼睛模拟了好一阵子，他的哭声和泪水才终于倾泻而下。

院子里几个上年纪的老人，满脸的悲凉，不停地抽着烟说："人死了就活不过来了。"

"那是，老天爷要收人，谁都没有办法。"

…………

苏小满突然摔倒在地，是令所有人始料不及的事情。他一向身体健朗，怎么说没有就没有了呢？人们都说，他没有抬到镇医院人就不行了。

苏以莞给父亲换寿衣的时候，发现他身体还是热乎乎的，只是他贴身穿着的衣服都已经被汗水湿透。苏以莞心痛如绞，父亲临终前一定是难受万分，否则怎么会无声地出了那么多汗水呢。

这丧事来得突然。有门里人在地上摁灭烟头，拍着胸脯说："把我那个备好的棺材抬过来用吧！"

有人赶紧小声对苏以莞说，你五爷这人真不赖，赶紧给他跪那

55

儿磕三个头吧。

苏以莞扑通一声跪在五爷跟前，连连磕三个头。五爷说："起来吧孩子！我这身子骨不要紧，再熬个三年五年的也没事。"就这样，门里去了五六个男人，把五爷家的棺材抬过来了。

工夫不大，人们把灵堂扎起来了。按照老人们的指点，苏以莞穿了孝衣，跪在那里烧了三两三钱纸，把其中一撮灰用一块布装着，给父亲垫在脚头。

苏以莞看着父亲脸上被蒙上了黄表纸。就在此时，她母亲的疯癫病又不可阻挡地发作了一回，她拥抱着疯子娘，泪水与泪水混淆在一起。在里屋的一个小床上，她嘤嘤嘤啜泣，轻轻哄疯子娘入睡。

她看见有人把父亲生前的衣裳都翻了出来，按照当地的习俗把那些衣裳都垫在棺材里。她一个箭步跑过去，抱着父亲的衣服失声大哭。旁边一个老太太说："这可不兴，你抱着哭过的这几件衣裳是不能再放进棺材了，不然对亡灵不利。"她只得恋恋不舍地丢下怀里的衣裳，听从老人们安排。

到了净面的时候，血脉相连的至亲们都排好队，按照秩序，一人拿着一小块棉花蘸上酒水，给棺材里的亡人洗脸。以示家人与亡人之间，在出棺之前最后的亲近。

苏以莞探着身子，靠近黑洞洞的棺材。给父亲净面的那一刻，她强忍着没有让泪水流下来。想着这最后一面之后就是永别，她感觉自己的心就像被万千的蚂蚁在啃噬一样，几乎气绝。按照习俗，至亲在给亡人净面之时，严禁有泪水滴入棺材，否则视为大不敬。

她看到父亲静静地躺在棺材里，脸色蜡黄，就像睡着了似的没有一丝表情。他的身休直挺挺地塞满了那个陌生而狭小的空间，庄重得就像一座古老的雕塑。

这最后的一眼，意味着之后的再也无法相见！她是父亲一口一口喂大的女儿，却只能眼睁睁地看着他进入永远静寂的黄土……

夜深了，人们渐渐散去。那夜，风不大，却夹杂着许多田野间泥土的气息，这是只有村里人才能分辨出来的味道。天空灰蒙蒙的，只有稀疏的星星散落在天幕上。夜，沉默着，已经有无数世纪。夜风中，仿佛传来一种遥远的声音，像是在召唤，更像是在诉说。这些诉说，像是很久以前的某种声音，时间尽头的声音。那种常常被人们称作"天边儿"的地方，到底是什么样的一种地方，位寺村从前的人们将永远都无法探知。天，渐渐从鸡鸣中露出来黎明的重访，一切似乎都在这种浩瀚中归于虚无。这种感觉只有深切孤独的人，才可以体会。

第九章　苦难与理想

父亲去世之后，苏以莞和疯子娘相依为命。人间的苦难千千万万，每一种苦难都有着难以逾越的芒刺。是的，她孤独忧郁的童年已经渗入了太多的苦难，而现在命运的折磨更深一层地占据她的每一根神经。在每一个红色的黎明到来之际，她常常在睡梦中哭醒，常常渴望所有苦难的细节都只是梦，可是第二天早上白昼的来临，使得她只能面对严峻的现实。

父亲临死的时候，指着里屋那个垒砌的泥巴墩，声若游丝地告诉她，那个装着小麦的泥巴墩里保存着三百块钱，够她这个学期的学费以及生活费了。她泪水潸然，用手把小麦来回地搅动，终于在小麦的最底层找到父亲积攒的那三百块钱。父亲入土为安之后，那种巨大的悲怆与绝望，令她好一段日子都失魂落魄，难以排遣。

一个人最大的敌人往往就是自己，战胜了自己才可能战胜困难。

经过一系列的心里挣扎后，苏以莞把家里的栅子门锁了，决定带着疯子娘在泉河县城的高中学校读书。学校教务处的主任是个四十岁左右的好心人，他在得知苏以莞的处境之后，破例答应苏以莞带着母亲求学，并为她们母女在寝室旁边腾出来一间几平方米的小屋子，以方便照顾。学校里的大门口设有保安室，疯子娘还算安静，除了一天到晚在校园里边捡黄泥巴吃之外，从来没有跑出校园过。

就算苏以莞一再调整，想要努力忽略同学们的窃窃私语以及他们异样的目光，可是经过半个多月的时间后，她还是觉得带母求学这条路实在太艰难了：她既要照顾好母亲，又要一边完成每天繁重的作业。她常常在课堂上走神，注意力无法集中，她担心母亲乱跑，害怕她遭受到意外的伤害。

特别是那件事情的发生，更是让苏以莞觉得这样下去不是办法。那天下了暴雨，苏以莞放学后立即就借了老师的一把老黄油布伞回到住处，却没有看见疯子娘。她心急如焚，放下书包就打着伞冲到雨里，声嘶力竭地大喊疯子娘。当她顺着校园找了一个遍，直到走到校园区东北角犄角旮旯儿的一个地方，才找到了疯子娘。这个地方种着一些鸡冠花、兰花。疯子娘淋得浑身湿透，正在雨中用双手反复接水，浇花！

疯子娘听见苏以莞急切的叫喊声，咧开嘴傻笑着。

"娘！雨这么大，你淋透了啊，快回去！"

"我浇花哩，我不走。"疯子娘推开头上的伞，又要继续接雨水。

苏以莞分不清脸上流下来的是雨水还是眼泪，她呜咽地说："娘，咱不浇花了，咱回去吧！"她用一只胳膊紧紧地挎着疯子娘的胳膊，她的身体瞬间被疯子娘湿凉的身体所浸染，母女俩顶着一把被暴雨吹得倾斜的黄油布伞向住处走去……

那天之后，疯子娘受寒发了高烧，连续吃了好几天的退烧药，才算痊愈。为防止这样的事情再发生，苏以莞绞尽脑汁，最后决定用一根粗绳子把疯子娘拴在屋子里的床腿上。直到每天放学后，她再把疯子娘手上的绳子解开。尽管每次那发红的勒痕都在揭示着自己错误的行径，可是她也只能在自责中坚持这样的做法，直到苏如意那天来学校看望她们。一个多月没有见到弟弟，他变得眼窝深陷，憔悴不堪，而疯子娘被拴在床腿上的一幕更是让苏如意忍不住号啕大哭。

苏如意稳定情绪后告诉姐姐，他决意要把疯子娘接回去住，希望她能够好好上学，以后的学费自己来想办法，她考上大学才不辜负父亲生前的愿望。苏以莞含泪应允。事到如今，她虽然放心不下疯子娘，但也只能这么做了。临别的时候，苏以莞还嘱咐弟弟，如果碰到晓驰要多关心他一下。

苏如意当即就气冲冲地说："晓驰是杨万山的孽子，咱家没少受他的迫害，我才不管！"

"姐，咱这一家子是咋活着的，你还替那孽子操心！"苏如意觉得不解气又接着说。

苏以莞几次欲言又止：晓驰其实是姑姑苏然生下的孩子，与苏家有着血浓于水的关系，但是她最终还是没有告诉弟弟。关于晓驰的这个话题，他们谁都不再说话。

疯子娘似乎原谅了苏如意，她这次没有敌对与反抗，而是乖乖地坐着他的自行车来到三两银家。两个残缺、特殊的家庭，就这样讽刺性地组建在了一起。

疯子娘得到儿媳妇媛媛的细心照顾与梳洗，看着干净了很多，她每天咿咿呀呀地和馨儿疯玩在一起。三两银喜欢这样的热闹日子，这是他一生中最繁华的时光。

一段时间后，整个位寺村的人似乎渐渐遗忘了这个家庭原本是两个家的组合，渐渐遗忘了苏如意之前为了媛媛与父亲冲突搬出家门的那些往事，顺理成章地把苏如意当成这个家庭的顶梁柱、当家人。这一点，从村里的繁文缛节的事情上就可以看得出来，譬如谁家办红白事，都会直接给苏如意去说一下就行了。

时光浩瀚，无论对的，还是错的，最后都成了某个时空的某个故事而已，这或许就是时间验证一切，时间改变一切。

初秋的天气，麦苗刚刚长出来不久，远远看上去就像铺了一层绿毯子，这时候虽然风轻云淡，却也生出许多不经意的凉气。这次赶到位寺村苏如意家，前来谈判铝锭、银锭生意的是从外地过来的一个收购商。他是赶着一头毛驴坐着架子车来到这里的，等来到三两银家门口的时候，他嘴里不停地对毛驴喊着"吁！吁！"的声音，那毛驴果然能听懂人话，听到主人的喊声随即停止了四蹄的走动。三两银面带微笑迎接他进入院子，将毛驴拴到旁边的一棵椿树上。

外地商人是个能言善辩的主。看过屋子里堆积的白花花的铝锭、银锭之后，他操着一口豫西口音，告诉三两银与苏如意，以现在的市场行情价格极有可能继续下滑，如果现在还继续囤货估计连本钱都捞不到，因为时下政策对铝制品、银制品的质量把控比以往更加严格。

三两银吧嗒吧嗒连续抽了几支烟，默默分析着外地商人的话，以及这些天原料收购与废渣出售的情况，最后拍板决定将屋里的铝锭、银锭全部卖出。外地商人喜上眉梢，几个人连搬带扛将货物装了满满一架车。他从隐蔽的腰间掏出来一个发白的蓝色布袋，然后将一沓破旧的纸币小心翼翼地掏出来，再不时地把右手的食指塞到嘴里蘸一下口水，熟练地将纸币数了两遍交给三两银。三两银熄灭了烟头，用焦黄的手指蘸着口水数了一遍，转手交给了苏如意："如意，你再查一遍，看看是不是两千块钱。"

苏如意学着三两银的样子，左手拿着纸币，右手的食指不时地蘸一下口水，略显笨拙地将纸币又数了一遍。

"没错，是两千。"苏如意数完将纸币准备交给三两银。

三两银连连摆手说："我老了，用不着，你先放着。等两天我把欠账都还上，剩下的你保存着，这一家老小都得花销。"

苏如意充满感激地看着三两银，只见他浑浊的眼睛里充盈着无限的信任与慈爱，他真的把自己当成一家人了。苏如意转身回到里屋，把这一沓钱塞到了床铺下面的夹层。我亲爱的读者朋友们，这里要说明一下：在当时两千块可是一笔巨款，如果不是做生意，普通人家连几百块钱都没有，很多东西，譬如油盐酱醋基本都是拿母鸡刚下出来的蛋去换置。

再说这双方顺利完成交易后，三两银让媛媛炒了两个素菜，热情地挽留外地商人吃了晌午饭才走。看着外地商人坐在架子车前方，拿着鞭子赶着毛驴离开村子之后，三两银与苏如意才回家。

此时疯子娘和馨儿去集上玩还没有回家，家里的栅子门敞开着，几只公鸡和一群母鸡都躲在院子的一角仿佛经受了某种惊吓，它们一看见家里主人回来有的"咯咯"叫着，有的扑棱扑棱抖动着翅膀。这样的景象让久经岁月的三两银有些慌乱，他急速推开堂屋门，看见了令人惊诧的一幕，媛媛嘴里塞着一块抹布，双手被尼龙绳倒捆在桌子腿上。苏如意匆忙上前拿掉媛媛嘴里的抹布，又解开她手上的绳子并急切地问道："媛媛，这是咋回事？"

媛媛面色青黄，带着哭腔说："卖货的钱被人抢走了，是一个拿

61

着水果刀的小个子蒙面人……"

"小个子蒙面人？钱被抢走了？"苏如意和三两银几乎同时都眩晕了一下，这可是多少年的血汗啊，另外还包含他们往来业务的七八百块欠账。这个钱没有了，生意做不成，欠账还不成，这可咋活啊！

苏如意看到床铺被翻得七零八落，夹层的一沓纸币果然不见了踪影。"那蒙面人长啥样？"

"他脸上蒙着一块黑布，我也看不清啊。钱是他自己翻到的……"媛媛惊魂未定地说。

三两银蹲在地上半天不说一句话，最后做出决定让苏如意去关庙镇上的派出所去报案。

第二天，三两银家来了几个警察进行询问，做笔录等。村里的人们纷纷围上来看热闹，有人说："不得了了，三两银家卖货的钱被一个蒙面人抢走了。"

还有人说："老天爷啊，这大白天的咋有人敢抢劫啊！看来村里是不太平啊！"

"赶紧把这个坏人抓起来，咱老百姓也好放心啊！"

"警察同志，还有希望破案吗？"三两银声音低沉。

"这不好说，等消息吧！这案子还是头一回出来。"一个警察回答说。

送警察出门后，村民们开始慢慢散去，那场景就像平常晚上看了一场露天电影之后，人群渐渐散开的场面。

警察被送到村口之际，却被小跑过来的杨万山和秀英拦了下来。

杨万山神色慌张地给警察说："俺三儿子晓驰昨天失踪了，哪儿都找遍了，到现在也没有看见人影，你们快给我想想办法吧！"

警察对晓驰的基本信息进行了登记，又让杨万山拿了一张他的照片放在登记本上，随后说："我们尽力吧，一有消息我们会通知你们，你们也再找一找，一个十二岁的孩子估计跑不丢。"

一向太平的位寺村连续出了两个案子，这让所有的村民都觉得惊讶与不安。现在，这两件事情成了村民们茶余饭后的焦点话题。

事情很快有了答案。三天后，警察通知杨万山，在泉河县的汽车站里找到了晓驰，这个身体瘦削、眼神孤独的孩子，因涉嫌花假钞而被卖票员举报。现在派出所经过审问证实，晓驰就是当天持刀抢劫三两银家两千块钱的那个蒙面人。

接到这个消息的同时还有三两银和苏如意。直到现在他们才知道当天外地商人支付给他们的纸币三分之二是假币，而在此之前位寺村的人们对"假币"二字根本没有听说过，又怎么会有防范之心呢。对于一个十二岁的孩子而言，又是什么力量驱使他在大白天去持刀抢钱呢？警察只问过一次，晓驰就哭得泣不成声，他说他从小就生活在"野种"这两个字的阴影中，终于有一天他意外从醉酒的苏小满那里得知自己的身世。当他听说自己的母亲苏然远在外地的一个寺院的时候，他彻底崩溃了，痛哭不已。他以一个孩子简单的思想来揣摩母亲可能是因为没有饭吃或者太艰难才沦落到那种境地。那时候，苏小满还活着，晓驰后来再去向他询问有关母亲的情况，他装哑巴，只字不提。不过从那时候起，晓驰就一直暗暗下决心某天要找到亲生母亲，救她离开那死寂般的地方。

晓驰不好好上课学习，却一直为寻找与"救赎"母亲的事情而冥思苦想。那天他觉得机会来了，因为一个外地商人打听着来到位寺村找三两银，要买他的货物，这个事村里人都知道。晓驰暗中观察，就在三两银与苏如意出门送外地商人到村口的工夫，晓驰做出了一个惊人的决定，持刀抢走三两银刚刚得到货款。得手之后，他就把水果刀扔到了河里，然后顺着土路向泉河县城的方向跑去。

了解到事情的始末，杨万山气急败坏地赶到泉河县城的派出所。刚一见面他就打了晓驰两个耳光，骂他不争气的东西、猪狗不如。谁知晓驰冲着他就是一嗓子："你才猪狗不如，都是你造的孽！我恨你！"杨万山气得火冒三丈，眼珠子瞪得都快要掉出来了，伸手又要打他，旁边的警察却拦了下来。

这种事情在杨万山这里可大可小，毕竟一个孩子犯罪不同于成年人。他原本想着找一些关系，把晓驰放回家。可是现在，他一想到晓驰骂他的那句话，心里就冰凉冰凉的，养了这么多年竟然养个仇人出来，他决意不再管这孩子，彻底放弃他。晓驰虽是孩子，却终因持刀行为影响恶劣，被判刑劳改一年。

杨万山对他的放弃并非一时气愤，他是这么想的，也是这么做的，晓驰在服刑期间，他一次都没有去探望过。倒是苏以莞千方百计去看过晓驰两次，而这两次的探望却在晓驰灰暗孤寂的生命里，留下了永久的温暖。

人生的理想与目标有多个类型，而有些人的理想和目标仅仅是人类最基本的东西！而这种基本的东西，源于他从未获得！晓驰的理想与目标只是找到自己的母亲，因为他从来没有见过她。而这个目标却几乎穷尽了他的一生，占据了他的一生。这又是多么发人深省的事情。

多年以后位寺村的许多人还在讲：晓驰从刑满出狱之后就踏上了流浪生涯，有人看见过他乱发垂腰，髭髯杂乱，衣不遮体，承受着一息尚存的苦难。有人在城市的涵洞里看见过他蜷缩在地上睡觉的样子，有人看见他在南国的菜市场捡拾地上的烂水果和菜叶子塞到嘴里……他以乞讨为生四处流浪，就是为了见到自己的母亲，他几乎找遍了全国大大小小的寺院，他早已不记得生命里还有什么大于"母亲"二字，早已无所谓什么该死的"尊严"！就在他三十五岁那一年，他终于找到了自己的母亲苏然。母子相见，相拥而泣！一肚子的话怎么说也说不完。晓驰次日向庙里的住持跪谢多年来对母亲的照顾，然后又向她说明了来意，住持双手合十，知道苏然尘缘未了，遂送别这对苦难的母子。从那之后，苏然离开了寺院。

令整个位寺村村民叹为观止的是：经过多年的时间，苏然与晓驰凭借着惊人的勤奋与毅力竟然开发出来一座荒山。这座大山瀑布成群，风景怡人，秀丽峻拔。后来成为远近闻名的名胜旅游风景区，日均接待游客数千人次。这些都是后话了。

第十章　尊严是什么

屋漏偏逢连夜雨，自从上次三两银的那桩生意收到假币，接着又遭遇抢钱事件之后，一连串的倒霉事情便随之而来。一听说三两银家出了这么大的事，要债的很快就挤破了门槛。

虽然抢劫犯晓驰被抓入狱，两千元基本如数追还，可是除了三分之二的假币之外，剩余的钱很快就被债主们分光了。即使如此，还有一家人的欠款共四百元没有还上。三两银好话说尽，想让债主暂时缓一缓，可是人家就坐在堂屋从早上到晚上，没有说要走的意思。这样的情况，持续了两三天。三两银全家人都陷入深深的愁绪之中。

苏如意不忍三两银着急，犹豫再三最后和催债人商量：现在一点儿办法也没有，非得现在要的话，只能把自己家里原有的住宅抵债给他。催债人是附近杨楼村的人，他想了半天还是同意了。于是双方签字画押，终于还上了这最后一笔债务。要债人走后，三两银蹲在地上唉声叹气："唉，你不该把宅子抵债啊！我这心里不好受啊！"

"爹，你别想太多，咱总得先把眼前的事情解决了，咱一家人别计较啥。"苏如意的这个"爹"字一说出来，三两银瞬间老泪纵横。

"如意，你刚才喊我啥？"三两银有点儿不相信自己的耳朵。

"爹！"苏如意自然而然地又喊了一句。

"是啊，爹，咱日子慢慢会好起来的。"媛媛这时候也过来安慰三两银。

"好！好啊！你和如意都是我的好孩子！可是啊，你们还是喊我

'三两银'吧!"三两银抹了一把浑浊的老泪,百感交集。

如今没有了本钱,加上不好寻找新的货源,原来的生意只能无奈搁浅。在三两银的指点下,苏如意把家里的田地和三两银的田地都种上了应季的庄稼,期待有个好收成。

这些天,疯子娘总是尿频。刚开始大家以为是上火了,在诊所拿了一堆药吃后却不见好转,苏如意只好带着疯子娘去了泉河县城的医院,登记住院做了全面检查。

几天后检查结果出来了,医生说疯子娘患上了尿毒症。

"啥是尿毒症? 严重吗?"苏如意长这么大也没有听说过这个奇怪的病名,忍不住一连串地问医生。

"尿毒症基本是绝症,相当于癌症,癌症你听说过吧?"医生耐心地解释道。

癌症,苏如意当然知道就是治不好的病,他的脑海瞬间一片空白,瘫坐在医生办公室的椅子上。

医生见状,接着又说:"其实这个病想治好也有办法,只是不仅要花钱,最关键的还要有合适的肾源为患者移植肾脏。譬如患者的直系亲属,情况就是这样的。治与不治,你好好考虑一下吧。"

"治,一定得治!"苏如意语气坚定地告诉医生。

"这几天,你交的费用已经消费完了,如果治疗还需继续缴费。"

"我会想办法,一定得给我娘治病。医生,给俺娘换我的肾吧!"苏如意恳求医生道。

"好吧,难得你一片孝心,等下给你做下具体检查,看看是否排斥。"

检查结果出来后,医生告诉苏如意,他的肾可以移植给母亲。苏如意又激动又害怕。激动的是有肾源可以挽救母亲的性命了,害怕的是切开肚子摘掉一只肾,自己是否还能够活着离开医院。可是为了母亲,苏如意很快战胜了紧张和害怕的情绪。他告诉医生,就这样决定了,把自己的肾脏移植给母亲。当媛媛听到他的决定后,心疼得泪水涟涟,但还是尊重了他的想法。

医生钦佩这个少年的勇气和孝心,同意并让他在协议书上签了字。眼下就差那一千块的手术费了，苏如意让媛媛留下来照顾好母亲，自己回村里想办法筹钱。

苏如意刚一回到村口，坐在大寨街拱桥上闲聊的村民们马上就都围拢上来，关切地问，疯子娘究竟得了啥病，现在啥情况。苏如意愁容满面地给大家讲述了一遍，人们唏嘘一片，各种同情与叹息混淆在一起。

"唉！这都是啥怪病啊！以前听都没有听说过。"

"是啊，是啊，还要移植如意的一个肾才能活啊。也多亏了如意这孩子孝顺……""可这一千元的手术费可不是小数目啊，谁家也一下子拿不出恁些钱出来……"

这时候，热心肠的大花嫂子说："这样吧，如意小时候就是吃百家饭长大的，他现在摊上这样大的事，咱们老少爷们儿不能睁眼看着不管啊，俺捐助二十块钱。"见大花嫂子这样说，接着又有村民说："俺家里急，俺捐十块。"

"俺也捐十块。"

"还有俺，俺的五块。"

…………

在大花嫂子的积极带动下，人们纷纷解囊从衣兜掏出十块的、五块的，还有两块的、一块的。大家都把揉得几乎成团的破旧纸币，慷慨地塞到苏如意的手里。

苏如意抖动着双手把纸币一个个展开，数好放在一摞，一共三百二十元整。看着这一沓钱，苏如意感动得直掉眼泪。不管多少钱大家都表示了自己的心意，因为那时候村民的生活都非常困难啊！

"别哭了，如意，你娘的病会好起来的，日子会好起来的。"

"是啊，别难受了，难为你还得割掉一个肾给你娘治病……"

"如意是个好孩子啊！……"大花嫂子和几个村民纷纷对苏如意说着安慰的话。

苏如意擦了眼泪，向大家深深鞠了一躬，他心里暗自发誓今日乡亲们的帮助永不能忘，有朝一日若能翻身，定当报答这份恩情。

这时候，三两银拉着馨儿也从人群里走出来，给大家作揖鞠躬以示感恩。村民们的眼神里都饱含着火一样的热忱，在这紧要的一刻他们抱紧成为一团，显得尤为亲切，就像血脉相连的家人！这就是我们中国人伟大的民族主义精神，最关键的时候，顾大局，紧紧团结在一起，共同克服眼前的困难。

我亲爱的读者朋友们，咱们言归正传。一回到家里，三两银就焦急地来回踱着步子：虽然村民们慷慨解囊捐助了三百二十元钱，可是他又发愁去哪儿筹借这剩余的六百八十元呢。苏如意生火做了晚饭，然而心里有事谁都吃不下饭。苏如意眉头紧锁，双手插进浓密的发丝里，就像一个古典雕塑似的杵在那里，仅这一个动作持续好久都没有改变。

"我倒是有一个想法。"苏如意忽然站起身说。

"啥想法，我听听。"

"村里能够拿出来这么多钱的人，现在只有村长杨万山，我明天买一条好烟去求求他。"

"求他？你不知道杨万山是个啥人吗？他会帮咱这土疙瘩老百姓？那太阳就从西边出来了。"三两银连连摇头说。

"试试吧！万一有希望呢！再说他现在上点儿年龄了，做人应该会有所转变。"

"我只知道，有句话叫江山易改，本性难移。你尽管试试吧！"

…………

第二天一大早，苏如意就跑到位寺集上的供销社里买了一条价值二十块的香烟，在当时那已是顶好的香烟了。一般的老百姓烟瘾上来了，要么自己用废纸卷几根烟丝抽，要么买一包大铁桥牌香烟逢人就抽上一支，算是奢侈的了。

冬天的天气寒意袭人，位寺村的每一条河流都结冰了。那冰结得非常厚实，犹如铺好的一条冰路一样，一群孩子在上面跑着玩，做游戏，就像平日在地上撒欢一样安然无恙。各家各户的屋檐上都垂直无序地悬挂着硕大的冰冻琉璃，那些琉璃非常漂亮，大的、小的、粗的、细的，个个晶莹剔透，若不是天气寒冷，每一个冰冻琉璃都会让人看了禁不住想咬一口，它们的漂亮就像专门人为制造的摆设一样，有的人家一天之内就用竹竿把冰冻琉璃敲打下来几次，但它很快还会自然而然地长出来。

苏如意把买来的香烟揣到棉袄里，搓了搓冻得冰冷的双手，他的每一口哈气都冒着像炊烟一样的袅袅姿容。

他心里忐忑不安，七上八下，连三两银牵着馨儿和他走了个迎面，他好像都没有看到，只是"哦"地附和了一声。他现在去乞求的是他曾经最仇视的敌人，是多年前拿着刀子顶在父亲脖子上的敌人，是多年前掠走自己姑姑苏然的强奸犯，是逼迫苏然生下儿子晓驰的罪魁祸首。可是他现在实在是无路可走！疯子娘命悬一线还躺在医院的床上等着手术费，他只有去求这个仇人。希望他能够发发善心，如果这样行得通，或许他能够放下昔日对仇人的憎恨。他的脚步走得很缓慢，确切地说是比平时任何时候都慢了一些。

他来到杨万山家的青砖瓦房门前，大门敞开着（那时候各家各户的大门都是敞开着，只有晚上睡觉的时候才关上），他站在那里迟迟不敢走进去。这时候，院子里的大黑狗汪汪汪地叫了起来，他索性坐在大门口一侧的青石门台上。

听到狗不停地叫唤，杨万山穿着一双厚底的保暖草鞋当啷当啷地从院子里走出来。他头上戴着火车头帽子，身上穿着一件老式的军用大衣。村里人都知道像这样的军用大衣，普通人家是穿不起的，就连他身上穿的这一件大约也是他省城叔叔赠送的。

"如意，你坐到俺门台上干啥？"杨万山一脸的疑惑。

"我，我就是有点儿事找你。"苏如意小声地说着，然后伸手从怀里掏出那条香烟递给杨万山。

"给，我不知道拿点儿啥给你。知道你平时爱抽烟，就给拿了一条。"

这时候，秀英从院子里走出来，她连连冲着杨万山使着眼色，皮笑肉不笑地说："咦，他这都准备戒烟了，不要，不要。"

杨万山心领神会，连连摆手道"不要，不要"。其实疯子娘患重病的事情，在昨天整个位寺村的人都听说了，他们两口子自然知道此事。苏如意长这么大几乎从来没有踏过他们家的门槛，这忽然间

69

拿着一条烟来了，话都不用说出来，这人精的两口子都知道他拿一条香烟来是什么意思。

苏如意脸色通红，憋在胸口练习了多遍的话语，这会儿终于从嘴里说出来："拿着，是这样的，我娘得了尿毒症，乡邻们凑了一些钱，现在还差六百多块，你能……"他的话还没有说完，就被秀英一下子抢了过去："唉！俺家这一开学光几个孩子的学费都得好几百了，现在家里也是急得很哪！"

都说男儿膝下有黄金，苏如意一想到病床上的疯子娘忽然扑通一声双膝跪地，两手合十作揖，语气近乎乞求："您就可怜可怜俺的疯子娘吧！等我有钱了，立即就会还给您。"

乡下老百姓向来都有早睡早起的习惯，这场景引来了一大群村民的围观与指点。"这孩子一片孝心，怪可怜的……"

"是啊，是啊！"

"唉，人不遇到难处，谁也不会跪在人家面前啊……"

…………

杨万山见此情景，一股莫名的怒火噌地一下蹿上来。

"如意，你小子这一大清早就跪到我家门口，好像是我杨万山咋着你了一样。给我起来！"

"我不起来！你没有咋着我，是俺娘有病，想给你借一些……"苏如意就像犯错的孩子一样嗫嚅着说。

"嗨，我倒是挺纳闷的，你这小子这会儿知道孝顺了，你为了一个寡妇把你爹都气死了，这事村里人谁不知道？"杨万山撇着嘴蔑视着地上的苏如意说。

"我，我对不起我爹，那件事我非常后悔，也会让我一生都无法原谅自己。以后我再也不做令自己后悔的事情了！所以求您发发慈悲心……"

"你小子说得倒是很好听，很有口才，你刚才说啥，发慈悲心？好啊，你看看我家黄牛拉的那坨屎，你能够把它吃下去，我就把钱借给你。只吃一口就算数啊，以此证明你是真心孝顺你的疯子娘。"

人群中一片哗然，沸腾，甚至还响起了一阵不约而同的惊呼声：

"吃屎，我的天啊！"

"天哪！这人咋能吃屎……"

…………

人们面面相觑，议论纷纷。

苏如意跪在地上，脸红脖子粗，呼吸变得急促，尊严又是什么？他咬紧牙关，不允许自己的眼泪掉下来。他想站起身，打死杨万山这个狗日的王八蛋，想把他揍得鼻青脸肿！打得他永世不得翻身！可是，想到病床上的疯子娘，想到死去的父亲，他慢慢地理智起来，他不能再做令自己后悔的事情。他扭过头，看看一旁拴在椿树上的老黄牛以及那一坨还没有来得及清扫的褐黄色屎粪，慢慢地从地上站起身来。他双手拍了拍膝盖上的浮土，脸上露出一种壮士赴刑场的从容与淡定。

人群里发出一片喧闹杂乱的声音，三两银大声叫喊着："如意，不能吃啊！你不能啊！"

大花嫂子也叫喊着："我的老天爷啊，这可不能啊……"

"这是啥事啊……"

…………

杨万山抖动着一条腿，扬扬得意道："我今天就要开开眼界，看看这个孝子是咋把牛屎吃到肚子里的，哈哈哈……"

他接着又冲着秀英喊道："你去拿七百块钱出来，咱随时准备着借给如意。"秀英只得听话地回去拿了钱，然后嘴里一直小声嘟嘟囔囔："哼，就你逞能，万一这小子真把牛屎吃了，这么多人看着哩，看你咋弄。"杨万山狠狠剜了她一眼，她不敢吭声了。

苏如意回头看了杨万山一眼说："好！一言为定。"说完，他俯下身，伸手就抓了那坨牛屎，抓在手里满满一大把装不完，还有一些碎粪随着手掌向外四溢出来。

就在苏如意的嘴唇即将触到牛屎的时候，杨万山的二女儿杨晓曼不知道从哪儿跑过来，她一把抓住苏如意的手，红着眼圈说："如意，你不能，不能这样做。"

随后，她又冲着杨万山喊叫道："爸，你不能这样羞辱如意。他

71

现在遇到这么大的困难，你就帮他一次吧！"

杨万山正等着看这出好戏，谁知这戏被女儿杨晓曼砸了。他忍不住暴跳如雷，上前一把拉开杨晓曼骂道："你个死妮子知道啥，不是我不帮他，现在正是验证他是不是真有孝心的时候，你捣啥乱？滚一边去！"

杨晓曼哭着跑开了，嘴里还叫着："爸，我恨你！"

人群中又是一片哗然……

"快吃啊！"杨万山迫不及待地叫道。在他这一嗓子之后，人群就像约定好一样鸦雀无声，安静得似乎可以听到大片树叶落地的声音。

苏如意望着手里的牛粪，还没有放进嘴里的时候，人群中传来村民们几乎异口同声的喊声：

"不能吃啊！"

"不能吃啊！"

"不能吃啊！"

…………

杨万山看到眼前的这一幕，听到村民们"顺从"的抗议之声，心里就像打翻了五味瓶。他不愧是久经世故，连忙伸手一把打掉苏如意手里的牛粪，转过头喊道："秀英，还不赶紧把钱拿给如意先用着。"接着他又自我解嘲地哈哈大笑道："乡亲们啊，我今儿个只是试探试探如意，看他是不是真的有这份孝心，哈哈……给大家开了个玩笑，哈哈……"

这次跟以往不同，人群里没有一个人附和他的笑声，大约都在看着他是怎样把钱借给苏如意的，也没有一个人要走开的意思。

这时候有人去河里端上来一盆水，让苏如意洗了手。秀英冷冰冰地把二百元钱连同一张纸、一支笔同时递给他，然后说："俺家里也是急得很，只有这二百块了，就这你也得打上欠条，一年内必须归还，不然的话利息翻倍。"

人群里又一次沸腾起来，乱作一团。

杨万山火往上冲，破口大骂道："哪个狗娘养的在嘀咕？还得寸进尺了？要借就这二百，不借拉倒。”说完他转过身啪的一声关上了大门。

瞬间，人群里鸦雀无声，谁也不敢再吱声。苏如意硬着头皮接过秀英手里的二百块钱，然后俯身给她写好借款条。

这时候，围得水泄不通的人群忽然趔趄开了一条路：一个身形颀长、面庞俊朗的年轻男子从自行车上下来，推着车把急切切地说着一口流利的普通话：“大家让一下，快让一下。”

大家一看此人不是别人，正是南晋风。

前面提到过南晋风受杨晓燕邀请最近住在她家里，平时白天去附近集上摆摊，义卖书法作品。今日位寺集上冷冷清清，只有寥寥数人，所有摊位的生意都无人问津。那仅有的几个人，在他旁边小声议论着：“哎，你听说没有呀，苏如意的事。”

“听说了，他疯子娘得了重病，需要钱，去找杨万山借钱去了……”

“嗨，借啥钱啊，杨万山逼着如意吃牛屎哩……”说这句话的老人，不由得压低了声音，但还是被南晋风听得一清二楚。

“吃牛屎？还有这样的事情？为什么？”南晋风一脸惊诧地站起身，连问那老人。

“哎！这可不能往外说啊，这是得罪人的事儿……”老人咽了一口唾沫担心地说。

“放心吧，大爷。”南晋风诚恳地说。

“如意他娘急等着做手术换肾啊！需要一千块，村里好心人给他捐了三百多块，不够，他这才去求杨万山，可是，可是……”老人不再说下去了，连连摇头说，“啥也不说了，老天爷啊，咱老百姓的命不值钱啊！”

南晋风见老人不敢再说下去，就索性收了摊，骑上自行车飞快地往杨万山家跑去。

“苏如意，这是五百元，你看够不够，不够我再去县城取款。”南晋风从贴身的口袋掏出来几张蓝色票子，递到苏如意手里说。

苏如意半晌没有反应过来，接着钱连连作揖道：“够了，够了，

73

谢谢大恩人！等我一有了钱，就赶紧还给您！"

"你不用还我，乡亲们都献出了一份爱心，这些钱算是我捐给你母亲治病的。"南晋风拍了拍苏如意的肩膀说。

人群中马上响起一片热烈的掌声……

"好人啊！这个外地人是个大好人啊！"

"是啊，这真是菩萨心肠的好心人……"

…………

苏如意把这些钱小心翼翼地揣在怀里，眼里盈满了晶莹的泪花。这时候，人群才犹如被秋风吹散的黄沙一般渐渐地散去。

第十一章　火　灾

　　苏以莞放寒假以后，回到三两银这个大家庭，这时她才知道家里最近发生的事情。当她听到如意为向杨万山借钱差点儿吃牛屎，为了挽救疯子娘的性命而移植肾脏的时候，她哭得不成样子，心如刀割。她心疼地拉着弟弟的双手说："如意，我的好弟弟，你受苦了！为什么不早点儿告诉我，要换也换我的肾啊……"

　　"姐，我是家里的男子汉，应该承担这些事。你只管好好上学，争取考上大学，以后别再像我一样受苦了。"听到弟弟说这样的话，苏以莞更加自责与难过。"家里太困难了，我这学还是不上了吧！"

　　"这学你必须得上！家里再困难我来想办法。"苏如意现在说话的口吻就像当初老实的父亲一样有担当，以及他现在紧皱眉头的神情都跟父亲有些相像。

　　苏以莞低着头，抹眼泪，不再说话。

　　再说南晋风，自从这次了解到杨万山的品行之后，一天也不愿意在他家里住下去。那天苏如意走后，他回去就开始雷厉风行地收拾自己的行李。杨晓燕看到这一幕，惊讶道："南先生，您这是要走吗？"

　　"是的！"

　　"您为什么忽然间要离开这里？我不想让您走。"杨晓燕情绪有些失控，一把抓住南晋风的手，泪眼模糊地说。

　　南晋风愣了一下，轻轻推开她的手说："晓燕，请自重，今天在你家门口发生的一幕促使我必须离开这里。"杨晓燕忽然明白了他要离开这里的原因。

"我明白了，可是父母终究是父母，他们的事情我做女儿的根本无法干涉，这您一定要理解。您不能为了我而留下来吗?"她痴痴地望着他。

是的，自从上次南晋风救了她的性命并住在这个家。在这两个多月的时间里，她熟悉了他的一切，习惯了他的一切：他每天上午赶集回来，都会欣然拿出宣纸去田野或者河边画画，他习惯安静不喜被打扰，否则每一次她都会乖乖跟在他身后。他喜欢晚上站在院子里观看眨着眼睛的星星，以及那遥远而美丽的月亮，这时候他总会情不自禁地吟上一首诗词，这种画面使得他整个人看起来格外地出尘脱俗。她在不知不觉中喜欢上他喜欢的一切事物，而这个时候她自己好像对此一无所知。她只知道，他很重要，重要到她每次一放学第一件事就是要看到他，直到看到他，她才会露出灿烂的微笑。她明显比之前学习更用功，因为潜意识里她希望自己能够优秀一些，来引起他对自己的好感以及重视。是的，她最近心里一直都是这么想的，而且她会像过去一段时间那样，把这些心事讲给同床铺睡觉的妹妹听。她也想象过某天他会离开这里，而且这一天一定会到来，她每次想到这里都会禁不住潸然泪下，这种心痛的感觉，促使她不敢顺着这种思绪想下去。她想找他谈心，了解他更多的信息。可是每到这个时候，他都会非常注意保持距离和分寸，他就像谜一样地存在着，不和自己多说一句话。两个多月以来，她对他情况的了解除了生活习性以外，几乎和刚刚认识的时候差不了多少。

自从杨晓燕喝老鼠药自杀过一次之后，杨万山和秀英对她算是各种迁就，就算早就看出女儿喜欢南晋风，甚至引起了村民们的非议，两人还是故作不知，生怕性情刚烈的女儿再出什么意外。然而南晋风始终像个局外人一样，这个来自陵城的男子有着怎样的背景，只有他自己心里清楚，他要体验一种怎样的生活，收获怎样的一种精神，都是他不愿意向外人轻易流露的。又或者是他暂时没遇见可以值得交心的人，可以打开心扉的朋友。反正他除了基本的礼貌打招呼之外，从来不和杨家人多说其他任何话。这种氛围只是算普通朋友的身份住在这里，连亲密的朋友都算不上。但是一个英俊帅气的外地男子在杨家住下来，又偶尔和杨晓燕一起出入，这在村民们看起来，他就是杨万山的准女婿了。公开场合村民们谁都不会去提起这个话题，只是会私下悄悄地说一说。

"为了你，留下来？"南晋风似乎一脸的迷茫。

"是的！"杨晓燕声泪俱下。

"南先生，从我第一次见到您的时候，我就深深喜欢上了您。现在，我的家人，包括我们村里的很多人都以为我们在谈恋爱。这，您不知道吗？"

"别哭，别哭，喜欢我？谈恋爱？"南晋风有些慌乱，一连发出两个疑问句。他似乎一下子理不清自己的思绪，下意识地昂起头长出一口气。

"晓燕，真的非常抱歉！其实你根本不了解我，不了解有关于我的一切。我为自己给你带来这样的困惑而深感不安！你年龄还小，应该把心思都放在学业上面。"

杨晓燕听到这样的话哭得更伤心了，泪水滂沱："您不要离开这里，我现在真的一下子接受不了，我会听您的话，以后好好学习。"

南晋风沉思了一会儿说："好吧！只是这里我一天也不想再住下去。我会去位寺村的学校洽谈一下，暂住学校那里，考虑办一个寒假免费书画艺术培训班。"

"我知道了，您真是一个好人，我会去你的书画班学习。"杨晓燕止住了眼泪，小声地说。

"这就对了，你这个年龄正是学习的大好阶段。"

南晋风见杨晓燕稳定了情绪，连忙继续收拾好行李，准备前往位寺学校。这时候杨万山恰好走过来："这都下午了，你咋还要去赶集？"南晋风原本不打算与他告别，听他这么一问索性就直说了："我要走了，要去位寺学校办个免费书画班，这么多天打扰你们了。"说完，他又从口袋里掏出两张票子递给杨万山说："这两百元以做酬谢。"

"不要，不要，我还要去您班上学习书画呢。"杨晓燕连忙给他塞到口袋里。

"哦，好吧！要去学校办免费的书画班？又是免费！南先生，我多一句嘴啊，你赶集送书法，现在又要免费教书画，那你图啥呢？你的经济来源呢？"杨万山终于忍不住心里多少天以来的疑问，厚着脸皮问道。他以前也想问，只是见南晋风不愿意多说一句话，一副让人琢磨不透的冰冷之态，只好作罢。他现在心里想，反正南晋风也要走了，自己也无须再顾忌。

"抱歉！我真的无可奉告。"南晋风依旧是那副谜一样的神情，不愿意多说一句他认为的俗话。

吃了闭门羹，杨万山也不再说话。只要女儿杨晓燕没有异议，杨万山和秀英巴不得南晋风早点儿离开这个家，村里风言风语的议论挡也挡不住，虽然没有当着他们一家人的面说，也令两口子烦躁与苦恼。

南晋风的免费书画班，吸引了村里二十多个初中或者高中的孩子来学习，其中包括杨晓燕、杨晓曼、杨阳、杨星姊妹兄弟四个，还有苏以莞等人。这二十多个学生当中书画艺术悟性最高的就是苏以莞。仅仅通过十几天的课程学习，苏以莞临摹的书法以及写意画均已远远超过其他学员的水平，这令首次当老师的南晋风非常有成就感。特别是当那天下课后，苏以莞从书桌下面拿出一幅头天在家创作的写意画《原野》的时候，南晋风忍不住拍手叫好，直夸她是可塑之才，有天生的艺术细胞。受到鼓励的苏以莞信心倍增，更加勤奋，经常是课后还在让南晋风指点她书画学习。慢慢地熟悉之后，苏以莞还会拿出来平时自己写的诗歌或者散文，让他指点。南晋风评论她的诗歌有灵性，但是缺乏深度。散文写得行云流水，有着很好的文字感觉，如果坚持下来，将来可能会有成就。

杨晓燕看到南晋风多次鼓励苏以莞，心里嫉妒得像火苗燃烧一样难过。她陷入这种感觉里不能自拔，南晋风在讲台上讲课，然后到提问的时候她通常窘迫地站在那里，不知道如何回答，因为她只注意他是如何关注苏以莞的，哪怕一句话，她都会在脑子里反复琢磨，她根本听不进去南晋风都讲了些什么。

二十天过去了，杨晓燕的书画学习几乎没有得到什么要领。她每天过得浑浑噩噩，晚上睡觉的时候想起来苏以莞，她就会恼恨得哭上一阵子，她像以前一样想把这些话讲给杨晓曼听，然而杨晓曼自己因为苏如意整日失魂落魄，不愿意再听她像苍蝇一样在耳边嗡嗡说话。

嫉妒是世界上最毒的一剂药。自那晚起，杨晓燕暗自拿定主意后，就没有为此再流过一滴眼泪。

那时候人穷啊，哪儿买得起宣纸，所有的孩子练习书法和绘画都是按照当地老人沿袭下来的方法：剪一张书本大小的红纸，再剪一张透明的塑料布，以及一块硬纸箱，然后把它们按照最底层硬纸箱，上面是红纸，再上面是透明塑料布的顺序用针线缝起来，做成书本的形状。最关键的一步，是要拿一小块猪油放在红纸与透明塑料布之间，然后把猪油摊均匀。这样一个演草本就做成了，在上面写字、算数，写满之后，就从最上面透明塑料布那里轻轻用手推一下把猪油抹平，就可以再次使用了。每个学生都是这样一个本子反复使用很久，坏了就重新做一个接着用。

现在为了节约成本，南晋风的书画教学也是让每个学生用的这个方法，只是这个书画练习的纸张制作面积比书本大了很多，是由一张完整的大红纸、几张拼接的纸箱、几片拼接的透明塑料布合在一起缝制而成的，上面平铺好均匀的猪油就可以自由使用了。每个学生都有自己的这样一个大的书法本子，都是由自家的材料做成带到学校做练习本。由于这些书法练习本体积过大，不方便携带，平时都放在班级里。

在一个课后，所有的同学都已放学回家，只有苏以莞还在忘我地投入到细致的书法练习之中。天色渐渐地暗淡下来，她点燃用墨水瓶子自做的煤油灯继续练习。然而这个时候，她万万没有想到危险竟然一步步向她逼近。其实，杨晓燕在放学后并没有离开班级，她只是从班级的后门偷偷溜出来。天色暗淡下来以后，她悄无声息地从后门进去，悄然划着一根火柴把自己的猪油书法本子点燃，那些猪油本子因为油脂的存在尤其易燃，而且学生们的猪油本子都隔得很近，仅仅一会儿的工夫火势就起来了。杨晓燕此时才有些慌乱，甚至开始有些后怕。她轻轻关上后门，随后一溜烟地逃回到家里。

等熊熊火势蔓延到苏以莞身边的时候，学生们那些千疮百孔的木桌子和木凳子已经被烧得噼啪作响。"失火了！失火了！……救命啊！……"苏以莞被浓厚的烟火味呛得很快喊不出声音。她双手捂着脸颊想要冲出一条路，这才注意到门口的猪油本以及桌子都已经燃着。她的头发也被燃着，她感觉脸颊、手臂都像被刀子割掉了一样疼痛，她艰难地爬到泥巴垒成的讲台下面的洞洞里，绝望地蜷缩着身体，很快就失去了知觉。

当苏以莞慢慢睁开眼睛的时候，她发现自己躺在一个漆黑的世界里，这里有一种熟悉的味道。她疑惑地想：这就是传言中的天堂吗？哦！就是天堂吧！就在刚刚自己被一场大火吞噬了生命，那疼痛还清晰地存在。

"以莞，你终于醒过来了！"一个熟悉而关切的声音传过来。

"你是谁？我怎么看不见你？"苏以莞发出微弱的声音，"我现在还活着吗？"

"嗯，你还活着，我是南晋风，你的南老师啊。你看不到我吗？"

苏以莞又努力睁了睁眼睛，眼前还是一片黑暗。"南老师，我看不到你。我的眼睛……"

"你的眼睛可能被大火熏烤得暂时失明了，你不用担心，慢慢就会恢复过来的。我已经给你服下特制的神效丸。"

苏以莞用手摸了一下头发，只剩下光秃秃的头皮。"我的头发被烧光了！"继而她的手又慌乱地滑落到脸颊上，一大块硌手的伤口令她忍不住又一次失声惊叫："呀！我的脸！"她想流泪，眼睛里却渗不出来泪水，只是嘤嘤啜泣。

"你不要难过，我给你说过，我已经给你服下神效丸，需要时间来恢复烧伤。这次你能够捡回一条性命已经很不容易。当时我回到宿舍休息一会儿后就想去代销点买点儿东西，恰好看到教室失火的紧急情形，当我把你从火中抢救出来的时候，那个教室的木头大梁已经燃烧到断裂，差不多三分钟左右的工夫，它就轰然倒塌了……"

"啊？那您有没有受伤？"苏以莞关切地问。

"我没事，你不用担心。只是我很疑惑，为什么会忽然发生这么严重的火灾呢？"南晋风迷惑不解地问。

"我也不知道，当时火燃烧过来的时候，我还在聚精会神地练习书法……"

南晋风陷入一片深思，他孤独幽深的眼睛里透出来一种无比哀伤的东西。

对于苏以莞险些丧命，以及位寺学校的教室忽遭焚烧坍塌为一片废墟之事，南晋风深感愧疚：他自责这些事情皆因自己开设书画班之前没有注意安全防范而造成的，这里本来就是贫困的人口大县，本来当初自己选择来这里就是为感受民情，希望顺着机缘可以尽一己之力对此地施以帮助，却没想到眼下发生的这场灾难与损失，皆是因自己的疏忽而引起，这是让他无论如何都无法坦然面对的事情。这种揪心的不适感，使他每一次看见苏以莞、疯子娘甚至位寺村的每一个人的时候，都非常歉疚！为此他这两天特意前往泉河县城的邮政局，给陵城那里发了一封电报，安排了一笔汇款。

虽然说这种意外的发生，将会直接导致位寺村学校上课的教室场地更加拥挤，但是仁慈的校长，从没对南晋风说过任何一句抱怨的话。这让南晋风内心更加不安。

为了帮助苏以莞大面积的皮肤愈合以及眼睛的复明，南晋风特意在三两银家住下来。他调用了多年来潜心研习的全部中医绝技，来给她做专心致志的调理。他带着苏如意去田野地头挖了中药草白芷、紫草、红花、虎杖、地榆等回家煎炒至焦黄后，再加以黄酒调匀喷洒在苏以莞的伤口上。每日上午取十二点钟之前阳气上升最好的阶段，用半寸银针为她针灸睛明穴、攒竹穴、承泣穴、太阳穴，来帮助眼睛复明。南晋风随身带的神效丸，属于迅速打开全身经脉，迅速提升阳气的秘制药丸，此药丸吃一粒足够，其药效的发挥在一个年轻人身上那是日益显著。

这是苏以莞躺在黑暗世界的第五天了。她仍然无法接受，仍然无法习惯看不见光明，看不见亲人的这种濒临绝望的感觉。她吃饭很少，一顿饭吃得像猫食一样多。她常常忽然间失控地叫上一嗓子：

"我还是看不见!"南晋风马上跑过来给她针灸安神穴,她的情绪很快就平静了。

在这段黑暗的看不见光明的岁月里,南晋风每天都陪伴在苏以莞身边,尽量让她心情愉悦,以助于尽快恢复视力。他像师长,像知音,更像大英雄。他的陪伴,直到多年以后仍会让她无数次回忆起来都觉得心潮汹涌、恍若再现。他耐心地给她讲解历史故事,讲天文知识,讲广阔的地理环境,以及讲古代汉语言文学知识。在古文学知识方面,他给她讲过的最多的是诗、词、歌、赋。她无限憧憬地问他:"南老师,诗词歌赋您最喜欢哪一个?"他淡然一笑说:"我喜欢古诗词,也写了很多古诗词,等你的视力恢复正常之后,我把这么多年来写的古体诗,都让你看一看,它们都在我的一个笔记本上。"苏以莞禁不住赞叹:"您太有才了!我以后也好好研究一下古体诗,向您学习。"南晋风谦逊而又如实地说:"我只是在记录心情。"苏以莞说:"我懂,只是能够用古体诗来记录心情的人,该是怎样的一种境界,可谓是凤毛麟角。"南晋风笑而不答。她看不见他的笑容,但是能够感觉到那种亲切与美好。

她每每对黑暗产生绝望的时刻,他总是第一时间给予她鼓励与疏导。

这样的时刻,苏如意和三两银也会安慰她说,有南先生这样的高人在,你一定会好起来,耐住性子吧。灶屋里疯子娘拉着风箱烧锅,媛媛忙活着做一家人的饭菜了。这些日子他们这样一个大家庭生活在一起其乐融融。南晋风慷慨解囊,承担着家里柴米油盐所有的开支。苏以莞善良纯朴的内心,因南晋风细腻的关怀而感动不已。这么久以来,她只想眼睛赶快好起来,能够一眼就看到她身边这些最重要的人。

约莫十天左右的时间,陵城的汇款顺利到达关庙镇上。南晋风去邮局支取了这笔资金,找房建班子给位寺村的学校扩建了漂亮的两层教学楼房,这些教室足够所有班级进行教学使用。

这是村里唯一一座美观的楼房,虽然还没有开学,孩子们每天都会纷纷跑到新的教学楼上玩耍,他们稀罕极了:这就是在电影里看到的楼房！他们反复顺着楼梯一个台阶一个台阶地爬上去，再爬下来。还顺着长长的彩色雕花走廊跑来跑去，每个孩子都嘻嘻哈哈地笑着，这里成了孩子们最喜欢玩乐的地方。

第十二章　大英雄

这么一段时间以来，杨晓燕过得非常痛苦。纵火事件刚发生的前几天，她每天都睡不好，偶尔睡着一会儿，还会梦见苏以莞被大火烧伤的惨状，每次她从梦境中被吓醒的时候，总会呆呆地坐上好一阵子。她惶恐不安，日日害怕一旦事情败露，南晋风该是怎样地看待自己！她没有因为纵火烧伤苏以莞而感到一丝丝的快慰，反而因为南晋风对苏以莞的关怀照料更加难过。现在，她恨不得苏以莞立即死掉，为什么这个该死的非要从小到大都跟自己作对？为什么这个该死的偏偏要"抢夺"自己最心爱的人？她被仇恨和嫉妒这两条恶毒的虫子，腐蚀得一日也不得安宁。

可是尽管她非常想念南晋风，她还是不敢去三两银家直接找他，因为她那可怜的自尊心在反复提示着她。她多次等待着他出门的机会，在村口的路上与他"偶遇"。而南晋风好像每次都很匆忙，顶多和她礼貌性地打个招呼，好像都没有正眼看过她。

杨晓燕不再对南晋风抱有希望，她每天每天地写着日记，倾诉自己悲伤爱恋的记忆。就在某一天她发现自己的日记本似乎被人翻动过，她小心翼翼放在纸页里的一根头发不见了。她问杨晓曼、杨阳、杨星，他们都摇头说自己没有动过那个日记本。她猜测那一定是父亲看了自己的日记，因为母亲根本不认识字。

果然那天晚上，杨万山郑重其事地把她叫到面前说："晓燕，我看你也不必参加高考了。心都没有在学习上面，就是参加高考，也考不上大学。"杨晓燕低着头，咬着嘴唇证实了自己的猜测，她心乱如麻，不敢看父亲。

"这样吧，你去省城吧，前段时间我给叔叔写信说了关于给你推荐工作的事情，他说可以考虑把你推荐到国企的办公室工作，这对于你应该是个机会。"

杨晓燕点头答应。她心想，或许换个环境忘记这段深受折磨的岁月，就可以重新找回原来那个快乐的自己。

在临行前的那天晚上，她焚烧了所有为南晋风写下的日记，也焚烧了那场梦魇般的纵火事件。有关苏以莞的失明、父亲的霸道蛮横、乡亲们的流言蜚语，从此都将与她再无任何关联。

半年之后，苏以莞的眼睛模模糊糊地可以看见东西了，这令家里所有的人都很高兴。"不出十日，以莞就可以恢复正常的视力了。"南晋风满脸自信，继续为她针灸眼部穴位。

"南老师，谢谢您！如果不是您，我的眼睛这辈子都无法复明了，感谢您的耐心调理。"苏以莞眼睛里闪动着泪花，声音忍不住哽咽了。

她看到南晋风好看的微笑，疯子娘黝黑的面庞，苏如意脱去稚嫩的神情……这些模样，她都半年没有看到了，这种失而复得的感觉使她的内心无比感动，无比幸福。

她犹豫不决地找到一面镜子，终于鼓足勇气把镜面的一方对着自己的脸。她发现自己的脸颊恢复如前，甚至比以前的皮肤还要白嫩，柔滑得就像刚剥了皮的鸡蛋一样。再看烧伤的手臂也几乎复原，现在只剩下浅浅的褐色瘢痕。她知道这些都是南晋风的功劳，如果不是他一直以来坚持采集中草药，帮着涂抹烧伤部位，自己可能就彻底毁容了。此恩德，此用心，她将牢记一生，永不忘怀。

正如南晋风所说，大约一礼拜的时间苏以莞的视力终于恢复正常了，这令一家人都欢呼雀跃，都夸他是高人、神医！三两银憨笑着，他已经很老了，牙齿基本掉光了，只露出一个漆黑的牙齿。他夸南晋风是救世主！

南晋风连连摆手说道："哪里，哪里，这是她福报深厚，我只是尽了绵薄之力。"

为了庆祝苏以莞身体的恢复，也为了表达对南晋风的感激之情，苏如意去买了两瓶白酒回来。媛媛、馨儿和疯子娘齐力追赶，一群公鸡扑扑腾腾吓得乱跑，最后总算逮住一只大公鸡，这几个人都不敢杀鸡，就由三两银手持菜刀宰杀。只见三两银熟练地窝起公鸡的脖子，嘴里念念有词地说着："小鸡小鸡你别怪，你是阳间的一道菜。"这样的话连续说了两遍之后，三两银一刀就把公鸡的脖子割开了，鸡血顷刻间就喷射出来，他并没有松手，而是把鸡血都流到一个提前准备好的小盆子里面。直到确定公鸡没有了呼吸，他才开始把它放进提前备好的开水盆里，烫毛清理。

疯子娘拉着风箱烧锅，媛媛下厨做了炒鸡、辣椒鸡蛋、油炸花生米，还有一个就是泉河县的本土特产——腌芥菜。还做了主食揪疙瘩，这道面食是当地特色，以松软绵柔的手拉面片、面疙瘩入水，临出锅之时再配以荆芥、苋菜为提味主菜，就算制作完毕，这个饭的口感是任何美味佳肴都比不上的。

一大家人围坐在一起，苏以莞感到这场景就像回到了小时候过年的感觉，温馨无比。她又想起了父亲，不由得暗自伤怀，如果父亲还在世那该多好啊。

大家吃了一些菜之后，苏如意开始斟酒，南晋风说自己长这么大还没有沾过白酒，今天开心就喝一点儿吧。苏如意第一杯先敬了南晋风，然后又敬了三两银。南晋风果然不胜酒力，几杯酒下肚，脸色就像裹上了一块大红布。苏如意见此情景不再给他斟酒，让他多吃几口饭菜。

吃完饭之后，南晋风感觉头晕晕的，只想立即躺床上休息一会儿。苏以莞把他搀扶到床上，又给他搭上一条薄薄的被子。

"南老师，您怎么样，不碍事吧？"

"我还好，只是第一次喝酒有点儿不适应。"

"那您睡一会儿吧，我先不打扰了。"苏以莞说完准备转身出去。

"以莞，我不睡，我们说一会儿话吧！"南晋风的眼睛出神地望着屋脊说。

苏以莞点点头，拉了一个小板凳在他床边坐下来。

"我想知道，你觉得南老师是一个什么样的人？"南晋风望着她说。他的眼神大约因为喝了酒的缘故，显得有些迷离。

"那我可就说啦，老师是一个英雄式的人物，悲天悯人、宅心仁厚、才华横溢、身怀绝技……"

南晋风微微一笑说道："以莞，你把我说得太完美了，所有美好的词语都用在我身上了。我是说真的，你如果客观评判，其实我缺点也是挺多的。"

"没有，没有，我真的找不出您身上的缺点在哪里。"苏以莞连连摇头说。

"其实，你们并不了解我，甚至不了解我为什么会来到这个地方。"南晋风停顿了一下，接着又说，"我是地地道道的陵城人，我母亲是著名的表演艺术家，父亲是著名的经济学家。可能是耳濡目染的熏陶吧，我长大以后既喜欢艺术，也对策划方面很敏锐，抱歉这个话题扯得有点儿远了。我喜欢体验各种不同层次的生活，譬如现在来到这个地方也是我随遇而安的一种选择。"

他的眼神忽然间变得深邃而悠远，就像古老的竹刻经文。他接着又说："我童年看惯了父母无休止的争吵，直至有一天父亲被这种地狱般的生活，终于折磨得跳楼自杀之后，我知道这一生都留下了阴影，我可能永远都不会涉足所谓的爱情或者婚姻，我成了一个不折不扣的独身主义者，我永远都不会忘记在高楼之下，父亲粉身碎骨的惨烈情形，也永远无法忘记母亲看到那一幕时的冷静：她就像看到一个陌生自杀者一样，没有掉一滴眼泪，却喃喃地说，解脱了，解脱了。她当时怔怔地抱着吓得哇哇大哭的我，去派出所报了警，当时的我只有六岁……"讲到这里的时候，南晋风的声音禁不住哽咽了，眼睛里蓄满泪水。

"哦，原来每个人都有一本属于自己的苦难史，以前我觉得像你这样一个大英雄式的人物，是没有任何烦恼和痛苦的，没有想到……"苏以莞无限感慨地说。

"让人感到绝望的是，我的父亲和母亲曾经是大学同学，他们属于自由恋爱，也就是说，他们是有着深厚的爱情基础的。在外人眼里他们是郎才女貌的一对恩爱伴侣，可是事实上，从我出生一直到六岁父亲跳楼自杀，他们一直在相互折磨，争吵、冷战、各种恶毒语言的攻击，那个时候我常常很恐惧，在那种冰冷如窖的氛围中我常常祈求让这一切停止，而父亲的死亡似乎终止了那一切。我又陷入了另一种恐惧之中，那就是我常常有一种深深的自责，我觉得父亲的死亡是因我的诅咒造成的。当我有一天晚上终于忍受不了这种心理的折磨，嘤嘤啜泣之时，母亲像拍襁褓中的婴儿那样拍着我的身体说：'不哭不哭，又发癔症了吧。'我停止哭泣强调说：'妈妈，我没有发癔症，是我的诅咒害死了爸爸。'母亲就抱着我的头，泪如雨下地说：'这根本与你一个孩子无关，大人之间的事情你不懂。'我心里释然了很多，我问：'妈妈，既然结婚要吵架，要难过，为什么你们还要结婚?'她叹了一口气回答我说：'人生若只如初见，何事秋风悲画扇。'然后她接着又说：'如果可以重来，我宁愿选择一生独身。'"

"那你母亲后来一直单身吗?"苏以莞的思维已完全陷入南晋风忧伤的倾诉中。

"是的，她独自抚养我长大成人，她把所有的精力都投入到了表演艺术事业，她的艺术成就很辉煌，可是在幕后，在不为人知的角落里，她常常一个人默默落泪。我知道，她孤独的内心深处，是一直无法走出的父亲自杀的阴影。我无法拯救母亲心里的哀伤，如同无法拯救自己内心的哀伤一样。我读大学的时候，包括步入社会以后，都遇到过女孩子的示好，可是我真的无法打开自己的心扉，我怕伤害到别人，更怕伤害到我自己，我就像一只刺猬一样把自己紧紧地包裹起来。我可以给予女孩子一些我的友善与帮助，但那不是爱情，我的心扉从来没有被企及过！那就像我帮助其他需要帮助的人群一样，没有任何想法，只是帮助别人，快乐自己。"南晋风深邃的眼眸里充盈着泉水一般的纯净。

"原来南老师是一个这么纯粹的人。"苏以莞说到这里，脸颊绯红地望着南晋风鼓起勇气说，"南老师，不可否认我非常崇拜您，听您的故事之前，与听您的故事之后都一样地崇拜您。您就是我心目中的大英雄，我感恩能够遇见这样一颗高贵的灵魂，这样一个优秀的您。您出尘脱俗，史诗一般地出现在我卑微的生命里，我不知道该怎么用语言去表达。"

"谢谢以莞的认可，你是一个心地善良的好女孩，很有灵气，将来一定会有属于自己的一片天地。"南晋风婉转地说。

"我……"苏以莞卡在喉咙里本来想要说出口的话，一时之间也说不出来了。她停顿了一会儿，真诚地对南晋风说："我以后如果有能力了，一定要以您为榜样，传递您身上的爱心与正能量。"

她看到他的脸上又绽放开迷人的微笑，其实她自己露出的微笑也很迷人……

他们谁都不再说一句话，此刻所有的话语都是多余的！

他们片刻的相互注视，像火一样热烈，像水一样纯净，又像无边空旷大漠里相遇的一双鸟儿。那是一种灵魂与灵魂的碰触，精神与精神的交流，崇拜与被崇拜的永恒。

他毫无睡意，竟然起身从行李箱内拿出来一个厚厚的笔记本，然后递给苏以莞说："这个就是我这么多年来写下的古体诗，它记录了我所到之处的心情。"她激动地接过来，如饥似渴地阅读着他写下的每一首诗。他的字体龙飞凤舞，非常漂亮，这一点她丝毫都不感到意外，因为之前她在位寺集上见过他写的浑然天成的毛笔字。最让她震撼的还是他写古诗词的功力了，这些诗词不仅写得磅礴大气、铿锵有力，而且每一首诗都蕴含着诗者浓厚的家国情怀和凌云之志。她忍不住赞叹道："写得太好了，写得太好了！"

就在那一刻，她决意有一天定要以他的这些古诗，来创作一本《古诗词新解》。然后，她把这样的想法说给了他，他淡淡地笑了。她又说："我可是认真的。"他微笑说："没有人说你不是认真的，那我写的这本古诗词就送给你好了。"是的，她现在把他当成了无话不谈的朋友，这样的想法她一定要向他说出来才觉得好受。

她隐约地懂得这样一个脱俗之人修为的不易，也隐约懂得这样一个高人终究不属于任何人，他只属于他热爱的艺术以及自由的灵魂。他的奉献也永远属于人民群众。是的，那个时候她还只有十几岁。很多年过去后，当她像一朵花一样开始枯萎凋零，开始回忆不清他那一天具体说的每一个字符的时候，她才真正有了更深刻的感受，她才知道她当初喜欢上的是一个绝世而独立的男子，他不属于凡尘俗世，他永远只像神话一般存在于她的梦中，但是她确信她的一生中真真实实地遇到过，这么一个史诗般完美的男子。哪怕在多年以后，她也常常在人群中不经意间看到某个酷似他的背影。她会疯也似的追着跑过去，欣喜地喊着"南老师！"当回过头来的永远都是一个陌生面孔的时候，她的双眼还挂着朦胧的晶莹……

哦！她从不否认，南晋风是她一生中最动人的风景。

第十三章　伤离别

　　皖北夏季的炎热与雨水混合起来还算清凉，雨水一旦停止，椿树、楝树、桐树等根部泥土里潜伏多年的蝉儿，都会在夜晚爬上树梢利索地蜕去外壳，第二天一大早上就会拼尽生命中所有的力气吱呀吱呀地叫着。这种声音越是剧烈，炎热也就越是增添了不少。位寺村的南河周围被葱郁的芦苇包围着，有些已经开始抽出一部分白绒绒的芦花来，只是那些芦花到了秋天的时候才会完全绽开，尽管如此它的魅力也掩盖了村庄上所有的颜色。

　　一群群的光屁股孩子，扒开芦苇棵跳进河里浮水、洗澡、打澎澎等，借以减轻天气的炎热。河边上偶尔可以看见几件不同颜色、打着补丁的汗褂子，却看不见一双脱掉的鞋子，因为那时候的夏天孩子们都光着脚奔跑，哪怕双脚一着地都会烫得龇牙咧嘴。孩子们因为赤脚跑得快，又都是泥巴土路，一个夏天过完，脚上的大拇指头或者其他趾头常常要被磕绊流血多次，有时候快要磕掉的趾甲盖刚刚愈合，再次稍微碰触也会流血。但是也没有见哪个父母去给孩子包扎伤口或者抹药膏之类，一般都是吵孩子几句就算作罢。等血止住之后，那里的每一个孩子又是快快乐乐、蹦蹦跶跶地玩去了，他们似乎都已经习惯了身体上的磕磕碰碰。

　　该来的终究会来，该走的也终究无法挽留。

　　晚上南河边的微风荡漾，因为家里热得睡不着，就算手拿着蒲扇不停地摇动，入睡的时候还是会被热醒。除去一些十岁以上的女孩会被家长留在院子里铺上蒲席睡觉之外，其余的人都拉着蒲席睡在南河的水边，河边有阵阵微风，没有蚊子，也很凉快舒适，大家说说笑笑，一会儿的工夫就会进入梦乡。

南晋风第二天就要离开这里返回陵城了，全家人都陷入一种莫名的失落中。这么长时间以来的相处，他已成为这个家不可缺少的一员，每个人心里都不舍得他离开，往日的笑声今天再没有出现过。大家早就从苏以莞秋波盈盈的眼神中看出来，她对南晋风的倾慕之情，于是都心照不宣地拿着蒲席去南河边睡觉了，只留下南晋风与苏以莞两个人。

屋子里热得像个大烤箱，进去一会儿的工夫身上的衣服就会被汗水浸湿。南晋风在院子里平整的地方铺上两张蒲席，他和苏以莞相邻躺下来。今晚的月色清透、明亮且泛着鹅黄色的温柔。苍穹辽阔，许多闪亮的星星都像前世约定好了一样出现在他们的眼前，有的闪动、划过，有的很缓慢地移动。

他们相视、微笑，仰面看着天空中这感动千年的唯美景象。

南晋风由衷地赞叹：“我在城市从未遇见过如此美丽的夜空，这种大自然的馈赠真的太神奇，太奇妙了。这里好美！常常能够看见这样难以比拟的景致。”

苏以莞接道：“我记得从小到大，每年都会躺在院子里看到无数次这样的月亮和星星，反倒觉得平平常常。”

直到多年以后，苏以莞生活在城市再也回不去故乡的时候，她才理解了南晋风对这里夜色的高度赞美。因为离开家乡之后，她的确再也没有见过这么美丽的夜空，这么诗画一般的月亮和星星。

“人就是这样，习惯于一种事物的存在之后，就不会觉得珍贵。珍贵的往往是不曾拥有或者难以拥有的。”南晋风若有所思地说。

苏以莞不知该如何回答。他接着又说：“这就像爱情和婚姻一样，我亲眼看见父母的婚姻丧生于日复一日的相守中，所以我永远都不会让这样的事情在我身上发生，我会选择一个人终老此生。”

“如果，如果你喜欢上一个人呢？非常喜欢，如果你们产生了爱情的火花，你会怎么办？”苏以莞的长发就像一片黑色绸缎一样散落在蒲席上，她脸颊潮红，声音娇弱得近乎听不见。

月光下苏以莞如同出水的芙蓉一般柔美，她侧身的轮廓就像大海里的美人鱼一样线条分明，还有光是她那深情凝望着他的眼神，就足以让夜晚的一切都迷醉了。

南晋风的眼神与她的眼神碰撞在一起，那是火一样的炽热啊！他很快转移了视线，不允许它们交织在一起，内心的坚定要求他必须这样。

"南老师，您还没有回答我的问题。"苏以莞低着头，嗫嚅着说。

"我现在回答你，如果我喜欢上了一个人，我更要去保护这份珍贵的感觉，甚至用一生去呵护这种神圣的感觉，永远都不会触碰它，所有更多的贪恋都是对伊人的亵渎与玷污。就像一朵娇艳欲滴的花朵，你若采摘下来，它很快就会枯萎，零落成泥。"南晋风的声音带有一种不容抗拒的磁性，那是苏以莞这一生听过的最好听的声音。

"我似乎明白了。明天您就要走了，我无从挽留，所以就让我去送送您吧！"苏以莞喃喃地说着，眼角有泪水不自觉地滑下来。

"好吧，那我们一起。因为这次严重烧伤，你大半年都没有去学校上课了，要重新好好补课，争取考个好大学。"

苏以莞点点头，她知道自己一定会努力学习，她希望自己变得优秀一些，希望某天再见到南晋风的时候，能够获得他的欣赏或认可。是的，仅仅是欣赏或者认可。

"南老师，请您告诉我，此一别是不是就再也见不到您了？"一想到明天他就要离开这个地方回到遥远的陵城，苏以莞就被离别的伤感深深地包围着，泪水涔涔。这大半年的悉心照料，他已经融进她的生命里！她的心像是被无数虫子撕咬、啃噬，她感到一种从未有过的哀伤和痛苦。她如何能够舍得，如何能够适应！

"我也不知道。"南晋风幽幽地说。

"可以给我留下一个地址书信往来吗？"

"看来你还是不懂我，我喜欢体验各个地方或者各个层次的生活，经常居无定所，我不会在一个地方住上很久。这次就算回去，也是处理一些需要亲自到场的事情。我平时事情比较多，书信就不必了。"

"我明白了。"苏以莞克制住内心的伤感，她的确很难过！她如果不克制生怕自己会失声痛哭起来。

"以莞，我只希望你将来考上好的大学，以后有自己理想的工作和生活。"南晋风语重心长地说。

理想的工作和生活？苏以莞心想，没有了你，还会有理想的人生吗？没有了，再也没有了。她感觉到自己的情感被一次性掏空了，或者是被一次性装满了。

星光灿烂，月色如瀑。

苏以莞久久难以平静，难以入睡。她侧身一直看着他，不眨眼睛地看着他，看他像婴儿一般熟睡的样子，看他均匀的呼吸，从他好看的唇形之间流转，他离她那么近，她永远都无法忘记这熟悉的味道，那是属于南晋风独有的谜一样的味道！这一夜，最近的相守，成了她回忆一生的永恒细节。这一夜，泪碎的声音，成了她一生最刻骨的情愁。她永远都无法否认，是他启迪了她一生的辉煌爱情，直到她死去的那一刻，她还能清晰地记起来他深邃的眼眸，以及他白衣胜雪，泼墨挥毫，不入俗世的样子。

第二天，天空淅淅沥沥地下着零星小雨，不用打伞，倒是让人感觉凉爽了一些。南晋风背上行囊，依依不舍地握手告别了三两银、苏如意、疯子娘、媛媛、馨儿。他们含着眼泪与他挥手说再见：

"有时间还回来啊！"

"别忘了这个家啊！"

"有时间就回来住一段。"

…………

苏以莞和南晋风肩并肩向前方走着，她分明看到他的眼睛蓄满了晶莹的泪水，这根本不是一个无情的人啊，这厚重的情感或许需要她用一生的时间去解读。她要送送这个生命中最重要的人，再陪他走一段属于他们两人的路程。

此时秋季庄稼正长得旺盛，芝麻都开出了粉白色的小花，玉米也已经结出硕大的玉米穗。

这一段路程，是相当沉重的一段时光，他们各自走着，谁都没有说一句话。路边的白杨树在微风的吹动下，发出来一阵阵沙沙的响声，零星的小雨点逐渐停止。

"以莞，我以后或许还会再来这里。"南晋风正走着，忽然转过头看了看苏以莞说。

"再来这里？"苏以莞一阵诧异。

"是的，我从不食言。"

"南老师，我知道您一直都是一个诚信的人，可是我还是不明白。"

"你现在无须明白。"

"南老师，是不是意味着我还可以再见到您？"苏以莞好像忽然想起来什么似的，激动地问，"南老师，我真的好害怕，害怕此后漫长的人生，再也见不到您了！"

"我说了，你现在无须明白。这有关我与这片土地，却无关见与不见！"

苏以莞听南晋风这样一说，更是一头雾水。她心里被离别的哀愁塞得满满的，她只知道现在属于他们的每一秒钟都很宝贵！她希望时间可以过得慢一些，再慢一些。

半年前的关庙镇上，通往泉河县城的大巴车已经开始运营。苏以莞与南晋风站在路边等着路过的车辆。大路的下方是一条自然形成的沟壑，里面乱蓬蓬地生长着许多蒿草与不知名的野花，再往前方望去一片绿油油的庄稼，彰显着有力的生命与希望。田间地头的蚂蚱、蟋蟀、蝈蝈都藏在绿色的庄稼下面乘凉，人们看不清它们究竟是在什么位置，只是不断听见它们发出最自然的绝妙交响乐。

"这样的景致真的好美！"南晋风忍不住赞叹道。

"希望南老师以后还要来这里看一看。"

"一定会的！"

苍茫人生，坎坷不平，这一别，不知何日再相见！苏以莞望着远方，心里充满了无限的迷茫。

这时候，玻璃车窗前方贴着"阜阳、泉河"红色字样的大巴车已经驶过来，他们招手，大巴车随即停下来。车上已没有空余的座位，很多人都站在车的过道上，南晋风与苏以莞也只能挤在其中。

因为人多，整个车厢里发出难闻的汗臭味道。

　　一路上，由于路况很差，司机常常一个猛刹车，这些站在过道上的乘客身体都会前倾，甚至摔倒一摞人。南晋风两手紧紧抓住车上的手抓杆，尽量保护胸前的苏以莞，因为拥挤他们离得很近，近到可以听到对方的心跳和呼吸。她的头与脸不时地因为司机的急刹车而撞在他宽阔的胸膛上，她贴在那汗水洇湿的白色衣服上，她明显感觉到他心跳加速，她下意识地抬头望着他，正遇上他温柔似水的眼神。他们不约而同地转移了视线。她确信，她真的打扰过他的清修，这种打扰让她产生一种难以自持的羞愧之感。

　　这一路上的颠簸、拥挤，使得他们下车的时候脚板都站得生疼了。

　　南晋风把她送回到泉河高中校园后，与她挥手道别。

　　直到注视着他的背影越来越模糊，她才转身离开。随她转身的还有青春的泪水飞扬……

第十四章　悲伤的叹息

夏天的三伏天还没有过完，每天去南河里洗澡降温仍是孩子们的首选。一群被大太阳晒得黝黑发亮的孩子，一洗完澡感觉饿了，就跑回家踩着凳子从梁头上高高挂起来的篮子里，拿出来一个凉馒头大口吞咽，很快填饱了肚子，然后再从压井里接出来一碗冰凉的水喝下去，一下子连饿带渴的问题都解决了。

这天中午十二点多了，媛媛看见胡同里邻居家的孩子都回来了，却没有看见馨儿回家。她问邻居家孩子看见馨儿没有，那孩子回答说晌午一块儿洗澡了，这会儿没有看见她。媛媛听到这儿一下子慌了神，匆忙拉着苏如意去寻找。

来到南河边，苏如意脱了衣服下水去摸索，就在苇子坑那一块水深的地方，苏如意的脚底下像被什么绊了一下。他一手伸下去，摸到了一只小孩的脚丫，他心神慌乱，抓住孩子的脚用力向上拎起来。被揪出来的孩子正是馨儿，她满头污泥，双脚朝上已被南河里的深水溺死多时。

媛媛见状，哭得死去活来，几度昏厥。好端端一个活泼可爱的孩子忽然间没有了，全家人的心情都很沉重。

天气热得厉害，尸体不能存放，仅仅半天的工夫各种绿头、红头苍蝇都爬满了。最后三两银把孩子的尸体装进一个麻袋里，背出去在自家的一片红薯地刨个窑子，把馨儿的尸体掩埋了。

这件事情对媛媛的打击很大，她每天哭累了睡，睡醒了还哭，饭吃得也很少。苏如意把所有劝慰的话都说遍了，她还是哭得伤心。她呜咽着说，馨儿太苦命了，没有过上一天的好日子，她天天幻想着有一天能坐火车，可是她再也没有这种机会了。媛媛还哭着说，这一大家人都没有看好一个小孩，都不知道心疼馨儿。苏如意任凭她怎么抱怨，只能缄口不言。

那个虫鸣清晰的晚上，下了一场瓢泼大雨，温度暂时降了下来。苏如意陪媛媛到了公鸡打鸣的时候，才熄灭煤油灯准备回屋睡觉。可是，他却发现他的手被媛媛的一双小手紧紧地抓住了。他很慌乱！他在坚韧地拒绝着，又在梦魇般地迎合着，这是他长这么大以来第一次陷入如此挣扎的境地。他心脏跳动加快，整个人的思维变得混乱。

"你不要走！我害怕！馨儿死得可怜，她的魂魄会来找我的……"媛媛单薄的身体扑在他怀里。"媛媛不怕，不怕。"他无法再忍受该死的君子之风，无法再忍受伪装的孤高漠然，他闭上眼睛拥抱了她，随后就像老鹰抓小鸡一样把她放在了床上。那夜，他成为她真正的男人。看着她熟睡的样子，他暗自下决心，一定不能再让这个苦命的女人受罪，要尽自己的努力去呵护她。其实，一个女人入住了一个男人家里那么久，在农村世俗的眼光里人们早就认定他们是夫妻了。

第二天一大早，村里乱哄哄的，人喊狗叫，鸡鸭群跑。三两银弓着老腰，灰白色的山羊胡子一翘一翘，步履蹒跚地背着双手从门外回来了，他一进院子就连连咂着嘴说："啧，啧啧，这年头啊啥事都有，啥人都有啊。"

"谁家出啥事了？"苏如意和媛媛不约而同地问道。

"唉，你大花嫂子，丢人啊！她这会儿光着身子，在寨门的歪脖子大柳树上绑着哩。"

"谁绑的？为啥啊？大花嫂子可是个热心肠的好人啊！"苏如意着急地问道。

"除了她男人敢绑她，其他人谁敢？好心人，好心人也犯错啊！听说，昨天夜里大花嫂子和光棍汉栓柱相好，被她男人胖孩捉奸在床，这一大早就被绑到了树上，用皮带抽打……"

苏如意拉着媛媛的手，就往门外跑："咱赶紧去看看，毒打能解

98

决啥问题。"

寨门附近已被村民们围得水泄不通，这样的场面比看露天电影的人还多。男人们嫌热都光着上身，穿着大裤衩，女人们都穿着短袖褂子和裤子，有的妇女还掀起来褂子露着白花花的肚皮，怀里抱着正在吃奶的孩子。

苏如意拉着媛媛好不容易才挤到了人群的前面，映入他们眼帘的一幕令人惊呆：只见大花嫂子白花花的身体一丝不挂地被绑在那棵歪脖子大柳树上，她的身体此时没有一处好地方，到处都是皮带抽打的血印子，她耷拉着头，如瀑布一样乌黑的长发散乱地搭在面前，人们谁也看不到她是怎样的表情。她的男人胖孩拿着皮带就像屠夫一样使尽全身的力气叫骂着："你这个不要脸的贱女人，竟敢背着我和光棍汉栓柱相好，你他妈的真是作死啊！让咱位寺村里的人都看看你有多不要脸，你的脸不是你爹妈生出来的吗？……"人群中一片喧哗，议论纷纷。

胖孩骂累了，就拎起皮带照着大花嫂子的身上猛抽一下，人们分明看到她白中带血的身体忍不住颤动了一下，那一道鲜红的血印像一道红光一样牢牢贴在她身上，但是谁也没有听到她吭一声。

"这一皮带下去，就见血了，能不疼吗？真能顶住捱啊！"

"是啊，打这么狠都没有听她叫唤一声。"

"看来是不思悔改啊……"

"啧啧啧，这就是不要脸皮的下场啊……"

"打死也不亏，这样的女人……"

…………

人群中哗然一片，你一句我一句说什么的都有。

胖孩一边嘴里喷着唾沫星子破口大骂，一边又扬起了皮带："看我今儿个不打死你个贱女人，让你贱……"

正这时，苏如意上去一把抓住胖孩扬起皮带那只大手。胖孩扭头一看是苏如意，气不打一处来，怒道："苏如意，你敢管这事，你也是她相好的男人吗？"

"你消消气！村里人都知道，我小时候没有奶吃，经常吃大花嫂

99

子的奶水。她心善，硬是把自己孩子春生的口粮分给了我一半，还有上次俺娘需要手术，也是俺大花嫂子带头捐款的。大花嫂子对俺的好，俺一辈子都不能忘了。"苏如意如数家珍般认真地说。

"你让开，这是俺的女人，今儿我非得打死她才解恨。她跟栓柱相好被我捉奸在床，你说这事是个男人能容忍吗？"胖孩怒火难平。

"我不让开，再打下去可就真出人命了！到时候不只是大花嫂子不能活，你也得判死刑。"苏如意继续给胖孩讲道理。

"反正我也不想活了，我天天戴着一顶绿帽子，活着还有啥意思！"胖孩气急败坏地说。

"你不活了也罢，可是你的两个孩子春生和秋生呢？他们都还在上学，他们咋办呢？"苏如意话说到这儿，戳中了胖孩的要害。想到自己死了两个孩子还没有成人，没有人管，胖孩瞬间就扔掉了皮带蹲在地上捂住脸呜呜大哭起来。

胖孩一边号啕大哭一边叫喊："我哩个亲娘啊，我该咋活啊，这还是人过的日子吗……"

这时候躲在人群中的栓柱，就像偷家贼一样红着脸出现在人们面前。他小跑着过去把柳树上绑了几个小时的大花嫂子放下来，又给她身上裹上一个花布单子。正当他准备将这个女人背回家的时候，胖孩戛然止住了哭声，他一眼瞧见栓柱就眼冒金星，仇人相见分外眼红。

胖孩怒喝一声："栓柱，你他妈的还敢碰俺的女人，放下她！"

栓柱乖乖地将大花嫂子放在地上，准备掉头就跑。胖孩一个箭步就蹿了过去，一把揪住他的脖子，将他摁倒在地上，举起拳头疯狂地朝他脸上砸去。栓柱也不示弱，他利索地翻起身子和胖孩对打起来。两人扭在地上，一顿狂打，直到两个人都鼻青脸肿，不知道是谁的牙齿还被打掉了几颗，因为两个人的嘴巴上都流着血，地上的牙齿也带着血。

这场激烈的战斗，直到村长杨万山出面调解，才算终止。

躺在地上像死猪一样的大花嫂子，不知是觉得没脸见人，还是因为伤势过重，弯曲着身子躺在地上一动不动。有个妇女把手指放在她的口鼻处，过了一会儿那妇女说："不碍事，她还有气。"

在媛媛的帮扶之下，苏如意将大花嫂子背在身上往她家里走去，他一边走一边驱赶着人群："都让一让，让一让，都别看了，都该回家做晌午饭了。"围得铁桶一般的人群这才慢慢疏散开。

在杨万山的调解下，栓柱说："请村长做主，让胖孩和大花离婚吧，这个胖孩动不动就骂她，打她，她身上整天被胖孩打得青一块紫一块。"

"离婚？"杨万山嘿嘿笑着，他心想这可是咱们村头一次听说的怪事啊，以前只在电影里看到过啥是离婚。

"我说栓柱，这离婚的事好像我也做不了主啊，还是到县里吧！再说了，谁家过日子不打不闹啊，天上下雨地下流，人家两口打架不记仇。人家两个孩子都上高中了，你这掺和着让离婚，这不合适啊。"

"不是我掺和，我是想救大花啊，这样下去终究有一天她会受不了啊。她给我说过的啊，要不是为了两个孩子她早就死了，俺俩心心相印，我保证这一辈子会对她好。"栓柱央求杨万山道。

"婚姻法有明确规定，结婚与离婚都要走法律程序，离婚不是我说一句话就可以离婚的。"杨万山解释道。

栓柱说："那我现在就去关庙镇上问问，看看咋样才能离婚。"栓柱耷拉着头走了之后，杨万山捂住嘴巴禁不住嘎嘎笑出了声："我的老天爷啊，离婚！笑死我了！这人真是吃饱了撑的，睡了别人的老婆还不罢休，还想长期睡，想睡得心安理得、名正言顺，我的天哪！这人是要成精了啊，就连一个穷光蛋还想点子搞什么离婚、结婚。"

栓柱从关庙镇上回来的时候，天色已经快黑了。他直接去了杨万山家门口。刚走到院子门口，杨万山家的大黑狗就汪汪地蹿上来，气势汹汹，吓得栓柱赶紧抱头蹲在地上，那大黑狗才音量减轻了一些。

"栓柱，你去关庙镇上问过了？啥情况？"杨万山一本正经地问道。

"村长，镇上的人说了，这离婚他们还没有遇到过，都是一辈子过到头的，过不到头的也是病死之类的，还没有见谁家半路离婚的。不过，我问的那个人是有文化的人，他懂这个婚姻法，他说真想离婚的话，有两种办法：一种是协议离婚；一种是起诉离婚。协议离婚就是夫妻双方都同意才能签字离婚；起诉离婚就是一方不同意，另一方状告到泉河县城的人民法院里，得到法院的支持才可以离婚。"栓柱一股脑儿地说。

"你还是不要折腾了，人家一家子过得好好的，你非得拆散，这本身都不合理。现在你也问过了，这个事情不是那么容易的，你想想人家胖孩会同意离婚吗？大花嫂子又会真的去起诉他吗？再说了，我也管不了你这个事啊，你这叫啥事啊！"

"唉，我觉得这事也是没有希望，人家毕竟过半辈子了。"栓柱垂头丧气。

"你赶紧回吧，回吧。这天也不早了。"杨万山下逐客令了。他家的大黑狗也开始狂躁不安地汪汪叫起来，杨万山一嗓子，叫唤个啥，不知好歹！这狗马上没有了声音，乖乖地摇了摇尾巴朝窝里跑去。

栓柱耷拉着脑袋只得说，那你歇着，这事叫你操心了。然后转身朝自己家里走去。

就在那天晚上，大花嫂子趁着胖孩睡着的工夫，翻了墙头一瘸一拐地来找栓柱了。

栓柱从门缝里一看是大花，赶紧打开了栅子门。"我的天哪！大花，你咋敢又出来了。你今天受罪了！都是我不好啊！"栓柱一把抱住大花说道。大花身上的伤口被碰触到疼痛不已，她忍不住"啊"了一声，栓柱赶紧松开了手，骂道："这个该死的胖孩，真他娘的下得去狠手啊。"

"我今天就是要问问你，我能跟你过日子吗？栓柱，你带我走吧！我真的一天都不能再跟他过下去了，这种非打即骂的日子我真受够了。"大花悲切地哭着说。

"唉，我下午去关庙镇上问过了，想要离婚，彻底解除你们的婚

102

姻关系，事情难办得很啊。他不同意的话，你还得去泉河县法院起诉离婚，非常难办。"栓柱唉声叹气地说。

"我知道难，咱这儿都没有离婚的，那你带我走吧！咱俩去一个陌生的地方，好好过日子。"

"带你走？去哪儿？咱在外面没有田地，吃啥？"

"你就是带着我去要饭，也比让我死在这儿强啊。"

"要饭，要饭有那么容易吗？你看看咱村上一天都有十几个外地人来要饭，要遍一个胡同顶多有一家给半拉馒头就算是幸运的了，有人一天身上背的口袋还是空空的。现在谁家多余的口粮都没有，要饭也不好要啊。"

大花听到栓柱这样说，心如死灰，流下了绝望的泪水。

"你别哭了，你一哭我心里也不好受，你多忍一忍，这其他也没有啥法。你赶紧回去吧！出来的时间长了，要是被他发现，又要折磨你了。"栓柱用手给她擦着眼泪，心疼地说。

大花无奈地点点头，踉踉跄跄地走出了栓柱家的院子。栓柱看着她的身影逐渐消失在苍茫的夜色之中，才回头关上了栅子门。

就在那天晚上，胖孩发现大花又跑出去了，对她又是一顿毒打。幽静的深夜里，邻居们都清楚地听见胖孩的叫骂声，以及皮带抽打声、女人凄厉的哭声混为一片。"你这个贱女人，你还有一口气，还要去找相好的是吧？你咋这么不要脸哪！……"

"啪！啪！"皮带抽打身体的声音，接着就是"呜呜呜"女人凄厉的哭声。

…………

夫妻俩打架、吵架在村里是常态，人们似乎早已习以为常，谁也不会因为人家夫妻之间的事情而起床劝架。

到了第二天早上，人们才知道，大花嫂子一口气喝了一瓶子"敌敌畏"农药自杀身亡了。她死的时候，浑身都是伤痕，身上连一件像样的衣服都没有，穿着一身补丁衣裳，这还是几年前上面救济的旧衣服，她已经缝过几次补丁了。因为穷，家里仅有的一点儿卖粮食的钱，还有母鸡下的鸡蛋换成的零钱，都供应两个孩子上学了。

听见报丧的鞭炮响声之后，人们都纷纷过来帮忙打点大花嫂子的丧事。几个人去买来了白色的孝布，以及各种菜，还有几个人去买来简陋的棺材，另外的一群人忙着找桌子和板凳。

掌事的看见又有亲戚到门口了，就又放了一挂鞭炮。人们看到大花嫂子的娘家人来了一大群：她的七十多岁的老母亲还有她的哥哥姐姐和弟弟妹妹等人。娘家人趴在大花的棺材前面哭得伤心欲绝，他们一边哭，一边诉说："大花活着没有过上一天的好日子，就这么冤死了，老天爷啊……"

整个院子里充满了哀伤的气息。

大花的老母亲蹒跚地来到胖孩身边，拿着拐杖就朝他身上使劲敲打，她边打边哭骂道："你个该死的孬种，俺闺女跟着你受了一辈子罪啊，临死还是一身伤，你个王八蛋咋不死啊！你死了也好给俺闺女抵命！……"

胖孩起初耷拉着头不吭声，最后坐在大花的灵柩前哭天喊地号叫着："大花啊，你咋想不开啊，我没有想到你会喝药自杀啊，以前多少次打打闹闹都挺过来了，这次你咋会想不开啊……"

春生和秋生两兄弟接到报丧也从泉河县城的学校回来了，两兄弟一进门就哭得厉害，两人从舅舅口中得知母亲的死因之后，都对胖孩怒目而视，自此父亲的形象在他们心里已经死了。

埋葬大花嫂子的那天，栓柱流着眼泪跟在最后面，远远地望着人们把大花嫂子的棺材缓缓地从村里抬到地里。他悔恨不已！他恨自己没有担当，如果那天晚上自己勇敢一些，答应大花带她离开这个家，她也不会因再次挨打而喝药致死了。

就在那天晚上，那个没有星星也没有月亮的漆黑夜晚，光棍汉栓柱在距离大花嫂子坟墓几米远的一个机井里投井自尽。

当栓柱的尸体被几个村民打捞上来的时候，已经是十天之后的事情了。没有人会在意一个光棍汉的失踪，如同没有人会在意一头牛或者一只羊是否孤独一样。有人去机井里用吊着长绳子的水桶打水的时候，才发现了他被井水浸泡得惨白的尸体。

栓柱的死和他的出生一样，悄无声息。一个人无法张罗自己的葬礼，身后之事，必须从生前做起，这是栓柱生前在人场里说过几次的话。所以有几个村民在他的三间小房子里很轻易地就找到了准备好的一副桐木棺材。只是那棺材还没有漆成黑色（棺材在当地叫活儿）。

一个村民问另一个村民："这活儿还漆不漆了？"那个村民说："漆啥？你看哩？"另一个村民接话道："还费那劲干啥！漆不漆都差不多。"于是少数服从多数。如栓柱生前预料的一样，有人把他咕咚一声装进原色的棺材里。就在从机井里打捞上来的那天下午，这几个村民在他的芝麻地里刨了个墓窑，草草地将他安葬了。

皖北关庙镇的这个三伏天随着一些生命的消逝，随着一些蝉鸣的消逝，逐渐变幻出了许多苍凉的秋意。这里的一切都还在年复一年地延续，日复一日地上演……

第十五章　何处话悲凉

立秋以后，天气的燥热渐渐褪去，早晚已有丝丝凉意。这个时候人们的秋收已经基本完成，就等着老天爷这几日能下来一场及时好雨，人们就可以耕种麦子了。

人们习惯性地吃完早饭把碗筷放在地上，悠闲地坐在路边的树底下谈论着村里各种最新的资讯与话题。特别是那些年纪大的老头、老太太们常常一坐下来，就坐到要烧锅做下一顿饭的光景。这时候常常在不经意间，会从浓密的树叶上落在人们脸上或者身上一阵凉水，这时候这个人就会赶紧用手抹一把被侵扰的那个地方，嘴里还不忘骂一句："这个该死的花蹦蹦，又尿尿了。"

一些半大孩子结伴而行，分别拿着一个瓶子专门去椿树上用手去捂花蹦蹦，到了这个时节，那些撅着金黄色大肚子的花蹦蹦基本都长得成熟了，满肚子里都是籽，一手捂下去就是一个准。只需不大的工夫，每个孩子都可以很轻松地捂到满满一瓶子的花蹦蹦，然后欢快地递给坐在地上说话的大人们。这时候大人会鼓励一下孩子，然后告诉他们，晚会儿回家了给他们炒炒吃。孩子们一听就会馋得想要流口水，因为这种熟透的母花蹦蹦炒熟之后，比树上的蝉儿还要焦香几倍。

看着大人们还没有起身要回家的意思，孩子们就又拎着水盆，去河边舀水，然后专门在附近找好几天没有铲走的牛粪、猪粪。拾粪浇庄稼的老人村里有不少，但是也会有遗漏下来的粪堆。这些粪堆经过几天的酝酿，就会生出来一片松土，蓬松的土壤里常常可以露出来一个小洞口，孩子们将河水浇进洞里一些，静静地观察，过

106

一会儿的工夫，就会从那小小的洞里钻出来一只肥硕的大屎壳郎。然后伸手把那大屎壳郎捏起来，装在备好的瓶子里或者篮子里。孩子们最快乐的时候，就是每次屎壳郎钻出来的时候，那种收获的喜悦让每一个孩子都笑得合不拢嘴。

屎壳郎浇出来的多了，家里如果有上了年纪、经历过1960年自然灾害的老人们，他们就会把屎壳郎洗净，放在锅里炒一炒，即将出锅的时候，满屋子的喷香已经让孩子们急不可待。屎壳郎浑身都是瘦肉丝，越嚼越有味道。

在这悠闲的工夫，远远地有人看见身着绿色套装的邮递员大叔停下自行车，从车杠上绿色的邮递包里掏出来几封牛皮样的信封。"好消息！苏以莞、杨晓曼、杨阳，这几个同学的家里人在这儿吗？"

"苏以莞是俺闺女。"三两银拍了拍屁股上的土，接过其中的一封信。

"那不赖啊，苏以莞考上大学了，这是录取通知书。"那邮递员大叔眉开眼笑地说。

人们纷纷拍着屁股上的浮土站起身来，欢呼一片。"这闺女，真争气啊！"

"好样哩，好样哩。"

"好歹以后不再种地了啊，不再过这面朝黄土背朝天的翻土坷垃的日子了。"

"就是，就是，人家杨万山的闺女和儿子也有出息啊，两个都考上大学了……"

"是啊，胖孩的两个儿子春生和秋生好像一个也没有考上啊，考学这事哪儿有那么容易……"

"也是，十数年的寒窗苦啊，热桌子冷板凳的……"

这时候已经有人讨好地跑到杨万山家，把这个消息告诉了秀英。秀英来不及解掉围裙就小跑着过来了，她垂下来的两个大乳房和肚子上的肥肉就像一叠猪肚在不断地晃动着。"有俺家杨晓曼和杨阳的录取通知书？"秀英下意识地在围裙上擦了一把手问道。

"是哩，真有福，你闺女和儿子都考上大学了，这是大喜事，你得高兴得放电影!"那邮递员大叔说着把两封录取通知书递给了她。

"好,好,俺高兴,明儿个黑了俺放电影,放四个片子。"秀英虽不识得一个瞎字,这会儿却有模有样地展开两封信看得激动万分。

"秀英,你哩命真是好,培养出来两个大学生……"

"你真是有福的人啊……"

遇上这种事情,人们不由自主地就对秀英阿谀奉承起来。秀英越发不知道东西南北,她一脸的傲慢之气,溢于言表:"俺孩子自小就聪明,有哩笨蛋小孩你就是咋培养也培养不出来,哈哈……"

她临走的时候,还不忘补上一句:"不是有那句话吗,龙生龙,凤生凤,老鼠的儿子会打洞……"这时候,胖孩还有村里几个今年也参加高考而落榜的孩子家长,禁不住面色一阵羞红,但也不敢吭声。他们索性缩在人群里装作什么也没有听见。

人们端着早已干得结粑的饭碗,走着说着渐次离场。位寺村的几个孩子考上大学的事情,将要成为人们茶余饭后最热议的"新闻资讯"了。

三两银这个小老头这会儿无比精神,走起路来有着使不完的劲儿,就连驼背也显得减轻了许多。他一进院子,就声音洪亮地大喊着:"喜事啊,以莞考上啦,考上啦!"

疯子娘从里屋跑出来,高兴得像个孩子一样拍着手。

苏以莞接过期盼已久的大学录取通知书,又激动又担忧。激动的是终于不负众望,担忧的是一开学又要一笔学费。她已经长大了,不能总让弟弟去承担这一切,她暗自决定以后节假日就去城里勤工俭学。

媛媛这时候也挺着很大的一个肚子从屋里走出来,因为即将分娩,她的脸颊肿得看起来像发面馍。她眼神倦怠,腿肿得变了形状,静脉曲张像水泡鼓起来。但是她仍然像没有怀孕前一样,利索地洗衣服、扫地、擀面条、做饭。为了庆祝苏以莞考上大学,她今天特意在汤面条锅里打了两个荷包蛋。吃饭的时候,她把两个荷包蛋都盛到苏以莞碗里:"这两个鸡蛋是奖励你的,吃吧!"

苏以莞感激地望着媛媛,慌忙说:"不,不,还是你吃吧,你都快生产了，需要营养。"

"我吃点儿啥都行，惯了，也不馋。"媛媛说。

苏如意见她们俩让来让去，就说："汤面条要趁热吃，一会儿粘了就不好吃了，这样吧，你们一人一个，咋样？"

最后，她们不再推让，一人碗里放了一个荷包蛋。

人们都知道杨万山和秀英的两个孩子考上了大学，许下的放电影。第二天晚上大家都早早吃了饭，搬着板凳坐在寨门口的大路上，等着看电影了。

白色黑边的电影布四个角已经被拴在树上，放影片的机子也已安置好。放的第一个影片是戏剧《朝阳沟》，荧屏上的人物拉着长音唱的喜气一片。整个位寺村甚至周围邻村杨楼、师寨、赫营都能够听到这个村里在放电影，这时候邻村的年轻人听见位寺村在放电影，也叫上伙伴一起来位寺村看电影。因为来得晚，合适的位置已经被早先搬板凳的本村人占据，他们只能选择站在反面的位置看，或者干脆坐在地上最前面的位置看。反面位置人虽然少，但是荧屏下方出现的字幕是反着的，最前面的位置吧，就是需要一直仰着脸看，一个影片看下来感觉脖子有些酸痛。但是这些丝毫阻挡不了人们四处跑着看电影的欢喜之心。

特别是在月光明亮的夜晚，看上一场村里的电影，在散场的时候人们都还纷纷沉浸在影片的剧情中，各自讲着自己对剧情的看法，然后搬着板凳回家睡觉，那是无比幸福的一件事情！

在这个热闹非凡的放电影的晚上，三两银、苏如意、苏以莞一家人却例外都没有出来看电影。因为就在全家人正吃晚饭的时候，媛媛开始捂着肚子喊疼，三两银说怕是到时候了，该生了！他赶紧跑着去喊集上的接生婆。这个接生婆据说是学过医的，附近村上谁家生孩子都是找她接生，收费也不算离谱，接生一个孩子三十五元，外加一条新毛巾。

接生婆本来搬着板凳准备出来看电影，正好被三两银堵个正着，索性掂着小板凳直接来到三两银家里。媛媛似乎疼得很厉害，她躺在床上抱着大肚子"哎哟、哎哟"地翻来覆去。苏以莞与苏如意从没有见过这阵势，手忙脚乱地干着急，不知道该怎样帮忙。疯子娘嘴里呜噜呜噜也不知道说的什么，一脸的焦躁不安。

接生婆让苏如意在堂屋的地上铺上了一个高粱秆编成的席，然后又让他铺上厚厚的一层麦秸，让媛媛躺在麦秸上面生孩子。

外面放电影的声音很大，几乎要覆盖媛媛痛苦的喊叫声。接生婆准备了热水，嘴里不停地说：“使劲，使劲啊，咋正不会使劲哩，就像母鸡下蛋一样，使劲对了就出来了……”

媛媛的头发全部被汗水打湿了，疼得喊叫声明显比之前微弱了很多。她自己偶尔还安慰大家一句，就快了，快生出来了。

“看见孩子的黑头发了，快了，再使劲……”接生婆鼓励地大叫道。

鲜红的血流到麦秸上，再顺着麦秸流到堂屋的地上，地上很快洇湿了一大片。此时，苏以莞与苏如意都慌乱极了，他们俩忍不住齐声问道：“流了好多血，没事吧？”

“哪个女人生孩子不流血，不碍事，不碍事。”接生婆胸有成竹地说。

可是媛媛下身的出血量这会儿更大了，血水汹涌而出，她似乎已经精疲力竭。她的双唇渐渐发不出声音，脸色渐渐开始泛白……

这时候，接生婆面色慌张地说：“她这是难产！怕是神仙也救不了。唉！这是她的命不好，命不好啊！”

苏如意哀伤至极，他抽泣着伏在媛媛面前，拼命地叫喊着：“媛媛，你醒醒，你醒醒啊！”可是，她已停止了呼吸，再也听不见他的呼唤。

随着媛媛生命体征的消失，血流自行而止。接生婆连连叹气，提着小板凳走得很匆忙，只想赶快避开这一尸两命的惨景。她踉踉跄跄地回到家，长长地叹了一口气，流下两行意味深长的泪水。随后，她用一截粗木棍子死死顶住栅子门，从此再也没有给谁家的媳妇接生过……

第二天人们才知道苏如意的老婆难产而死，大家纷纷惋惜着来到院子里看看。人们看见苏如意直愣愣地一直呆坐在院子里，不说一句话，眼睛也不眨巴一下。这种死法，据村里老人说煞气很重，所以没有人愿意帮忙埋葬。三两银无奈，只得厚着老脸挨个让烟，挨个发一条洗脸毛巾，求爷爷告奶奶的总算找了几个男人愿意帮忙。

这几个男人将媛媛血污不堪的身体装进一个简陋的桐木棺材。刚刚抬出院子，苏如意就一个箭步蹿上来，堵在棺材前头呜咽着说："恁不要埋了她啊，她没有死，她还活着哩啊……"

三两银和另外几个村民上去强行把苏如意拽回去，人们纷纷摇头："看来如意是傻了，真傻了，比他娘还傻，他娘还知道媛媛是真死了。"

"多好的一个孩子，唉，不容易啊！"

"是啊，人活着比啥都难啊……"

根据三两银的安排，人们把媛媛和馨儿埋葬在一块儿了。正当人们刚走出墓地的时候，接连几个黑老鸹呱呱呱地从人们头顶上飞过。这黑老鸹是当地人们最厌烦的鸟了。有人骂道："该死的老鸹，还能有啥灾啊，还叫人活不叫了。对，二蛋回家把你的打兔子枪拿出来，把这些个老鸹都崩了！"

仅仅几天的工夫，苏如意面色沧桑，眼窝深陷，不到二十岁的人看起来就像三十多岁。前来看望他的人们都禁不住唏嘘不已：那个英俊洒脱的少年一去不复返了。

秀英这次能来看望苏如意，是人们都意料不到的事情。她先是一番言辞诚恳地安慰三两银，然后望着呆若木鸡的苏如意说："这算来，上次你借我的二百块钱已经超过期限几个月了。算了，你都傻了，我也不要啥利息了，但是本钱你还是得还给我的，这马上一开学，晓曼和杨阳就要读大学了，真是需要钱，不然我也不会给恁要。"

苏如意仿佛没有听见秀英的话一样，依旧一副傻样。秀英见状，只好转过身给三两银说："你年纪也不小了，你说我收回本钱不算过分吧。"三两银眉头紧皱，面带愁容地说："该还，该还！秀英，你看看这俺家刚出了事，如意现在又这个样子，缓一缓吧！现在家里是真拿不出来这个钱。"

"还再缓一缓？缓到啥时候是个头？你到死都还不上呢，我就认倒霉了？"秀英脸上立即收了笑容，冷冰冰地说。

"你看你说哩，那你看家里有啥你想要的东西，你随意拿，我也不拦着。"三两银无奈地说。

秀英不接话，冲着站在院子里看热闹的人们连连摆手："都回去，回去！有啥好看的！"

人们听秀英这样说，都只好识趣地走出了院子。在这个村上，谁家办事毕竟还都得指望他们两口子说上一句话，他们要是难为谁家，那谁家准是跑不了。村里人谁不知道这杨万山就是村里的土皇帝呢？所以人们只是敢怒不敢言，谁又敢惹这只大老虎呢？

看着院子里只剩下三两银家里的几个人，秀英这下心里踏实了，她拉个板凳挨着苏以莞坐下来，一本正经地说："这事啊，其实说好办就好办，说不好办也不好办。你家东西我啥也不要，只需要把以莞的大学录取通知书让给俺，俺让晓燕去顶她的这个名额上大学，我还会再给恁五百块的感谢费。恁看咋样？"

苏以莞下意识地摆弄着手指，脸色通红地说："晓燕不是去上班了吗？"秀英叹了一口气说："她来信说了，她没有文凭，只能在单位当个普通的职工，如果是有大学文凭的话就可以调到办公室。所以我就让她辞职回来了，想着让她再去上几年大学，好歹总比现在强。我啊，就是想来和你们商量商量。"

三两银一听连连摇头，坚决地说："这可不占！欠恁家的钱我会想办法还上，以莞好不容易考上了，这不能顶替。"

"我同意，顶替就顶替吧，我再复读一年，明年说不准还能考个更好的大学。再说还能把欠债还了，还能有五百元可以补贴家里。"苏以莞十分冷静地说。

秀英站起来拍了拍苏以莞的肩膀，哈哈大笑说："哎呀，还是以莞明理，明年你再考个更好的学校，俺替你放一场电影。"

三两银气得直跺脚："唉，你这闺女，你傻啊！"

就这样一场顶替名额上大学的事件，天衣无缝地完成了。秀英果然没有食言，主动送来了五百元给三两银。

这些天，苏以莞根据南晋风在位寺村之时，零星教给自己的一些中医知识，拿铲子去地里挖了郁金、黄芩、石菖蒲、香附，又加以陈皮、大枣、生牡蛎、炒枣仁等煎服，一日两次地喂苏如意喝下去。大约两周后，苏如意在连续熟睡了两天之后，精神恢复了正常，三两银总算松了一口气。

苏以莞暗自感叹南晋风不愧是身怀绝技的高人，只可惜不知道自己崇拜的这个偶像，现在置身何处，又有多少故事在不属于他们共同的时空里发生、结束，她不得而知，她也无法再将心酸的心事讲给他听。纵然如此，她只要一想起他来，世界就充满了希望和光明。

在这短短一年多的时间里，馨儿幼小生命的消逝，媛媛以及那未曾出世孩子的离世，无奈被顶替上大学的命运，这些无一不是悲戚的、苦难的，她的心就像被蒙上一层厚重的灰尘，这一切都把她压抑得有点儿喘不过气来。只有南晋风那束遥远的、温暖的阳光，让她一次次重新燃起不死的信念与希望。

她永远不会忘记南晋风在临行前曾告诉过她，他以后还会回到这片土地，她会一直等待着这一天，无论这一天有多么遥远。自南晋风离开之后，她几乎每晚都会翻看他写下的那些古体诗，每篇每篇地追寻他的影子。纵然她知道他永远只是神话一般的存在，虚幻一般的存在。

第十六章　进　城

　　苏如意决定南下打工，是在他恢复清醒意识的几天后。

　　面对三两银、疯子娘与苏以莞的担忧与不舍，他还是决然地背起了远离家乡的行囊。生活一再给他沉重的打击，他需要寻找一个方向，让自己能够活下去的方向，他不想一直被笼罩在密不透风的悲伤和绝望里。一个只有初中毕业，除会铝、银冶炼技术之外什么都不懂的年轻人，去南方的城市闯荡，这需要多大的勇气和力量，苏如意成了位寺村第一个敢于去南方闯荡的人。他需要先坐汽车到合肥火车站，然后再坐一天一夜的火车，才能够到达目的地广州。

　　在关庙镇临上车的时候，他嘱咐苏以莞安心复读，平时星期天回家后要照顾好三两银和疯子娘，在这个世界上，这是他们最后的亲人了。

　　兄妹二人万分不舍地挥泪道别。就在汽车还没有启动的时候，一个清脆的喊声传过来："如意，等一等，等一等！"

　　来人不是别人，正是杨晓曼。她由于骑自行车过快而累得满头大汗，她气喘吁吁地把车子停住，然后拿着一个布兜朝着苏如意跑过来："我今早上听说你要去广州，你一个人去那么远的地方行不行啊！这个包里的东西你拿着。"

　　苏如意冷冰冰地说："谢谢你的好意，我不需要。"

　　"不，你得拿着，这就是两包饼干和几个鹅蛋、鸡蛋，你路上饿了吃。"杨晓曼说完就把布包直接从车窗的玻璃处硬塞了过去。这时候汽车启动了，杨晓曼哭得像个泪人一样，她站在那里朝着冒出黑色烟雾的汽车尾部使劲地挥着双手……

换乘火车后，苏如意感觉肚子饥饿的时候，解开杨晓曼送来的那个布包惊呆了。布包里不仅仅有鹅蛋、鸡蛋和饼干，还有一堆的零钱，一块的、两块的、五块的、十块的，那些皱巴巴的零钱，分明是她平时一点儿一点儿积攒下来的。他查看了一下，共有五百多块！苏如意禁不住心头涌来一阵自责，觉得自己不该那样冷冰冰地和她说话。大半天没有吃东西，火车上的饭又很贵，他的确是饿得肚子咕咕叫了。他剥了一个鸡蛋，放到嘴里咬了一半，白玉一样的蛋清裹着金黄色的蛋黄，那是他长这么大以来吃过的最香的鸡蛋了。

他将这一小堆零钱和三两银拿给自己的一百五十块钱路费都装在一起，藏在自己随身携带的包袱里了。他哪里知道趁他熟睡之际，有人已经趁机用利刃划开了包袱，将他身上的钱全部偷走了。当他睡醒之后，下意识地摸了摸包袱，竟然摸到一个大裂口子。他慌了神，连忙打开包袱查看，那些皱巴巴的钱早已被偷得一干二净。

苏如意感到脑海一片空白，天昏地暗。他失控地大喊着："是谁偷了我的钱？是谁偷了我的钱？我是第一次出门啊，可咋办啊！"

见车厢里的人们面面相觑，都无辜地摇着头唏嘘一片，苏如意急哭了："谁偷的还给我吧！就给我二百也行，求你行行好，讲点儿良心吧！我一分钱都没有，到了广州只能饿死啊……"

人群一片沉默，这时候乘务员过来了，了解情况之后，乘务员见怪不怪地说："这种事经常都会发生，你自己咋不小心一点儿啊！这刚才停了一站，小偷肯定已经下车了，你再喊也没有用了，小偷咋会有良心，你下次长点儿记性吧。"

还没有到广州，就遭遇到这致命的一击，苏如意绝望至极。但是他现在已别无选择，就是前面是条死路他也只能走下去。这一刻他无比想家，想念那个驼背、红鼻子的小老头三两银，想念乱发打结的疯子娘，想念已葬入黑土地的嫒嫒……可是他连回家的路费也没有了。

苏如意茫然地望着车厢的那些人，就在刚刚他大喊大叫的时候还有人惊讶、议论，这会儿人们已经麻木地坐在那儿一片寂静，有的在打瞌睡，有的在想自己的心事，还有一个母亲搂着怀里的孩子困顿地喂着奶水，有一个老大爷掏出香烟想抽上一根，那烟刚放到嘴边就被乘务员过来制止了。火车上的走道里也站满了人，想出去上一趟厕所都需要穿行、跨越好多黑压压的人头，才能够达成所愿。

火车广播提示到达广州站，苏如意就像迷途的羔羊一样跟随着汹涌的人流来到广州火车站。这里和他长大的地方是两种环境！这里喧嚣一片，卖饭的，拉人坐车的，倒卖车票的贩子，夹杂着各种南腔北调的口音都混合在一起，整个场面混乱不堪。

苏如意没有目标地乱走着，不断有操着难以识别口音的男人和女人追着他问："去哪儿？去哪儿？"苏如意不敢吭声，也不知道自己要去哪儿。

又有两个浓妆艳抹的女人跟在他后面不停地说："住店吧，住店吧，便宜。"见苏如意勾着头不吭声，那两个女人索性一人挎着他的一只胳膊，就像多年的老熟人一样又说又笑："哎哟，这一看啊，就是刚出门的小年轻儿，怪嫩的啊！"

苏如意第一次来到城市哪见过这阵势，吓得转身就跑。那两个女人忍不住哈哈大笑起来，猩红的嘴唇在刚刚亮起来的霓虹灯下，闪烁着火狐一样的光亮。广州的火车站广场很大，他走了一圈又一圈，又看到了刚才那两个拉着他胳膊的妖艳女人。他感觉这广场就像个迷宫一样，怎么也走不出去，他迷方向了，摸不着东西南北，就像没头的苍蝇一样到处乱撞。

他背着包袱走了也不知道有多久，他只知道在农村老家天黑了，鸡都回窝了，人们也都进入梦乡了。而这个地方却不是那样的，从天黑到现在半夜，这里还是霓虹闪烁，人头攒动，熙熙攘攘。来来往往的人们有的脸上挂着疲惫，有的看起来还是精神十足，这里完全就像另一个世界。苏如意感觉自己走得脚指头生疼，肚子饿得咕咕直叫。广场上不远的地方就会看到一个头发蓬乱、脸颊脏污的要饭花子跪在地上，面前放着一个破碗，不时会有路过的行人撂到那碗里一毛或者两毛零钱。苏如意心想，如果最后实在没有办法，为了活下去就先当乞丐要饭吧！总不至于饿死街头。那天晚上他去公共厕所的水管里喝了一些水，他看到路上有人吃着包子，或者苹果，

116

忍不住地咽口水。他实在太困了，就蜷缩在广场上的一个角落里睡着了。

第二天，他早早被各种嘈杂的喧闹声吵醒，为了活下去，他必须尽快找到一个出路。

他提起精神，终于走出了广场的怪圈，来到一个店铺的门口，他看到上面写着"招聘杂工"几个字。他怯生生地上去问："当杂工都需要什么条件，我占不占？"

"听口音就是一个外地的乡巴佬，我们要的是本地人，本地户口，晓得吗？"那店老板肥胖的脸上露出鄙夷的神情，说话的时候下巴会堆起一道颤动的横肉。

苏如意只能沮丧地走出来，他在这条街道上走了一遍，又进了一家餐馆去问人家要不要洗碗工，那人满口的南方话："我们需要，但是只要本地户口的人。"连连两次遭遇到拒绝之后，苏如意几乎从沮丧变成绝望了。

他感觉自己就像一只被遗弃的小狗一样，拖着沉重的步子走在这里各个不知名的街道上。到了晚上的时候，他饿得眼冒金星，幸好捡拾到一个烂了半边的苹果吃。在这条繁华的路上，他现在准备用最后的办法活下去。他准备好当乞丐要饭了！当他想要在人群面前跪下去双腿的时候，他却发现内心在疯狂地挣扎，他一条腿已经跪下去，行人中有一些停下脚步，惊诧地望着他。他觉得很难为情，索性蹲在那里半趴在地上，这样没有人能够看见他的脸。事实上这里没有一个人会认识他，但是他还保留着那点儿可怜的自尊！

"现在的人啊，年纪轻轻，干点儿什么不好，情愿当要饭花子也不愿意干活儿……"

"是啊……"

"也可能是他遇到什么难处了吧，这也不好说……"

等这些个驻足观望议论的人和声音都消失之后，苏如意才半抬起身子看看眼前什么也没有，他叹了一口气准备站起身。就在这时候，过来两个人对着他就是一顿拳打脚踢，苏如意蜷缩着身子抱着脑袋，还没有闹明白怎么回事，嘴里直喊着："饶命啊，饶命！"

那两人停下来手脚，苏如意一看这两人的装扮分明就是路边刚刚遇到的落魄要饭花子。

"知道为什么打你吗？"其中一个年纪和苏如意差不多的要饭花子说。

"我不知道。"

"你不懂规矩，这地盘是我们给大哥交过管理费的。你敢争抢我们哥们儿的地盘，怕是活腻了吧！"

"我知道了，我再也不敢了。"苏如意紧张地说。

"真没有见过你这样要饭的，不打扮成要饭花子的样子，你以为你能要到一个馒头吗？真是傻×一个！"

"别给他废话，教训他一顿算了，别耽误咱的事，咱们走！"其中一个要饭花子拉着另一个要饭花子一溜烟地跑走了。

苏如意的鼻子和嘴巴都被打得出血了，他趔趄着从地上爬起来坐在地上，不时地用衣袖擦着那口鼻处的血迹，行人漠然地从他身边走过，仿佛没有人看见过他一样。迷惘、悲伤、无望，他不知道这是一种什么样濒临绝境的感觉，他已经连哭泣的精力都没有了，他浑身上下都是疼痛的，饥饿的。如果是在皖北的乡下，这样的场景一定会聚集着无数关切的眼睛，而这个城市的一切都是陌生的、冷漠的，这里好像没有人注意到别人的死活，这里的每一个人都匆匆忙忙地赶路、上班下班、做生意。在这个物欲横流的城市里，他这一粒尘埃随时都有可能被风吹散，再也杳无踪迹……

南方的天气雨水很多，而且常常来去都毫无任何征兆，这一点和皖北地区完全不同。苏如意跟跟跄跄、六神无主地走着，天空忽然就下起了瓢泼大雨，人们都纷纷躲了起来，没有躲起来的也是带有雨披和伞具的人。

他干脆躲在最近的一个小卖铺的屋檐下避雨，足足有半个小时的光景，雨水还没有完全停下来。小卖铺的老板娘是个白胖的年轻女孩子，她脸上化着浓重的妆容，烫了一头时尚的发型，马尾高高地扎起来。她坐在玻璃橱窗里悠闲地嗑着瓜子，嘴里不时地发出"嘎嘣、嘎嘣"的咀嚼声，以及不时"噗、噗"朝地上吐瓜子皮儿的声音。雨水渐停，苏如意起身准备离开这里，他刚一站起来就感觉眼前发黑、天旋地转，之后什么都不知道了。

白胖女子听见外面扑通一声响，她从小窗口里向外探出脑袋，当她看见一个头发蓬乱、衣服脏污、口鼻也沾着血迹的"乞丐"倒在自己商店的窗口，忍不住"啊呀"惊呼了一声。她的老母亲是一个慈眉善目的矮个老太太，听见惊呼声走过来。她蹲下身体，将手指放在他的口鼻处。"他还有呼吸，这是晕倒了。你把厨房的红枣粥端过来一碗，光看他嘴唇干裂，昏倒之前一定是又渴又饿。"

白胖女子拿着一只瓷碗把红枣粥端过来，嘴里嘟囔着："妈，你又管闲事。"

"你这闺女，救人一命胜造七级浮屠啊！"老太太说着就吃力地将苏如意的头抬放在腿上，在人中穴的位置用手指使劲摁了一会儿，苏如意缓缓睁开眼睛醒过来。他虚弱无力地想说一句什么，却什么也说不出来。老太太惊喜道："你醒了，来赶紧把这碗粥喝了。"

等老太太把一碗粥喂他喝完的时候，苏如意的精气神渐渐恢复了一些。他抓住老太太的手无限感激地说："感谢您的救命之恩，今日之恩，苏如意来日定当涌泉相报。"老太太摇摇头说："不要你报答。"随后惊讶地说："小伙子，听口音你是安徽泉河人吧？"苏如意点点头。

"俺也是那里的人，只是俺出来的年数多了。"

…………

随着与老太太的深入交流，苏如意了解到老太太名叫秦玉兰，早年丧偶，现已退休在家，白胖女子是她唯一的女儿方艺涵。商店是老太太经营的，基本可以维持日常开支，女儿是国企正式工，今天星期日，就来帮母亲照看商店生意。秦玉兰了解到苏如意的情况后，非常热忱地提出让苏如意暂住在她们家里，说等他找到了工作再搬走，苏如意自知现在出去只能露宿街头，只好千恩万谢地答应暂时留在这里。其实，秦玉兰家的住房并不宽裕，这是国企分发给职工的老房子，只有一室一厅，不足五十平方米。苏如意睡在客厅的沙发上，她们母女俩住在卧室里。

秦玉兰热忱地去街上给买了两套男士衣服，拿回家给苏如意换上。清洗焕然一新之后，苏如意就像换了一个人一样走出来。他一米八十多的个子，白皙的皮肤，看起来英俊倜傥。他头发浓密，五官长得也非常有轮廓感。方艺涵看得呆住了，这哪里还是刚才那个脏兮兮的乞丐，这简直就有时下港台影星的风范了。她嘴里直说着："挺好看的，挺好看的。"

苏如意的脸唰一下就红了，勾着头故作没有听到。他得赶紧找工作了，总是借住别人家也不是办法。他先是在附近找到一个搓澡工的差事，但是真的当他一天下来面对无数个赤身裸体的男人，像死猪一样地躺在那里等着他一遍又一遍用力搓灰的时候，他对这个职业产生了一种强烈的排斥感。每一次，当他在那种潮湿到浑身上下一直冒着水珠的地方，费力地搓完一个肥硕的身体，别人塞给他湿漉漉的五毛钱的时候，他都会觉得自己这份工作比当日趴在地上乞讨更令人难过。仅仅做了一个星期的搓澡工，他辞职了，因为没有做够一个月，老板一分钱都没有给他。

他迷茫地继续找工作。连续几天的奔波，他终于在一家金属制造工厂找到了一个职位——冶炼工人。这个他所熟悉的行业，虽然比之前他所做的生产工具更先进，至少因为熟悉冶炼的所有程序，操作起来他还是能够很快上手的。他常常趴在那里，研究怎样的工序才能够使得冶炼出来的液态原液凝固得更快，怎样制作的效率更高一些。他的勤奋好学与吃苦耐劳的精神很快得到小组组长的赏识。组长向领导申请让他搬到厂区附近提供住宿，这让苏如意很欣喜，毕竟不用寄人篱下过日子了，虽然秦玉兰母女对自己很是照顾，但是自己心里还是觉得别扭。

那天晚上苏如意回去后，给秦玉兰母女说了要搬到厂区的事情。方艺涵听后心里一阵莫名的难受，她眨着一双水汪汪的大眼睛说："如意你能不能就住在这儿啊？这样家里也热闹一些。"秦玉兰也连忙说："是啊，是啊。"苏如意还是决定第二天就搬走，说会常回来看望他们母女的。秦玉兰思量再三终于还是说了出来，她悄悄问苏如意："你看不出来俺闺女喜欢你吗？"苏如意像是被蝎子蜇了一下，慌忙说："我结过婚了，老婆在老家呢。"苏如意的心就像被装满的器皿一样完全没有一丝空隙，自媛媛去世之后，他没有一天忘记过她。那时候，他觉得自己再也无法爱上任何一个女人。

秦玉兰叹了一口气说："这是女儿长这么大以来第一次喜欢一个人。"

果然自苏如意搬到厂区附近，人们经常在下班后，看到一个白胖的姑娘在苏如意的寝室等着他。因为方艺涵母女有恩于自己，苏如意也不知道该怎么拒绝她，他不想让她内心受到伤害。但是她每次来都会给他带一些好吃的点心过来，然后看见苏如意过来就满眼热切地望着他，叽叽喳喳地给他讲许多话，她觉得自己陷入一种甜美的恋爱中。直到那天苏如意撒谎告诉她，家里的老婆来信了，说过几天要来这里了。方艺涵脸上的笑容顿时消失，她僵硬地说着，挺好的，挺好的，然后抹着眼泪转身跑走了，她的高跟鞋发出一阵响脆的声音，遗留在空荡的夜幕中。

那天方艺涵走后，再也没有去厂里找过苏如意。

三四个月之后，苏如意趁着星期天去秦玉兰家里看望她们母女。秦玉兰满面愁容，说方艺涵最近病得不轻，请了病假。苏如意心头一沉，当他看见一个形如枯槁的女子从里面走出来的时候，他简直不敢相信这就是那个曾经白胖的姑娘方艺涵。

"艺涵，你怎么瘦成这样了？"苏如意既惊讶又自责道。

方艺涵连看他一眼都没有，冷冰冰地说："关你什么事？当日就不该救下你这个狼心狗肺的人，你滚！我再也不想看见你。"

苏如意不知该怎么向秦玉兰解释，吞吞吐吐半天说不出话来。秦玉兰不停地摇头叹气说："艺涵心里委屈，不愿意看见你，那你就走吧。"

苏如意再次在街上巧遇方艺涵的时候，她手挽着一个大腹便便的秃顶男人正在逛街，这男人看起来有五十多岁了，走路一晃一晃的。苏如意本想给方艺涵打个招呼，但是她冷冷地剜了他一眼，拉着那个老男人头也不回地朝前走了。

　　城市，车来车往。喧嚣，人来人往。哪一个更孤独彷徨？哪一个更迷茫悲伤？苏如意抱着肩膀坐在夜晚的马路边，倾听着来自火车的嘶鸣声，来自灵魂深处的呜咽声。

第十七章　报　应

　　杨晓燕如愿以偿地顶替了苏以莞的名字，顺利进入北京的一所大学就读，而苏以莞则是埋头复读。功夫不负有心人，第二年苏以莞以优异的成绩考入北京的另一所大学。在学校，她始终是全班级最勤奋努力的那一个，寝室的熄灯时间按照校规是每天晚上十点，为了可以多读书，她常常在十点之后躲在厕所里借着昏暗的灯光学习。为了不给家里增添负担，她常常利用周末的时间站在马路边发广告传单，利用寒暑假时间去打零工赚取生活费用。

　　大学四年的生活，苏以莞最开心的就是每次接到弟弟苏如意的来信。而每次苏如意都会在信封里给她塞上一百元钱，嘱咐她在学校要吃饱饭，别饿肚子。苏如意来信告诉她，自己现在升职当厂里的车间主任了，工作相对比以前轻松了许多。她很为弟弟高兴，满含热泪地给他写回信，密密麻麻的文字尽显出相互牵挂的姐弟深情。

　　杨晓燕和苏以莞虽然同在一个城市却很少联系，只是偶尔同乡们聚会约在一起见个面。尽管如此，她们也无法成为真正意义的知心朋友，因为过去在她们身上、父辈们身上发生的隔阂实在太多。

　　大学毕业后，杨晓燕进入一家全国连锁大型超市做采购部总监。苏以莞进入一家新闻出版单位做编辑，杨阳做了企业的营销部经理，杨晓曼做了一名合资企业的出色翻译。杨星则辍学在家，十六七岁的年纪就沾染上喝酒与赌博的恶习。

　　杨万山和秀英常常因为杨星赌博、喝酒、打架而气得火冒三丈，先是两个人一起教训儿子，随后杨万山就拿秀英撒气，打骂她不好好管教儿子，教育出来这样一个痞子。秀英哪敢吭声，只有默默流眼泪。

因为杨星醉酒打架，把外村的一个小伙子用水果刀捅成重伤这件事，杨万山几乎是倾其所有给对方治病、赔偿，对方父母不依不饶还是告到县城的法庭，杨星依法被判处有期徒刑两年。为了让儿子能够减刑出狱，杨万山可谓是动用了一切关系，花光了所有的钱财。果然，人们在杨星失踪半年后就重新看到了他的身影。入狱的惨痛教训，好像在他身上没有起到一丝作用，仅仅安生了两三个月的工夫，就再次犯案。

邻村上初中的孩子，都是要到位寺村的中学上晨读课，每次都会经过两村之间的大片田地。那是一个雾气很大的早晨，杨星隐藏在地头麦秸堆后面寻找机会，他要对一个垂涎已久的十来岁的女学生下手。那女学生像往常一样背着书包路过这片田野，忽然她感觉身后伸出来一双手牢牢抱住了她，女学生吓得尖叫，大呼"救命!"荒野漫地哪儿会有人听见？杨星将女学生抱到麦秸堆处实施了强奸，之后他听到女学生说认得他，要告他。杨星这才心里害怕，他死命地掐住她的脖子，直至她窒息后才逃离现场。

女学生的尸体被早起的村民发现，她的父母伤心欲绝去泉河县城报了案，并且告诉警察一日不破案，一日就不让尸体下葬。这时候国家的侦破技术已比以前有很大提升，警察仅用半天的工夫就找到了线索。警车直接奔赴杨万山家里，把正在睡觉的杨星抓住戴上了手铐。听警察说儿子犯了杀人罪之后，杨万山和秀英彻底瘫坐在地上。

人们纷纷像看电影似的跑出来看热闹，杨星戴着手铐还一副玩世不恭的样子，他没有一丝懊悔地昂着头被两名警察押上了警车。人们都觉得这是一件大好事，这样一个祸害乡邻的坏人，早就应该得到严惩。警车呼啸而去，人群中一片欢腾。没有一个人去安慰或者去看一眼杨万山和秀英，他们夫妻二人绝望地坐在地上发出凄厉的哭叫声："我的老天爷啊！俺这是作了啥孽啊！生出来这样的儿子……"

人们都精神抖擞地站在寨门那儿，话题始终围绕着杨星杀人被捕的事件议论纷纷，大家好像是在开一场精彩的座谈会一样，滔滔不绝地说个没完没了。

《周易·系辞下》有云："善不积不足以成名，恶不积不足以灭身。"这话是有道理的。

最近一年泉河县政府成立了信访局，县委书记亲自在信访办公室约见来访的群众，宗旨就是想人民所想，急群众所急，依法依规及时处理信访问题。领导和群众面对面交流，认真倾听群众诉求，查清事实真相。

依据群众诉求反映，杨星被依法判处死刑。心急如焚的杨万山和秀英连夜找到省城的叔叔。就在夫妻二人见到这棵救命稻草的那一刻，两人不约而同地扑通一声跪在地上，鼻涕一把泪一把地哀求叔叔："一定要救救星儿啊！他才只有十七岁……"

杨万山的叔叔摇了摇头，神情肃穆地表示："这可是人命案子，我也爱莫能助啊。"他叹了一口气，接着又说："天作孽犹可恕，人作孽不可活啊！"夫妻二人闻听此言，更是一番悲恸欲绝。

夫妻二人沮丧地回到家里，变得沉默寡言，出门的时候再也没有了以前的趾高气扬。位寺村的人们都知道，杨万山两口子自从这件事之后变了性情，再也听不见秀英离老远就哈哈大笑的声音了。

村民们看到杨星被依法严惩之后，仿佛看到了希望。很快有几个村民联名到泉河县信访办状告村长杨万山，强奸妇女、贪污救济款、欺压村民。有多个人证到场，杨万山数罪并罚，被判处有期徒刑十五年。就在警车的警笛声"完啦！完啦！"叫唤着停到杨万山家门口的时候，位寺村的人们都奔走相告，有人甚至大喊："有大事啊，杨万山被警察抓走啦！"杨万山家的胡同被围得里三层外三层，人们的脸上都露出掩饰不住的喜悦之情。所有的人都不再窃窃私语，都不再小心翼翼。人们就像平常坐在寨门口谈天说地一样，毫无忌讳地说笑着、议论着这件事情。位寺村的每一个人，从头到脚，都感受到一种如沐春风般的自由与希望。

两名威严的警察羁押着杨万山从院子里走出来，人群中不约而同地爆发出一阵有力的欢呼声。杨万山撇着嘴，满脸不服气的样子，一脸的横肉随着他脚步的走动，发出轻微的颤动。要在平常，他家的那条大黑狗一定是气势汹汹地剧烈吠叫，很奇怪大黑狗真是通人性，它今天跟在杨万山屁股后面一点儿精神都没有，耷拉着尾巴，连一声都不叫唤。

看着警车"完啦！完啦！"地把杨万山押走之后，秀英一屁股坐在大门口的地上拍着地面大哭起来，她哭得撕心裂肺，那些眼泪就像断了线的珠子纷纷落在地面的浮土上，溅起不易察觉的灰尘。人们都渐渐地走开，平静地听着耳后传来这个熟悉却在村里横行了近半个世纪的声音，只是这个声音现在变成了悲怆的呜咽……

农历四月初八是关庙集的大会，各个村庄的村民头天就听到村委会的喇叭广播第二天关庙大会上要宣判几个罪犯，其中有的死刑犯会随后带走枪决，让人们都去观看以示法律的威严。

那日虽然天气炎热，但是依然阻挡不住人们去关庙集大会上观看死刑犯的脚步，人们有自行车的骑自行车，没有自行车的提前一大早步行走着去大会上。那样的热闹场面是空前绝后的，赶集的人多到拥挤不动，黑压压的人群头顶就像在那条长路上铺上了一层黑纱。买东西的，卖东西的，吆喝声不断。罪犯一行五人都跪在关庙集正中心位置的宣告台上，人们都顶着大太阳站在那里观看，看不见的踮起脚尖看。宣告台上跪着的五个罪犯，他们都剃着光头，年轻的、年纪大的都有。他们形态不一，有的耷拉着头，有的直直地看着台下的群众，有的左顾右盼，还有一个面朝着群众龇牙嬉笑。

五个罪犯的身后，分别站着五个拿着手枪的警察。大会台上，有宣传员用话筒大声宣读着这五个人的犯罪原因以及罪行，只要是站在人群中的位寺村的人们，都能够一眼认出来那个面朝群众、嬉笑不羁的死刑犯正是杨星，那个耷拉着脑袋的罪犯正是杨万山。人群里跟着大人一起去的孩子都会被大人高高地抱起来，或者驮在脖子上，才能够清楚地看到台上的死刑犯。孩子们几乎都会问大人们一个相同的问题："为什么那个罪犯不害怕死，还笑得那么高兴？"大人们回答孩子："他不是不怕，他是到死都认识不到犯了错，犯了法。"

"法网恢恢，疏而不漏，坚决打击侵犯人民利益的犯罪分子。现在不是过去比拳头、比人多的年代了，现在是一个全新的法制社会……"当台上话筒里传来这些铿锵有力的话语之时，台下一眼望不到边的人们传来久久未散的掌声。如果非要用一种场景来形容掌声雷动的话，那场面才是真正意义上的掌声雷动……人们有的眼里闪动着泪花，有的不断地擦着眼泪，有的激动地高喊着："好！好啊！"

五个罪犯戴着沉重的脚镣和手铐被五个警察逐一用枪口顶着后背，带上一辆密不透风的大卡车。人群开始渐渐散去，这时候人们发现有个年老的妇女趴在地上哭得死去活来。天气太热了，那老妇女头发凌乱着被汗水和泪水浸得湿透，就像是刚从水里洗出来的一样。有人善意地把她拉起来，给她喝了一瓶水。很快，有位寺村的人们认出这个伤心欲绝的老妇女正是秀英！人群里一片哗然……

"这女人是哪村哩？她哭啥……"

"她是俺们村的，今儿五个罪犯，她家上去俩，一个是她男人，一个是她儿子。那个龇牙笑的死刑犯就是她儿子，耷拉头年龄大的那个是她男人……"

"咦！怪不得她哭得那么伤心，死刑的是没盼头了。这法办了十五年，等不到出来可能就死了……"

"……谁家摊上这事，也没法儿……"

…………

天气热得像要把人烤熟一样，人们的衣服都被汗水湿透了，明显地都能看到背上湿漉漉的一片。这样火热的天气，大家都口渴得要命，但是大多都不舍得去买一瓶水或者买一碗米酒喝，只有个别人舍得花两毛钱买一碗米酒喝。关庙集的大路两侧就是河水，人们纷纷跑到河边，到容易接触到水的地方，蹲下身子，双手拨开杂草和欢腾的小鱼儿两只手捧着河水，连续喝上几捧水之后算是解了渴，然后把空位让给后面因口渴而排队的人……

就在那天下午，天气忽然变了脸，先是刮起一阵狂风，然后轰隆隆的雷电交加，不一会儿就下起来瓢泼大雨。几个村民正在北地

127

商量事，因为田地边的事情那两家村民吵得不可开交，其中一家人说另一家人把庄稼种到地沟线里了，多种了一垄庄稼，非得给另一家拔掉不可。吵来吵去，两家人到了快要大打出手的地步，位寺集上的"癞皮狗"还有另外的几个村民都在旁边看热闹。

可偏偏正在这个时候，刚刚还炎热似火的天气竟然刮起了狂风，电闪雷鸣的。人们好像没有遇见过像那天那么响彻云霄的雷声，震得人耳朵嗡嗡响，雷电闪得厉害，让人几乎睁不开眼睛。以前人们在打场碾麦子的时候，也时常遇见这种忽然而至的雷雨天气。人们总是在打雷闪电的时候赶紧把麦子撮到一起，把干活儿的农具都撂在场里，抓紧时间往家里跑，有时候来不及跑回家浑身就已淋透了。

这一次就在电闪雷鸣一阵强似一阵的时候，癞皮狗和这两家村民也准备撒腿往家跑，可是刚跑出没有多远，豆大的雨点就从天上滚下来了。伴随着"咔嚓嚓"巨雷的响声，一道电闪雷鸣犹如降生到人们眼前，他们齐声惊叫着。随后他们惊恐万分地发现，一块儿往回跑的癞皮狗忽然头发竖起来，紧接着一声不吭地倒在了地上。

癞皮狗被雷劈死了！这太吓人了！这两家村民早已忘记争夺田地边的事儿，他们眼睁睁地看见一个大活人被雷电击毙的全过程，呆站在那里不敢相信这是事实。有人俯身试探地喊着："癞皮狗，你醒醒，快起来啊！"癞皮狗斜躺在土路上一动不动，这时候他们几个人才确信这个横行霸道、叱咤街头的人，真的是被雷电劈死了。天上的雨水哗哗哗地下起来，大风把雨水吹得像一面悬挂于半空的湖水一般，雨水湍急，这短短的十几分钟的狂风暴雨，使得人连眼睛都睁不开……

癞皮狗出殡的那天，只有几个亲戚在忙活着，报丧的人挨家挨户去跪请的时候，村民和邻居们都说这死法不好，这是"横死"，不宜参加他的这场白事。其实大家还是不愿意原谅这个生前做了太多坏事的人，大家多多少少都曾经受到过他的刁难、欺压、折磨，谁心里会忘了呢。癞皮狗长期在集上横行霸道，名声比杨万山好不到哪儿去。他凭仗着弟兄们多，家族势力庞大，整天挑起事端欺负邻里。

可是到癞皮狗出殡的时候，人们还是不约而同地出现在他们家的院子里，随着鞭炮声、黄表纸烟灰味道的扩散，在场的每一个人脸上都是阴沉沉的。死者为大，多么不能原谅的人和事，在黄土掩埋的那一刻，都已经烟消云散了。

那时候还发生了一件怪事，整个位寺村的人都知道，据说埋葬癞皮狗的那一天，长生疯了！他不穿衣服，光着身子在大街上跑来跑去，一会儿哭一会儿笑，嘴里一直念叨着，癞皮狗被雷劈死了，癞皮狗被雷劈死了……

人们都说，长生是因为癞皮狗被雷劈死了，心里太高兴了才疯掉的。

长生是村里出了名的老实头。早些年他家穷得叮当响，常年缺吃少穿的，又接连生了两个女儿，最后才生出一个儿子。儿子没有满月的时候，村民们接到通知：每个村的每一户人家都要去离家一百多公里的流沙河里挑砂姜。每家每户要上缴一万斤砂姜，就像每年老百姓交公粮一样去完成任务。长生和村里的一百多人拉着架子车，走了几天几夜终于来到流沙河。他们先是自由组合随地搭建起帐篷，用来生火做饭和睡觉，然后开始拿着铁锨下河堤去挖砂姜。好的时候，人们可以每天挖到一二百斤砂姜，不好的时候可以挖到几十斤。大约挖到五六天的时候，长生的妹妹气喘吁吁地赶两天的路程，找到了长生，她顾不上喝一口水，就急切切地拽着长生要回家。长生说："这不是说走就能走的，挖砂姜的任务完不成不让走啊。"长生妹妹着急地说："有急事啊，我嫂子让我过来捎信，家里的小娃蛋儿（当地男婴的统称）发烧好几天了，也不见退烧，让你赶紧回家看看哩。"

长生一听心急如焚，他马上拉着妹妹来到队长癞皮狗面前，哭诉着儿子发烧好几天也不退烧，想要回家看看再来挑砂姜。癞皮狗果断地说："你到现在才挑了那么一小堆砂姜，离完成任务还差得太远，你现在绝对不能回家！你儿子生病是小事，抓紧时间挑砂姜是大事。"长生见癞皮狗不同意，只得抹着眼泪让妹妹一个人回去，临走还不忘叮嘱她，好生照顾好自己唯一的儿子。

129

等到工期临近，挖砂姜的任务完成回到家里，长生却再也没有见到儿子，因为那孩子已经于一个多月前高烧不退而病死。长生的老婆因为伤心过度，哭坏了一双眼睛，年纪轻轻的就瞪眼瞎了。自此，长生就只剩下两个女儿和一个瞎眼的老婆，他成了村民们眼中不折不扣的绝户头，人们嘴上虽然这样说，却也为他暗自叹息。长生自己感觉自从没有了儿子，村里的人都瞧不起他，他连平常走路都是小心翼翼的。两个女儿长大出嫁到外村之后，他和瞎眼老婆相依为命，长期居住在一间用泥巴垒成的屋子里，无人问津。这个老实头从来没有向村里任何一个人提起过，关于他儿子的死或者关于癞皮狗当日不让他回家看生病儿子的事情。

直到癞皮狗好端端地忽然被雷劈死了，长生接着就疯了，人们都在推测长生心里一直恼恨着癞皮狗，才会高兴太过而疯掉的，不然的话，这个疯子为啥天天又哭又笑地念叨着"癞皮狗被雷劈死了，癞皮狗被雷劈死了"这样的话呢。

那段时间，位寺村上笼罩着一层迷雾般的神秘色彩，众说纷纭。

自从杨万山被判刑入狱，杨星被执行枪决，秀英一下子老了很多，头发几乎全白了，她常常两眼无神地坐在门台上，一听见有路人经过，她就抬眼看一下说："来，到俺家坐会儿吧！"人家就会应付着说："不了，俺还有事。"而疯子长生褴褛不堪的身影却常常是无处不在，人们走在哪儿总会看见他，他嘴里还是天天念叨着那一句话。

不久，纪委监委的新闻通报消息称，杨万山省城的叔叔因涉嫌严重违纪违法，被判有期徒刑十三年。此后，这个神秘的人物，再也不被人们所提起了。人们像往常一样端着饭碗，坐在树底下吃饭、乘凉、赶集、买卖，走在路上谈论着这些日子发生的事情。

第十八章　遇见大麻烦

乍暖还寒的时候，北方城市的风沙常常刮得很大，严重的时候胳膊粗的树木一夜之间都可以刮断无数棵。这个繁华的大都市承载着厚重的历史文化底蕴，同时也承载了无数年轻人的梦想与追求。一座座的高楼大厦里，到了晚上会现出巴掌大小透着微黄的暖光的窗户，一个紧挨着一个，每一个窗户的后面都住着一些人，都正在发生着柴米油盐的琐事，或者惆怅难安的寂寞。对于每一个外地人来说，无论是毕业后在此工作或者务工，或者创业者，都会有相当长的一段时间无法融入它，也会有相当长一段时间的生疏感。哪怕在此安居乐业多年以后仍然会令人没有归属感，夜深人静之际仍然会产生一种难以言喻的孤独，那是来自故乡的殷切呼唤。纵然那个地方养育过一个人仅仅只有十几年，也足以令人对它千百次地回眸，终生怀念。

不知不觉，苏以莞与杨晓燕在这个城市从上大学到参加工作，已有五六年的时间。几年的时间，她们依然觉得这是一个十分陌生的城市，这种快节奏的生活让这里的每一个人看起来都匆匆忙忙，就连早晨起来在路边跑步锻炼身体的人看起来都是慌慌张张的，找不到一丁点儿悠闲的影子。如果非得找悠闲场景的话，那就是偶尔在偏僻的街道上能够看见一堆人围着一个桌子，甚至几个桌子，高一声低一声、嘻嘻哈哈地打麻将的场面。

可能是同在异乡为异客吧，苏以莞与杨晓燕租住的地方并不远。每周末她们几乎都会见上一面，聊一聊工作或者生活上的事情，她们的关系比之前任何一个时期都要和谐一些，但是绝对谈不上亲密。

现在，苏以莞与杨晓燕聚在一起的时候，会讲起很多话题，但是从来都不会讲起关于南晋风的任何话题，甚至没有人敢去提起那个令人敏感的名字。随着两人友谊的日益深厚，杨晓燕几次想向苏以莞澄清那场意外的火灾，其实自己就是罪魁祸首，她无数次地鼓起勇气想对她说一声对不起，可是最终她还是没有说出来。杨晓燕被这种苦恼折磨了一段时间之后，下定决心把这件事情永远埋葬，面对苏以莞的时候再也不会有愧疚之心。

　　那天晚上，苏以莞单位的中秋节活动上，来了一位新朋友。此人名叫白一鸣，是经营印刷企业的大老板，长期与单位有着业务上的往来。他二十七八岁的样子，中等身材，长相还算俊秀，天生的两片薄嘴唇，一副好口才，从落座开始就滔滔不绝地开始讲一些时事之类的话题。苏以莞并没有注意到他，更没有注意到他讲些什么，只是潜意识当中知道有这么一个人存在。

　　大约有两三个月的时间，白一鸣每天都会在下班的时候，准时出现在苏以莞单位的大门口。他不说话，只是微笑着注视苏以莞的身影直到消失在眼前。对于这件事，苏以莞完全没有注意到。

　　那天苏以莞下班后照常走出单位大门口，白一鸣笑意盈盈地挡住了她的去路。

　　"苏小姐，以后让我开车来送你回去吧。"白一鸣从车上下来，微笑着上前和苏以莞打着招呼。

　　"哦，不，不，我们并不认识，谢谢你。"苏以莞慌乱而羞涩地向后面退着，眼看着就要撞到后面的一棵树上。白一鸣手疾眼快，赶紧用胳膊揽住了她的腰身，才避免碰撞。

　　苏以莞脸色绯红，推掉他的胳膊，机械式地说着"谢谢"。

　　"苏小姐，看来你真是贵人多忘事啊，上次我们还在一起吃饭，我叫白一鸣。今天是我认识你的第三个月零第九天了，你对我完全没有印象吗？"

　　"哦，抱歉，我好像没有印象。"

　　"没有关系的，今天坐我的车吧，我送你回去。"说完，白一鸣便走到旁边一辆黑色桑塔纳跟前，很绅士地打开车门。在那个时候，北京从来没有"堵车"这个字眼儿，私家轿车也不多，而桑塔纳是京城有钱人最好的座驾之一了。

"不，不，白先生，我习惯了一个人上下班。不麻烦你了。"苏以莞连连摆手，说完果断转身走开。因为她从来不想和任何一个没有好感的人多说一句话，甚至和他做朋友都不可能。她一直以来就是一个比较追求精神层面的人，而眼前的这个男人虽然见过几次，但是对他却毫无印象，他的眼神里蕴含着很多俗不可耐的意味。包括他说话不经意间流露出来的商人气息都让她觉得充满了违和感。

苏以莞小跑着来到公交车站牌处，白一鸣转身摁了一下手中的车钥匙锁车键之后，也紧跟着跑到公交车站牌处。苏以莞不解地望着他，还没有等她说话，白一鸣就微笑着对她说："苏小姐，让我陪你一起坐公交车。"他的语气里完全不带商量的口吻。

"哦，不用，不用，你忙吧。"苏以莞有些不知所措，着急地说。

"没关系，我时间比较自由，我陪你一起。"白一鸣满口标准的北京口音，他的视线始终没有离开苏以莞清澈明媚的双眼。她从他的言语之中感受到一种久违的霸气！她憎恶这种感觉，这种感觉大约来自小时候一些成长的细节，具体是谁带给她的这种感觉，这是多年以前的事情，她一时也想不起来了。她不敢直视他的眼睛，她骨子里还遗留着小时候剔除不掉的忧郁和自卑感。

苏以莞不再说话，公交车在站牌停下来的时候，人群蜂拥而上，纷纷想要找个位置坐下来。白一鸣果然灵活，他敏捷地从人群中穿过去，等苏以莞茫然地站在拥挤的公交车过道的时候，白一鸣正微笑着望着她，冲她摆手："苏小姐，过来这边，这里有位置。"

苏以莞本想礼貌性地说句感激的话，不知道为什么当看到他熟练地找好位置，并邀请自己坐过去，她竟然心里像堵上一块石头一样难受，她不喜欢深谙世故、精于算计、复杂多变的那一类人，而她现在已经不自觉地将白一鸣归类为这一类人。这一刻，她确信，她非常反感这样的一个人。

"我不坐，你坐吧。"苏以莞淡淡地看了他一眼，原本想说的一句礼貌语"谢谢"，就此搁在嗓子眼。

白一鸣索性也从座位上站起来，挨着苏以莞旁边站着，他离她很近，近到他们可以嗅到彼此发丝散发出的香味。这一幕，似曾相识！却又浑然不同。苏以莞忽然间就泪水模糊了，她满脸忧伤出神地望着车窗外，她永远不会忘记那么一个人，那么真真切切地在她的生命中出现过。哦！寒来暑往，岁月更迭。大英雄，南晋风你又在哪里？

"苏小姐，你好像不开心，你怎么了？"白一鸣关切地问道。苏以莞向后移动一下身体，将脸颊完全扭到另一个方向，答非所问道："哦，我下一站就到了。"

公交车播音报了车站牌后，苏以莞神色忧郁地下车，白一鸣也紧跟着走下来。

"我要到宿舍了，你呢？"苏以莞匆匆地走着。

"我看着你回去的身影，你楼上的灯光亮起来的时候，我就走了。"白一鸣认真地说。

"白先生，其实你真的不用再送我，你的好意我心领了。"苏以莞说完头也不回地走开。她脚步沉重地来到三楼的宿舍，打开室内的灯之后，她半躺在沙发上，看着天花板上的每一个花纹，她还没有完全从刚才伤感的回忆中剥离出来。直到她无意间往窗外看了一眼的时候，才注意到白一鸣还站在昏暗的街道上，仰着脸一直观望着她的窗口。他显然是看见了她，他像孩子似的踮起脚尖仿佛想要站到和楼层一样的高度。"嗨，苏小姐，晚安，明天见！"他大声冲她说完，才一步三回头地走开。

听到白一鸣说"明天见"的时候，苏以莞顿时觉得一阵说不出的压抑和反感。她没有说话，从窗户上缩回脑袋。她心里沉甸甸的，那时候她还不知道自己已经遇上了一个大麻烦。

几年来，她一直保留着写日记的习惯。那天晚上，当她又一次写下南晋风这个名字的时候，泪水又一次濡湿蓝色的笔迹。那天晚上，她梦见南晋风笑吟吟地向她走来，他还是原来英气儒雅的样子，一点点都未曾改变。她努力想喊出声，"南老师，南老师"，却怎么也喊不出来。她看到南晋风从身边擦肩而过，她愁肠百结地从梦中哭醒……她多么害怕有一天梦中会模糊了他的样子，所以她时常会集中回忆一遍关于他的所有记忆。

第二天下班的时候，苏以莞刚走到单位大门口，就看到白一鸣手持一大束鲜红的玫瑰花微笑着站在那里。他今天穿了一套米白色的西装，内搭紫褐色的衬衣，脚穿一双崭新的黑色皮鞋。他的发型偏分，每一根发丝都闪烁着精心梳理过的光泽。这样打扮新潮的一个小伙子，手捧着一大束鲜艳欲滴的花朵，乍一看起来还以为是某个明星即将出场，这使得周围过路的人们禁不住眼前一亮，他们时不时地投来一些诧异的目光。

"苏小姐，这是我送给你的玫瑰花，请接受。"白一鸣将鲜红的花朵递到苏以莞面前。"哦，我不要，不要。"苏以莞慌乱地拒绝道。这时，刚才与她一起走出来的几个同事纷纷交头接耳，窃窃私语。

苏以莞想赶紧逃离那个备受瞩目的场景，她禁不住加快了脚步往前走。白一鸣从她身后追上来："苏小姐，请等一等。"

"什么事，你说吧！"苏以莞转过身站在那里。

北京的天气风沙很大，一阵大风刮过来，漫天的尘土、纸屑都在四处飞扬。苏以莞感觉自己单薄的身体像是要被大风卷走一样，忽闪忽闪的站不稳脚跟，她满头的秀发被大风吹得七零八散。

"苏小姐，我很喜欢你！"白一鸣整洁光亮的发型也被风吹散了，但是这丝毫没有影响到他自信的表达。

苏以莞从来没有经历过这么直接的表白方式，她顿时愣了一下。她语无伦次地说："抱歉，我，我不能接受。"

"为什么？请你给我一个理由。"

"我们不合适。"

此刻雨点急速地坠落下来，仅仅一会儿的工夫地面就被打湿了。

白一鸣不由分说地拉起苏以莞的胳膊，急切地说："要下大雨了，快跟我上车，我送你回去！"他霸气的语言和行为，再一次在她面前展露无遗。

"我不要你送。"苏以莞一边向后扭动着身体，一边不情愿地被白一鸣有力地拽到轿车旁边。他为她打开车门，依旧那副自我的语气："快上车，一会儿就淋透了。"

她不再坚持，犹豫着坐在副驾驶上。透过车窗的玻璃她看到雨水顺着车窗向下流淌，就像一道道无色的沟壑，外面的一切事物都被雨水冲刷得模糊不清。

雨水太大，雨刷来来回回地摆动着依然会让人觉得视线不清。白一鸣将车速控制到最慢，他不时地用温柔的目光从后视镜里去看她一眼，他的精神显然非常愉悦。

"以莞，你真好看，真可爱。"白一鸣的眼睛看着前方的路况，一边轻声地说。

"你……我们不合适的。"

苏以莞感觉到他对自己称呼的改变，似乎改变得无比自然，就像自己和他是非常熟悉的故人一样。她心里不知道是什么滋味，她从来没有碰见过这样的人、这样的事。

"你就连说这句话的声音，都很可爱。"白一鸣很轻快地接话道。

"唉，你这个人……"苏以莞不知道再说些什么才好。

雨水下得越来越大，每个人的视线都变得模糊，轿车行驶到一个十字路口的时候，正当苏以莞陷入一种沉思之中的时候，前面忽然冲过来一辆车，白一鸣一个急刹车，瞬间一场无法躲避的车祸发生了。

白一鸣醒来的时候，发现自己躺在一个四周洁白的房间里，手上还输着液体，他努力挣扎着想起身却感觉到胸口一阵剧痛。

白一鸣的床边趴着陪护他整整一天一夜的苏以莞。此时一听见动静，她睡眼惺忪地赶紧抬起头。

"你醒了，很疼吗?"苏以莞问他，接着叹了口气又说，"昨天雨水太大，急刹车的缘故，你受伤了。你的胸口造成了瘀血，现在已经做过瘀血清除手术。"

"哦，我就像做了一个梦。以莞，你还好吗?"白一鸣关切地问她。

"谢谢你的关心，我没事。"苏以莞嗫嚅着说。

前来换输液瓶的护士是一个体态微胖的三十多岁的女人，她的

136

声音很清脆，就像这里一下子飞进来一只百灵鸟一样，整个房间的人都可以听到她嘎嘣脆的声音。

"哎呀，车祸我们见得多了，可是像你们这样的还是很少见的。一般出现危急情况的时候，司机会本能地保护自己，会向有利于自己的一方打方向盘的，这个时候受伤的往往是副驾驶上的人。而你们这次偏偏不同，受伤的是司机，副驾驶上坐着的倒是安全得很。我多一句嘴啊，这个姑娘她男朋友是真心对她好啊，这一看啊两人就是珠联璧合、郎才女貌……"

病房里的患者、陪护员所有的目光都集中到苏以莞身上，然后交头接耳地小声说着一些话，这让她感觉浑身的不自在。

白一鸣苍白的嘴唇露出微笑，他深情款款地望着苏以莞说："以莞，你还说我们不合适吗，你看人家都觉得我们珠联璧合、郎才女貌呢。"

苏以莞低着头，小声"哎"了一声："白先生，我得去上班了，你通知一下家里来个人照顾你吧。"

"不，我只想让你照顾我，我只需要你照顾我。"都这种状态了，白一鸣还是那副不由分说的语气。

"我没有请假，我得回去了。"

"我现在就给你单位的领导打电话，让他给你半个月假期。放心，这个面子他一定会给我，你们单位的大笔业务主要还是我来做的。"白一鸣说完，就拨通了对方的电话，几句谈笑风生的客套之后，他轻快地给对方说明请假的事情，对方客气地满口答应。

"你，你怎么可以……"苏以莞一时之间竟然无语了，单纯的她没有想到事情会是这样，她第一次感觉到自己遇上了天大的麻烦，而这个麻烦就是眼前的这个人，他即将打破她平静的一切。

"怎么样？我已经替你请假半个月了。你还要把我一个人扔到医院吗？"白一鸣嘴角露出一丝不可思议的微笑。

"白先生，你这样做是不尊重别人，我没有同意请假的事情。"苏以莞急切地小声辩解道。

"你一定是喜欢我的，不然在我出车祸昏迷不醒的时候，你怎么会整整陪护了我一天一夜。"白一鸣声音有些虚弱地说。

"你千万别误会，当时发生的情况无论是谁，我都不会置之不理，这是做人的基本底线啊，善良的品质是每个人身上都有的吧。"苏以莞强调说。她只想尽快澄清误会，她对他连一点点的好感都没有，更别提什么喜欢。

那个微胖的护士又过来了，她叮嘱着说："病人刚刚苏醒不久，体质还很虚弱，现在还不是你们谈情说爱的时候，多休养，休养知道吧。"

苏以莞委屈地点点头，不再说话。

白一鸣刚想辗转一下身体，一阵刺痛袭来，他忍不住"啊"了一声。苏以莞连忙让他躺平，不要乱动。她去食堂打来红枣粥，只得一勺一勺地喂他喝下去。他每喝下一口，都会神情激动地望着她，偶尔他会忍不住给她说"你真好！"这样的话。她不说话，也不看他的眼睛，她只有一个想法，就是赶紧过完这半个月的假期，等眼前这个人的身体恢复之后，彼此互不打扰，而她仍然像过去那样过着"上班，下班"的平静日子。

这半个月的时间，苏以莞感觉太难熬了，就像过了一个世纪一样漫长。

要出院的那天，白一鸣忽然就说了一句："以莞，只要有你在我身边陪伴，我宁愿一直生病，一直住在医院。"这句话，禁不住让苏以莞感觉到有些害怕，她不明白这世界上怎么有这么反常的人存在。她斩钉截铁地告诉他："我照顾你整整半个月，只有一个请求，就是你出院后，不要再来打扰我，我们真的不合适。"

听苏以莞冷漠地说完这些话，白一鸣的眼睛瞬间湿润了。那是她第一次见他伤感流泪的样子，这之前她一直认为像这样一个狂妄不羁、神通广大、能说会道的人永远都不会有忧伤的一面，而现在她完全看不懂这样一个人了，她也从来不想去了解他到底是怎样的一个人，这跟她一丁点儿关系都没有。

"以莞，你不会明白，你是我等待这么多年来一直要寻找的那个人，我愿意为你付出我的一切。可是请你告诉我，为什么我们不合适？你说出来理由，我保证再也不会打扰你。我不是一个死缠烂打的人，我也有自尊心。"两行清泪顺着他苍白的面颊流下来。

"非要我说吗？"她看着他满脸的泪水，忽然间就忍不住有点儿可怜他。

"是的。"

"我不喜欢你这样类型的人，我说服不了我自己，感情的事情不能勉强。"苏以莞还是一股脑儿地说了出来，心里顿觉敞亮。

"我知道了，是我配不上你，是我不够优秀。我不会再打扰你。"

"谢谢你！你很优秀，只是我们不合适。"

从医院走出来之后，白一鸣往4S店打电话问轿车修好了没有，电话那边回复说就快了。"这办事效率太慢了。"白一鸣抱怨的口气。对方马上解释说，最近维修的车辆特别多，都是按照时间排队的。"真是……"白一鸣本想习惯性地骂上一句，忽然注意到身边的苏以莞，他马上改口说："好的，好的。"

挂断电话后，他又打开手机通讯录本想找人过来接自己，转念一想还不如让这个心高气傲的女孩再陪自己走一走，随即他又退出了通讯录，手机屏幕一片漆黑。那时候谁拿个很笨重的手机打电话，都是比较稀罕的，那种刚上市很笨重的大块头手机人们通常叫它大哥大，不过它的更新换代超级快，大哥大流行半年后，轻便手机渐渐在普通人群中开始普及。而当大哥大普及的时候，农村一个村子会装有一部座机电话，常年在外的人想给家里人联系，都要通过村里的公用电话才能够和家里人说上话。即便如此，人们都觉得这是天大的好事，无论相隔多远都能够听到对方的声音。在这之前，人们只能通过写信的方式来表达自己的想念或者意愿，而一封信的来或者去，总需要一些时日。那时候，谁也不会想到多年后，人们最怀念的还是用原始的写信方式来交流感情，或爱情，或友情，或亲情，或乡情。方便的东西太多了，快的东西太多了，人们才意识到磨炼的珍贵，等待的真挚。

"轿车还没有修好，我们走一走吧。"白一鸣望着苏以莞说。

苏以莞若有所思地点点头。

他们并肩走着，一路上沉默着。她感到一种解脱感、轻松感。他却感觉到一种从未有过的哀伤与彷徨……

两人各怀心事正走着的时候，忽然间白一鸣一个趔趄险些摔倒。苏以莞慌忙一把扶住了他的胳膊，焦急地说："你怎么了？"

白一鸣一只手捂住脑门，虚弱地说："哦，我有些头晕。"

苏以莞劝说他马上重返医院调养，白一鸣执意不肯："以莞，你送我回家吧，不远，我家就在前面。"

"那好吧。"苏以莞搀扶着他慢慢朝前面走着。她隐隐感觉到他走路的时候似乎不需要扶持。她忽然放开他的胳膊，他并没有任何要摔倒的迹象。"你不头晕了吧？"苏以莞目不转睛地望着他说。

"哦，我这会儿好多了。"白一鸣尴尬地笑笑。

"那就好，恕不远送，我要走了。"苏以莞略带情绪地说。她感觉自己真诚的心遭遇到一种戏耍，她极其厌烦这种感觉。眼前这个人的一言一行，所有体现出来的完全都是与自己背道而驰的感觉，完全没有任何契合点。她心想，这真是一个连朋友都做不成的人。

"好吧！那再见！"白一鸣抿嘴微笑着和她道别。

"还是不见了！"苏以莞认真地说完，转身就走了。

白一鸣目送她的背影离开，她白色的运动鞋、淡蓝色的牛仔裤无一不在衬托着她高挑纤细的窈窕身材，就连她那高高的马尾辫随着脚步的走动，也现出好看的摆动节奏。他从来没有如此痴迷过一个女孩，也从来没有被一个女孩这样果断地拒绝过，他甚至开始怀疑自己的一切，变得暗自恐慌。那是一种求之不得的挫败恐慌，或者无法抵达的落魄愿望。

第十九章　感恩的心

时光飞逝，岁月如梭，一转眼苏如意来到广州已好几年了，他从刚开始进入厂里当冶炼工人，到以勤奋努力的工作被提升到车间主任后，连续三年都在那个工厂上班。当所有的业务熟练之后，他果断辞职，成立了一家供产销一体化的实体品牌公司，这个公司也就是后来赫赫有名的恒力铝业集团。

因为这次创业，苏如意吃了不少苦头，从厂房到公司再到各个职位的人员安排，以前在厂里做车间主任的时候，业务方面的资源他积攒了不少，只是资金方面的欠缺，让他感觉压力很大。偏偏这段时间，三两银给他打电话说自己摔了一跤，很是想念他。为了生存，苏如意已有两年没有回到皖北老家了，平时除了给三两银和疯子娘邮寄些生活费之外，只是偶尔打个电话和他们说说话。

火车一路驰骋，终于快到家乡了。苏如意禁不住感慨万千：近乡情更怯，莫过于此吧！

苏如意下了车，路过自家绿油油的麦苗地，他看到了媛媛和馨儿的坟墓，就像一个灰褐色的小土包孤零零地摆放在那儿。他忍不住蹚过麦苗地走到那土包前，蹲下来抓起一把黑色的散土放在土包上，喃喃自语地给她说着很多很多的话。他临走的时候，又把地头金黄色的油菜花折下来几枝放在那小小的坟墓上……

他走进村子，赫然看到靠路边显眼的平房或者红砖瓦房后面，都有着一行或者几行白石灰写成的宣传语，譬如"生男生女都一样""百年大计，教育为本""女孩也是传宗接代人"……走在中间大路上看到很多熟悉的面孔，他与他们亲切地打着招呼，给他们递烟，问好。他很久没有听到这些朴实的乡音了，这墙角和寨门边上蹲着的每一个村民都让他倍感温暖。乡邻们都说苏如意混得有出息了，听三两银出来说，苏如意当老板了，以后就有好日子过了。苏如意脸上一直挂着笑容，直到他和这些笑逐颜开的面孔一一道别。

"如意是想疯子娘了，也想三两银了。"

"嗯，那是，这孩子孝顺又知道争气……"

苏如意身后不断传来人们议论他的一些话语。

三两银已经很老了，头发就像银丝线一样丝丝绒绒地打着卷，他哼哼唧唧地躺在床上，不时地咳嗽几声，乍一看上去就像外国油画里的老人画像。他一眼看见苏如意便老泪横流，哭得像个孩子。

"你这孩子，一走就是那么长时间，我这身子骨怕是见不着你几次啦。"

苏如意也忍不住红了眼眶，他安慰三两银说："我也是没有办法，只想把日子过得好一些，我以后多回来几趟。"

"唉，这也不怪你，广州远，回来一趟光路费都不少钱，咱们村上去广州打工的人，几年回来一趟的也不少。"三两银止住哭声，拉着苏如意的手一遍又一遍地看着他的脸，"你也看着比以前老成了，有合适的就娶个老婆回来，年龄不小了。"

苏如意说："没有想过这个事儿，以后再说吧。"

这时候，疯子娘从厨房里端出来两大碗饺子，递给苏如意一碗说："如意，该饿了吧，尝尝娘包的饺子。"

苏如意像小时候一样接过饭碗，直接吞下一个饺子说："还是娘包的饺子好吃。"疯子娘嘿嘿地笑着，她的头发已经花白，脸上的皱纹就像树皮一样深深浅浅地布满了皮肤。

三两银欣慰地告诉苏如意："疯子娘自从吃了你从广州邮寄回来的精神病药物之后，现在状态好多了，能够自己照顾自己。除了不认识东西南北之外，很少再犯过精神病了。"

他们就像三只久违的小鸟一样，凑在一起那个亲热劲啊，仿佛他们只有通过不停地说啊说啊，才能够表达全部的深刻感情。三个人不停地叽叽喳喳地一直说啊说，把村里所有认识的人，家里所有

142

的亲戚远的、近的，像以前每次他回到家一样全部说了一遍，直到半夜鸡叫唤了，他们困得睁不开眼睛才各自回屋睡觉。

杨晓曼给秀英打电话，听说苏如意回村了。她十万火急地向单位请了假，搭上大巴车连夜赶回位寺村。前两年，杨晓曼向苏以莞讨要了苏如意的详细地址，她给他写过多少封信，她自己也不记得了。两年间，他只淡淡地回过一封信。而这简略的一封信，她至今都还保存着，那是他给她的唯一信件。

第二天一大早，杨晓曼就跑到三两银家敲门。苏如意困意未退地在堂屋里见了杨晓曼。

"一晃几年过去了，你还好吗？这几年，你都经历了怎样的生活？"杨晓曼满眼柔情地望着他，嘴边的很多话争先恐后地出现，她不知道该先说哪一句为好。

"一言难尽！"苏如意长叹了一口气说。

"你比以前成熟了！"

"经历过种种生存的考验和挫折，独自漂泊在异乡又岂能不成熟啊！"

…………

他们聊了很多彼此的经历和想法，同时感觉到在外辛苦打拼的艰辛和不易。苏如意第一次感觉到自己和杨晓曼之间，产生了一种友谊关系。是的，是友谊。在以前因为父辈们的恩怨，他心里有很多放不下的隔阂，而现在他释然了，杨万山被判刑的事情他也早有耳闻。经过此次的深刻交流，他觉得自己与杨晓曼之间，可以做朋友，推心置腹的那种朋友。

当苏如意谈及目前创业压力很大、资金不足之时，杨晓曼马上表态愿意拿出这几年积攒的一笔资金，帮助他渡过创业的难关。苏如意的感激之情溢于言表。杨晓曼还表示，如果苏如意不介意，她愿意放弃现在的工作，去协助苏如意打理公司事宜。

谁也没有想到，在苏如意和杨晓曼相谈甚洽之际，疯子娘忽然走过来厉声说："这根本不占！"两个人面面相觑，同时都愣了一下。

"娘，你怎么了？"苏如意惊讶地问道。长这么大以来，他第一次见到疯子娘如此严肃的表情。

"我没有说胡话，我说不占就不占。你和你爹少受他们家的欺负了吗？杨晓曼是杨万山的闺女，你别忘了这个事儿。"疯子娘此刻说话的口气，完全和正常人没有区别。苏如意惊讶的同时，也感到高兴，因为娘的思维意识比以前清晰了很多。

"娘，杨晓曼是个善良的人，我们不能拿她的父亲来评判她。"苏如意辩解道。

"我说的话，你记住，不然你会把你娘再气疯的。你绝对不能和杨家的人有过多来往。"疯子娘说完苏如意，又转过头说杨晓曼，"你一个闺女家，也不讲点儿颜面，不要和俺如意走得太近。你爹、你娘都不是啥好人。"

"你……"杨晓曼忍不住双手捂脸，抽泣着跑出院子。

"晓曼……"苏如意追到院子里。

"没事，如意，我不生气。我回头会把钱打给你，你先用着，我会再想办法。"杨晓曼说完就转身出了大门口。她走出好远的时候，又回过头看了看苏如意，大声说道，"我还会给你写信的，不要不回我的信。"

苏如意百感交集地朝她挥挥手，看到她的身影消失在胡同里，他才回到屋里。一进门，他就看见疯子娘出神地坐在那里，像个雕塑似的一动也不动。疯子娘的表情让他觉得心里难受极了，他温顺地蹲下身体，将头伏在她腿上，轻声地说："娘，我听你的话，以后尽量不和他们家人来往。"

听到这句话，疯子娘一把将他的头搂在怀里，泪水像断了线的珠子一样哗哗向下流。"娘心里苦啊！"

"娘，您就哭出来吧，哭出来就好受了。"

疯子娘声嘶力竭地哭了一阵子之后，逐渐归于平静。

这院子里的几棵枣树和柿子树，都是当年苏如意决定不再做冶炼生意，扒掉锅炉后亲手栽植的。它们现在已长得有碗口粗，树上的叶子也浓密葱郁，上面结有密密麻麻的青枣和柿子。大太阳的时候，这几棵树成了最好的庇荫场所，坐在树底下吃饭、乘凉是当时乡下人最惬意的一件事情。

苏如意把三两银搀扶到院子里，让他在老芦苇藤椅上坐下来，晒着暖洋洋的太阳。这把芦苇老藤椅真是有些年头，至少有一百年了。它是三两银呱呱坠地之时，他的父亲、一个国字脸型的高个男人，为了迎接他的第一个孩子而采撷芦苇稞编制而成的。他同时还用芦苇稞编制了好几个摇篮，准备放他刚出生的孩子，还有以后将会出生的孩子。这个有着精湛编织技艺的男人和旧时所有的男人一样，想要多子多福。可是偏偏事与愿违，他的妻子自从生了三两银这一个孩子之后，再也没有过身孕。后来那些编制出来的多余摇篮，只能像其他荆条编制的馍筐、柳条编制的簸箕等一起被当作商品卖给集上的人们。这个在十里八村整天挑着扁担，扁担两头挂满编织品的勤劳能干的男人，却患上了严重的关节炎。

那时候，三两银才只有几岁，但他总是能记起那时候为了给父亲治病，他的母亲尝试遍了所有的民间土方法。譬如，给他煮蟾蜍吃，煮枣花蛇吃，还有爬到树上取掉牛胞衣（母牛生下小牛犊后的胎盘通常都是被挂在柳树上）洗干净煮了吃。然而这些都没有起到明显的效果，他父亲的关节疼痛越来越厉害了。最令三两银记忆深刻的就是有一次，母亲又听说了一个偏方，就是吃老鼠可以治疗关节炎，她又一次进行了尝试。她买来老鼠夹子，很容易就逮到几只大老鼠，因为家里的老鼠天天夜里打架，多得数也数不清楚。家里的被子、床单、衣服，甚至睡床都被猖狂的老鼠们啃得到处都是窟窿。三两银刚出满月睡觉的时候，半边耳朵都被老鼠咬吃了，他母亲醒来的时候发现枕头上流有一摊血，才发现儿子的半边耳朵没有了，心疼地抱住他呜呜大哭。这次母亲终于可以报得此仇了。她把逮来的大老鼠，用剪刀捅开皮，又去除掉内脏，然后清洗后扔进大铁锅里，添上水煮了。她一边拉着风箱一边爽快地骂道，你们这些该死的老鼠，竟敢吃我身上掉下来的那块肉，我今天就要把你们都煮熟吃了！看看是你们厉害，还是我厉害，我就不信你们老鼠还比人更厉害！

等一锅老鼠煮好后，整个被烟熏的黑漆漆的厨房里都弥漫着一

145

股难闻的味道。以前，每次母亲煮枣花蛇或者蟾蜍的时候，多少会飘出来一些肉香，三两银每次嗅到那肉香都迫不及待地站在锅台前等着吃上几口。而现在，这股难闻的死尸一般的味道，把三两银呛得口鼻难受。他不知道父亲该如何吃下这难以下咽的东西。他母亲把煮得稀烂的三个大老鼠捞到一个盆子里，端给坐在藤椅上的男人。这男人的关节炎已经疼得整个膝盖都肿得明晃晃的，看上去就像扣上了一个大瓷碗。这么多天的病痛，折磨得他实在受不了。为了能够治好这个病，他接过盆子，抓起一只老鼠就狼吞虎咽地吃起来。因为太难吃了，又臊又臭的味道，他只能稍微用牙齿咀嚼一下，随即大口下咽。等他把一只老鼠强忍着咽下去之后，就开始鼻子眼泪一大把地往外流，他感觉到恶心至极。他的女人在后面拼命帮他拍打着后背，嘴里说着："你可别吐啊，不然就啥用都没有了。"他只能尽力克制住，不让这恶心的老鼠肉吐出来。

　　一夜醒来之后，三两银的母亲惶恐地发现枕边的男人变样了，她差点儿认不出他的样子。她喊他："他爹，是你吗？"他回答的声音还是原来的声音。但是这男人的脸已经肿得和面盆一样大了，一双大眼睛现在因为脸型的肿胀而变得细小，深陷在那些淤肉里。她再往他身上看，他的胳膊就像大腿一样粗，肚子也胀得浑圆浑圆的。

　　"他爹，这是吃老鼠，吃坏了，都怪我！"她自责得泪水涟涟。她下意识地往他的下身摸去，更是惊呆了，她的手没有摸到任何障碍物，他的阳物竟然完全缩回了体内，消失得无影无踪。这时候，他艰难地告诉她说，想尿尿。她奋力地搀扶着他去了茅坑，他蹲下，却怎么也尿不出来。她趴在下面，想尽办法温柔地抚摸，但是阳物还是不见出来。她着急了，索性给他涂上了芝麻油。工夫不大，她看到有金黄色的尿液从他身体里流出来，虽然还是看不见那阳物，但是至少他可以正常排泄了，如果一直憋着很快就会出人命。那时候小三两银站在他们的旁边，好奇地看着发生的这一切，可是因为年龄小他无法判断到底发生了什么。

　　自那之后，三两银的父亲就坐上了那个亲手编制的芦苇藤椅，至死也没有下来过，因为他的腿已经再也不能走路。

三两银现在坐在这把老藤椅上，轻柔地摸着这类似包浆的芦苇老藤椅，它的每一寸光滑的肌肤，每一条沧桑的纹理，都晕染着当初那个具有巧妙精湛编织技艺男人的气息。他的内心无限怅惘。他想起了诸多的往事，想起早已故去的父亲和母亲……

三两银禁不住叹了一口气说："如意啊，时光不饶人啊，当年我爹坐在这把椅子上的时候，我只有几岁，而现在呢，你瞧瞧我都老成啥样子了。"

如意说："您不老，还年轻着哩。"

三两银心里明白，如意是在哄自己开心。

三两银又说："我今儿要晒晒身上的细菌，这晒了一辈子的太阳啊，还是晒不够。"就"细菌"两个字也是他后来从苏如意口中听过的词语，现在他也开始这么说了。并且他还觉得文化是个好东西，譬如当他坐在人群里向人有意地说起"细菌"的时候，他那些同龄的老人，都会向他投来一种来历不明的惊诧眼光。那种眼光里至少有一种成分是存在的，就是肯定。

这会儿，他眼睛眯成一条线喃喃自语道："如意啊，还是从前的时候好啊，虽然日子穷得揭不开锅，但是过得有奔头啊，现在不愁吃喝了，可这心里总是空落落的，这世上啥日子才是好日子啊……"

苏如意听着这些话，禁不住陷入一片茫然的沉思之中。

"胖孩七十多岁的人了，腿关节都变形了，还在关庙镇上给人家搬运水泥，他的两个儿子春生和秋生都是光棍，一个也没有讨到老婆。还有啊，村东头的长喜听说去年在城里偷了人家几辆自行车，进监狱几个月了到现在也没有出来。还有后面寨门口的黑娃，你春英婶子的儿子，老早不上学了，天天在地里刨蚯蚓卖钱。还有你毛艺叔，他还是那副样子，啥活儿不干，天天喝上几杯酒，醉醺醺地在人场里大谈前三朝，后五帝……"三两银有一搭没一搭地说了这家，又说那一家，其实苏如意到家的那天晚上，就已听他说过这些乡邻们的事情了。现在他又饶有兴趣地向他讲述一遍，苏如意装作第一次听的样子，认真地听他讲着。

147

三两银真的很老了，连牙齿都掉光了，说话费力的时候，直接会喷出来很多的唾沫星子。就像现在，他把讲过的重新再讲，其实他这两年都是这样的，但是他每次都会在说完后，向别人强调一下自己的脑子一点儿都不糊涂，清醒得很哩。

苏如意心里知道，三两银给他讲过几遍的这些人，他们的母亲或者父亲都曾经在疯子娘需要手术的时候捐助过自己，他更不会忘记他是一个吃百家饭长大的孩子，那些五六十岁的母亲当中，有很多都是解开扣子喂他吃过奶水的人，也是他永世不能忘怀的人。只是，他现在创业刚刚起步，许多事情还无能为力。

苏如意又想起来那一次三两银发高烧，自己给他喂水喝的情景，那时候他比现在年轻很多，说话也比现在声音洪亮。他真的老了，疯子娘也老了，他们在这个偌大的院子里一天天老去，他们老得连鸡鸭都没有喂养了。这是两个原本没有任何关系、互不相干的人，然而他们的命运被牢牢地绑在一起，就这样一天天孤独地老死，某天这个院子只留下自己衰老的影子。苏如意想到这儿忽然就独自抽泣起来，人终究太渺小，只有尽力做好自己。他曾经懵懂无知，天真懦弱，一路遭遇无数挫折与伤害之后，他虽然认清了很多问题，却仍然保留着心底的真诚与善良。

来自广州的电话，一天催了苏如意好几遍，公司诸事安顿未妥，他需要尽快赶回去。他拉上行李箱离家的时候，三两银又呜呜地哭了，疯子娘也哭了。三两银拉着苏如意的手说："不想让你走啊，你这一走怕是咱们再也见不着了啊。"苏如意不知道说些什么话来安慰有些糊涂的三两银。他咬着嘴唇，强忍住眼泪，转身走出了家门。那土路坑坑洼洼，根本拉不成行李箱，他索性把行李箱扛在肩头……

一路顺利，到达广州后，苏如意很快收到杨晓曼的来信以及一笔汇款，这的确为他解了燃眉之急。他认真地给她回了一封信，以一个莫逆之交的口吻，在信里给她说了心灵上的很多困惑，并表达了真切的感激。自此，两人成为惺惺相惜的知心朋友，时常书信来往以及电话交流。杨晓曼知道疯子娘对他们家人心存芥蒂，苏如意对自己只有感激之情，并无他意。她不是纠缠不休的女子，只能苦苦压抑自己的感情，关于思念、关于爱恋，只字不提。

一年多以后，苏如意的事业渐渐步入正轨，他的恒力铝业有限公司以其良好的口碑、过硬的品质赢得了合作客户的一致好评，也成为南方铝业圈内的佼佼者，业务规模逐日扩增。他把杨晓曼当初汇款过来的那笔钱，以翻倍的金额还给了她。杨晓曼无论如何不肯多要，汇款单退来退去，无奈最后杨晓曼直接空降到他面前，这让他孤寂已久的心激荡起无比的惊喜。她给他做好热腾腾的饭菜，整理好杂乱无章的房间，就连西装也熨烫得笔直，皮鞋也擦得锃亮。这种久违的温暖，让他无限留恋。

这一次，他主动邀请她留下来，留在公司人事部上班。超乎他的意料之外，她竟然淡然地拒绝了。她是在挽回昔日卑微的自尊，还是对他的深情早已不在？他不得而知。

杨晓曼离开这个城市之后，他有好几天都觉得怅然若失。他仍然告诉自己，这只是缘于对她的感激。

周末的那天，苏如意散步走到一个熟悉路段的时候，他停下了脚步。这个地方，他永远都不会忘记，这是他初到广州时饿晕倒地的地方，也是他的恩人秦玉兰居住的地方。几年来，他不是不想来看看她们，而是因为当时他拒绝方艺涵之后，给她带来很大的打击，愧疚与纠结让他一直没有勇气再来这里。现在他想走到那个小房子里去看一看当年的恩人。

当他叩开房门之后，探头出来的是一个陌生的中年男人。

"你找谁？"那男人满脸困倦地问道。

"秦玉兰、方艺涵在吗？"苏如意疑惑地问。

"找她们啊，看来你来得有点儿晚了。"

"怎么了？"

"秦玉兰患癌症去世半年多了，她闺女方艺涵把这房子抵押给我了，这个贱女人赌博欠我十几万……"

苏如意内心一阵翻江倒海般的难受，秦玉兰已经患癌症去世，自己却没有来看过她一次，这是一种永远难以弥补的缺憾。"方艺涵呢?"

"她啊,听说她现在找了个轻松的活儿,到皇宫会所当坐台小姐去了。"中年男人说完,嘴角露出一丝奸笑。

苏如意和中年男人道别之后,脚步无比沉重,尽管每一种生活都是每个人自己的选择,他依然感觉到一种难以言喻的哀伤。这种哀伤源自他内心的愧疚之情,倘若当初自己没有拒绝方艺涵,她或许不会走上这么一条不归路吧。他不知道,他无法给自己一个合理而又安心的解释。

那天,他开车来到皇宫会所的门口。广州皇宫会所是全市数一数二的高级娱乐场所,它设施华丽,建筑堂皇,前厅大门口是不断流转的玻璃大门,从大厅中央悬挂下来的巨大水晶闪灯,把整个宽阔的区域照耀得金碧辉煌。一进门的两侧站着两个身材高挑、年轻漂亮的迎宾小姐。苏如意刚从旋转玻璃大门走过来,两个迎宾小姐就笑颜如花地鞠躬,甜美地说道:"先生您好。您是订好的房间吗?"

"我是想找一个人。"

"找什么人,去吧台吧。"两个迎宾小姐的热情降低为零。

苏如意径直来到吧台,向那个女经理说了自己要找方艺涵。那女经理微微一愣:"我们这里没有叫这个名字的。"半晌,她又拍了一下脑袋说:"可能是寒寒吧。我们这里有个叫寒寒的姐妹。我给你联系一下。"女经理挂完电话说:"我给你联系过了,等会儿她下来,你看看是不是她。"苏如意点头致谢。

时间过得太慢,苏如意站在那里看着手表,半个小时过去了,依然没有看见方艺涵的人影。秦玉兰已经去世,而现在他能够做的报恩只有想办法帮助方艺涵,他不想一直活在某种愧疚或者遗憾当中。他来此找她的目的,只有两个字"救赎",是的,他是吃百家饭长大的孩子,他从来不是一个忘恩负义的人。

就在他焦急等待的时候,从电梯里走过来一个浓妆艳抹、性感妖娆的女子。他第一眼并没有认出她的模样,再仔细看的时候,他确信她就是方艺涵无疑,因为她左额头上方的那颗痣还在。

"方艺涵,好久不见了!"苏如意向方艺涵打着招呼。

那妖艳的女子看到苏如意，起初愣了一下，听到他喊自己名字的时候，她表情极其冷漠地说了三个字："不认识。"说完，快速地摁开电梯转身走进去。

"方艺涵！"

"先生，人家说了不认识你。你认错人了。"女经理在一旁挑着眉毛嬉笑道。

苏如意呆若木鸡地站在那里，他看见电梯门渐渐合上，看见方艺涵像个鬼祟似的消失在那里……

他神情黯然地从皇宫会所的玻璃大门里走出来，一路上还在想着那一句冷若冰霜的"不认识"。他机械式地去开车，当轿车从皇宫会所的大院缓缓驶出的时候，他看到了一个令他惊讶的熟悉身影。

第二十章　人生若只如初见

在这个陌生的大城市里能够见到熟人，那并非是件容易的事情。可苏如意这次偏偏在皇宫会所的大门口碰见了久违的杨阳。而这一瞬间，杨阳也似乎看见了他，令人尴尬的是杨阳此刻正和两个浓妆艳抹的女子左拥右抱。

"如意，真是你啊！没有想到我们会在这里见面。"杨阳把那两个娇滴滴的女子松开，示意她们走开，然后满脸堆笑地和苏如意打着招呼。

苏如意见状也匆忙下了车，主动与杨阳握手交谈。这时候，苏如意才了解到杨阳是在广州上的大学，大学毕业后就一直留在广州从事市场营销工作。现如今他和苏如意是同行，经营着一家铝业实体公司。

经过交谈苏如意才知道，三个月后即将参与下一个投标大项目入选之一的铝业公司，其中一家的董事长兼总经理正是杨阳。听语气，杨阳好像对苏如意的目前商业合作等方面并不陌生。两人一番重逢恨晚，互相留了手机号码。此时的杨阳长得一表人才，浑身上下都是国际名牌穿戴，手指粗细的黄金项链挂在脖子上闪闪发光，让人一眼看上去就知道这是一个新贵、有钱人。

临别时，杨阳用一只手遮掩着嘴巴诡秘地笑道："如意啊，原来你和我一样也喜欢寻花问柳啊，这男人啊不赌不嫖就没意思，皇宫会所的女人各有千秋……"

"我，我只是过来找个朋友……"苏如意脸色羞红地解释道。

"哈哈哈，你还不敢承认，没什么，我刚开始来这种地方的时候也是心里七上八下的，现在感觉完全就是很正常的事儿。咱们男人嘛，就是喝酒、打牌、睡女人，这才过得有滋味……"

苏如意不知道该接什么话才好，仅仅寥寥数语，就让他感觉到彼此的共同话题少之又少。虽然同是做商业的老板，虽然杨阳学历比自己高些，但是苏如意感觉他们根本不在一个精神层面上。他只想精进地把业务范围拓展得更大，为更多的一些下岗职工或者大学毕业生提供就业的机会，只有越来越强大的经济基础，才能够有机会帮助更多的人，这是他勤奋上进的根本目标和根本动力。他一直是这样想的，也是一直朝着这个目标去做的。

就在苏如意和杨阳说话的工夫，苏如意的手机响起来，他一看到手机屏幕上显示着熟悉的电话号码，就知道是疯子娘打过来的。她在电话里告诉苏如意，三两银老了（去世了），今天早上去他屋里喊吃饭才发现的，他是真的衰老而死的，脸上没有一点儿痛苦。听到这个消息，苏如意瞬间被悲伤淹没了，三两银还是孤独地老死了，而自己却没能见上他最后一面。

过去那一幕幕与三两银拉着架子车去外乡寻找货源的情景，那一幕幕围着炼炉手把手传授冶炼技术的情景，都仿佛还停留在苏如意眼前。那时候，不管冰天雪地，还是酷暑炎热，总有一个身形佝偻、长着山羊胡子的红鼻头老人在那个院子里等着自己回家。而现在他走了，孤独地走了。在他最后的日子里，他常常眯着睁不开的眼睛说一些不着边际的胡话。他喊："如意，如意，如意你咋回来了？"他模糊不清地说着各种分不清词语的话，他一会儿挤着眼睛像孩子似的"嘤嘤"哭一阵，一会儿笑得露出黑洞洞的嘴巴。他的胡子全白了，就像染了一层秋霜。他的意识慢慢开始模糊，渐渐地他再也没有任何表情，只能张着没有牙齿的嘴巴大口大口地呼吸。他感觉自己将要永远地离去了，那里再也不会有一丝孤独，或者那里有着永生的孤独，他都不知道，因为他再也睁不开眼睛……

苏如意在电话里告诉疯子娘，马上回公司安排一下各项事务，明天就坐火车回家。

"我明天要回家一趟，三两银老了。"苏如意挂完电话心情沉重地对杨阳说。

"那这事你是得回去，三两银对你不薄啊。"

苏如意匆匆与杨阳告别之后，开车回到住处。他失魂落魄地上了楼梯，一个不留神从楼梯上面直接骨碌碌摔到最下面的一层。他想站起来，却感觉整个骨头像被摔断了一样疼痛难忍。

他拨打了120，救护车很快就赶过来了。几名护士将他抬上担架，初步诊断是肋骨折断。他被送到最近的解放军军区医院住院治疗，做过手术之后整个上半身都被打满石膏，外面缠着纱布。麻药过去之后，他被疼痛折磨得满头都是豆大的汗珠，他只能长时间地保持着一个姿势，因为他只要稍微动弹一下肋骨处就疼痛不已。

三两银去世了，他现在连去送他最后一程的机会都没有了，想到这里他忍不住失声痛哭。可是他现在没有办法，他根本动弹不得，又怎么能够回家安葬三两银呢？身体的疼痛和心里的疼痛同时折磨着他。他打电话让家族里的几家人帮忙安葬三两银，世事太无常，很多事情都来不及去做。他以前亲口对三两银说过，以后要好好孝敬三两银，为他养老送终，披麻戴孝，而现在他一样都没有做到。他哭得痛彻心扉，直到好心的医生宽慰他，这个时候不能伤心过度，情绪会影响身体的恢复，他才慢慢恢复平静。

伤筋动骨一百天，苏如意摔断肋骨，公司的很多事情自然都搁置不前了。他心急如焚，但也无可奈何。这时候他忽然想起杨晓曼，对，她是他目前比较信任的朋友。他给她打了电话，模糊表述了自己的意愿，大致意思是说自己实在太忙，希望她能够辞掉那边的工作，来协助自己公司的一些核心项目。

杨晓曼淡淡地说让自己考虑一段时间吧，如何重新胜任一份新工作还是需要时间的。一段时间？这是一个太模糊的概念，也可能是一个搪塞的理由。苏如意觉得有必要把事情的真实情况告诉她，或许，不！没有或许，她一定会很快来广州与自己见面的。

"晓曼，我现在医院的住院部，我的……"

"如意，你怎么了？你现在什么情况？要紧吗？"杨晓曼语气急促地在电话里一连串地问道。

154

"我的肋骨摔断了，需要在医院疗养一段时间。"苏如意犹豫了一会儿，如实说道。

杨晓曼责怪他为什么不早说，她会以最快的时间辞职，随后赶到广州去看望他。挂完电话，苏如意感觉无比踏实和温暖，他可以安心地睡上一个好觉了。

三天之后，杨晓曼风尘仆仆地出现在苏如意的病床前。她看见他，泪落涔涔。她坐在他的床边抚摸着那些药味浓烈的纱布说："疼吗？你受罪了！"

"我还好，谢谢你这么快赶过来。"苏如意说。

杨晓曼没有接话，她本想说你为什么还是那么客气，可是她还是没有说出来。

"如意，我在你心里是什么样的位置？我想知道。"杨晓曼忽然若有所思地问。

"当然是莫逆之交，无话不谈的莫逆之交。"苏如意即刻说，然后他又补上一句，"这是我的肺腑之言。"

虽然是意料之中，但她还是有些失落，她与他终究只是一个莫逆之交的朋友！她努力掩饰住这种失落感，故作轻松道："知道是你的肺腑之言。"

这对于杨晓曼来说，多年来的思念也好，暗恋也罢，至此已是最好的状态。她不是贪心的人，她知道爱情是可遇而不可求的。与其哭哭啼啼、纠缠不休，不如坦坦荡荡、顺其自然。

杨晓曼在附近租下一套一室一厅的房子住下来，她一面精心照顾苏如意，一面按照他的指示，帮助恒力铝业公司做着一些力所能及的工作。

三个月之后，苏如意终于恢复如初。一大堆的业务还需要他亲自出面交涉才可以签约，回家看望疯子娘的计划再次落空。疯子娘电话里安慰他说，自己过得很好，还养了一只小猫做伴，还说三两银已经死了几个月，他就是再回来也是孤坟一座，不如先把事情做好，等有空了再回来。

苏如意没有再坚持回家。他需要把眼前这些要紧的事情都一一解决好，否则各个环节有一个跟不上，随时都会产生资金链断裂的可能，毕竟生产规模越大，所投入的资金也越大，同时商业风险也越大。他清楚地知道很多事情必须亲力亲为，才能更快见到成效。

杨阳那天给杨晓曼打电话的时候，才知道姐姐杨晓曼现在来苏如意的恒力铝业工作了。他们约定好晚上一起在酒店聚餐。

苏如意一身粗布衣裳，看上去根本不像来高档酒店消费的客人。如果不是有人识得他是恒力铝业的董事长，绝对不会把他和"低调"这两个字联系到一起。苏如意与杨晓曼提前来到预订的酒店包间，杨晓曼打电话催促杨阳："到哪儿了？"杨阳说马上就到了。杨晓曼挂完电话约莫五分钟左右的时间，就看见杨阳与一个妖艳的女子手挽着手一起走进来。

那女子和苏如意相视之间，都禁不住愣住了。这女子不是别人，正是方艺涵。有了上次被拒"不认识"的事件之后，苏如意真不知道该不该和她打招呼。正尴尬之际，杨阳主动爽朗地笑着介绍说，这是他的朋友方艺涵，随后他又把杨晓曼和苏如意介绍给方艺涵认识。落座之后，苏如意试探性地问对面的方艺涵："你长得和我认识的一个朋友很像。"

"苏老板，你可真会开玩笑，前段时间还去皇宫会所找我，现在忽然就装作不认识了？"方艺涵一脸淡定地接道。

杨阳哈哈大笑说："皇宫会所，有意思，有意思。"

杨晓曼望着眼前这个浓妆艳抹着装暴露的女人，心生厌烦。而方艺涵刚才说的那句话，让她心里充满疑惑。"看来你们都已经是老朋友了。"杨晓曼故作轻松。

"老朋友谈不上，苏老板何许人也，我也高攀不起啊，他找我干吗，要问他自己了。"方艺涵说完发出一阵银铃般的笑声。

"艺涵，你怎么能够这样说话，我去找你，是因为实在不忍心看你堕落，想要帮助你……"苏如意觉得自己像陷进了一个沼泽地，所有的解说都显得苍白无力。

"我堕落，帮助我？这又从何谈起，我真的听不懂你在说些什么，看来苏老板真是很有表演天分啊。"方艺涵点燃了一根香烟，优雅地吐了一个烟圈。

杨阳这时候笑得捂着嘴,不断发出哧哧的声音,眉毛鼻子都挤到一块儿去了:"今儿可把我笑死了!苏如意啊,都这会儿了,你还在装什么圣人……"

此时的苏如意就算想强颜装笑也笑不出来了,他实在百口莫辩。杨晓曼的脸色变得非常难看,她一点儿也笑不出来。

杨晓曼忍不住一语双关地说:"杨阳,以后你交朋友还是要有些分寸的,近朱者赤,近墨者黑。看在你是我亲弟弟的分儿上,我才说说你的。"

"哎哟,姐姐,你若瞧不上艺涵,那就是看不起你弟弟了。杨阳都说了,今年元旦节准备把我娶回家呢。"方艺涵一脸自信地说。

眼见杨阳笑而不答,杨晓曼感觉那态度就是默认,不想再自讨没趣,索性不再说话。

苏如意觉得这顿饭吃得就像嗓子眼进了几只苍蝇,抠不出来,咽不下去。好不容易熬到散场,互道再见后,苏如意再也不想见到方艺涵。他觉得她变得自己根本不认识了,这是怎样的一颗干净灵魂到污浊不堪的转化?这是怎样的敌意难消,由爱生恨的扭曲?任何人也无法救赎。

人生若只如初见,何事秋风悲画扇!此刻,苏如意仿佛从肉眼可见之处的每一个角落,都可以看见一种污血浊流的世态,一种苍凉可悲的人性。他对她并不气恼,只是觉得她尤为可怜。而现在这个可怜的人并不觉醒,所以他再也不想见到她。如他当时所想,此后他的确再也没有见过她。

苏如意开车顺路送杨晓曼回到住处,一路上两人沉默无话。临下车的时候,杨晓曼转过头对他说:"如意,你是怎样的一个人我懂。"

苏如意冲她点头微笑,互道晚安后,他透过车窗的玻璃镜目送她的身影消失在小区的大门口。

一个星期后的早上,苏如意来到公司准备照例开晨会,大家异样的目光都齐齐地看向他。这让苏如意觉得很不自在,他隐约地感觉到似乎有事情发生。他暂停会议，请杨晓曼到办公室去一趟。

杨晓曼在他对面的椅子上坐下来，将手里的一份报纸递给苏如意。这份报纸是时下销量最好的报纸《南方日报》，各个单位以及家庭几乎都有订阅。令苏如意瞠目结舌的是：在《南方日报》的副版，赫然刊登着自己西装革履的半身照片，以及题目"恒力铝业总裁苏如意的桃色事件"。这太不可思议了，这张照片连他自己都没有，另外他只有洽谈业务的时候才会西装革履。至于桃色事件简直就是躺着中枪了，这么多年来他的情感世界一直比较纯粹甚至空白，他是一个十分洁身自好的人，何来桃色事件！他稍微冷静一下头脑，继续看详细内容，大致是说有皇宫会所的方艺涵做证，他曾多次出入皇宫会所消费等等。他做梦都没想到方艺涵怎么会对自己做出这样的诋毁与诽谤，而在她的背后又是怎样的幕后黑手在操作，想到这里他不自觉地在冒冷汗。他把报纸扔在办公桌上，脸色暗淡，禁不住叹了一口气，整个身体深陷在老板椅上。

"苏总，您冷静一下，事情终究会解决的。"杨晓曼在公司或者公众场所始终是这样称呼苏如意，现在看到他如此痛苦和无助，禁不住心疼至极。

苏如意无力地朝她摆摆手，她马上退出去赶到会议室告诉大家，今日晨会取消。这么久以来，她和苏如意之间已达成一种心有灵犀的默契。他无须多言，仅仅摆了摆手势她就懂得他要表达什么意思。

接下来，本来十拿九稳中标的恒力铝业却因为这种负面新闻而仅仅成为陪标。公司各个项目的业务都一落千丈，苏如意现在成了圈内的热议人物，一时之间业内的各种舆论把他送上风口浪尖。而随之取代他公司所有业务的是阳光铝业公司，而阳光铝业公司的总裁正是杨阳。这一切，苏如意从当天看到报纸的时候就已有所预料，不过当真正面对这种残酷现实的时候，他还是陷入了巨大的压力之中。

出现这一系列的事情之后，苏如意和杨晓曼一起找到杨阳。杨阳并未躲避，而是坦然相见。见面之后，刚一坐下来，杨晓曼就表现得尤为激愤。

"这片陌生的土地上，我们和如意终究有着割不断的乡情啊，媒体非议，是你一手策划的吧？你为什么要把事情做得这么绝，为什么？"杨晓曼咆哮着冲杨阳大叫着。

　　"姐姐，息怒！你可是我的亲姐姐，关键时候怎么胳膊肘往外拐呢？想想我们两家的恩怨可是从上一辈就结下来了，你敢保证他苏如意不恨咱们家人，不恨我？我凭什么会念着乡情？你弟弟事业辉煌，不是你想看到的吗？你自己不争气，早该找个男人嫁掉，偏偏天天跟在苏如意后面，咱爹若是知道这件事，一定会被你气死！"杨阳理直气壮地说了一大堆。

　　"你！……"杨晓曼气得说不出话来。

　　苏如意见此情形，示意杨晓曼起身告辞。他们并肩走在回程路上的时候，他安慰她："相信我，一切都会慢慢好起来的，我会渡过难关，谢谢你肯支持我。"杨晓曼深深地望了他一眼，说："我始终是相信你的。"

　　广州的冬季不是太冷，就算是十一二月的天气，依然能够看见很多花朵竞相绽放，而流浪在这个城市的外地人，有很多每年的春节还会留在这里，因为计算着来回的路费花销，或者是没有体面的工作以及理想的事业，来让自己衣锦还乡。总之，在每年的春节，总会有一大半以上的外地人留在这里。

　　苏如意正值遭遇事业的危急关头，在这个春节他也像许许多多的外地人一样，留在了广州过年。

第二十一章　血色阴影

苏以莞现在的生活已完全被打乱，白一鸣并没有像先前承诺过的那样，再也不去打扰她。仅隔两个月之后，白一鸣就再一次出现在她单位的大门口。他这次换了一款奥迪高端轿车，他靠在车门上拿着玫瑰花等待的情景，引得从新闻大厦下班的人群不自觉地驻足观看。行人们纷纷猜测是怎样的姑娘得此浪漫追求，这样多金而又年轻的小伙子是时下许多女孩梦寐以求的理想择偶标准。但是，当苏以莞一眼看到他的时候，却顿时心生反感：这是一个完全口是心非的人！他的再次出现，开始让她感觉到苦恼和压抑。她装作视而不见，径直从他面前走过去。

"以莞，好久不见！"白一鸣紧跟几步来到她跟前。

"你为什么又来了？你不是说再也不会打扰我吗？"苏以莞硬生生地说道。

"很抱歉，我已经非常努力地尝试过，这两个月不联系你，我都不知道是怎么过来的。以莞，我真的不能没有你。"白一鸣望着苏以莞深情地表白着，完全不顾周边很多人的观望。

苏以莞真想找个地缝赶紧躲起来。这是怎样的一个人，怎么会如此不顾及场合或者他人的感受，我的天哪！"这里的人太多了，请你注意一下自己的言行。我要回去了，让开吧。"苏以莞满脸不悦地说。

"那好，坐我的车吧，我送你回去。"

"真的不需要，我再也不要坐你的车了，太没有安全感。"苏以莞直言不讳地说。

"以莞，因为上次的车祸，我换了新车，你放心吧！"

"那是你自己的事情。白先生，这里驻足观看的人太多了，这样影响不好，请你放我走吧！"苏以莞近乎哀求的口气。

"我不在乎别人的目光，我只在乎你。"白一鸣深情款款地望着她，口齿流利地表达着。她从来没有见过一个人这么勇敢、这么直白地表达，这太不可思议了。

"你……"

苏以莞用眼角的余光扫了一眼，围观的人群当中有好几个都是自己的同事，顿时觉得心里七上八下。她潜意识已经开始妥协，她从小就在村民们无数次的围观中长大，她害怕那种场景，她害怕一切被围观的场景，包括现在这一刻的。她感觉到内心有一种久远的记忆在恸哭，那距离现在已经有多少年的时空，为什么那不死的哀伤还在？那不死的绝望还在？她不知道，她只知道自己眼下这一刻要离开人群，她实在受不了这样被许多人猜测、议论的场景。

"那走吧。"她无奈地说。面对眼前这么一个执拗的人，她现在只想赶紧逃离。

白一鸣脸上绽放出比阳光还灿烂的笑容，他欣喜道："来，拿着花，这是我送给你的。"他很绅士地为她打开副驾驶的车门，甚至温柔地帮她系上安全带，因为她还真不熟悉怎么系好安全带。然后他才回到驾驶座上开车。她把那束玫瑰花放在车厢内，瞬间整个车内都散发出迷人的玫瑰香味。当时的奥迪新款黑色轿车，整体的外观和内置的设计都非常高端、美观与舒适，它不仅仅体现出车主身份的尊贵，更彰显出一种别具一格的品位，这也是当时富豪们为什么热衷于选择这款车的理由。

看到苏以莞与白一鸣都坐上车，人群才开始渐渐散去。

"我害怕这样的场景，请你以后别再这样，好不好？"苏以莞眼睛望向玻璃窗外，脸色苍白地说。

"好，不过这有什么好害怕的，这是很正常的事情。以莞，我感觉你有很多地方和别人不一样，我也说不清楚具体是什么。"白一鸣不解地说。

苏以莞无言以对。

白一鸣启动轿车后，忽然紧紧地抓住了苏以莞的一只手。苏以莞挣扎几下却被他有力的大手握得更紧。"你正在开车，这很危险，松开我！"苏以莞急切地说。

"没事的，我最擅长单手开车，别怕。"白一鸣一只手紧紧抓住她的手，另一只手洒脱地握着方向盘。她吓得抱着双臂，一脸的恐惧。她讨厌他这样盲目自信的言行，也瞬间更没有安全感。接触这么久以来，她最大的感触就是这个人太不稳重，太盲目自信。总之，在她眼里，他身上没有任何一个优点。

轿车很快到达苏以莞所住的宿舍大门口。她下车后，他也跟着下了车。

"白先生，我到了。我都给你说过了，我们是不可能的。请你以后不要再来找我。"

"为什么不可能？我是一个非常自信的人，我会让你一点点爱上我的！"白一鸣依旧是那种霸气的口吻。

苏以莞急得快哭了，她真不想再遭受这样的打扰，她也不想再见到眼前的这个人，他令她惶恐，厌烦，不安。她转身就要走，却被他伸手拦下。"白先生，你到底要怎么样？"

"我怎么忍心把你怎么样，我只是想知道你为什么如此抵触我，难道是我配不上你吗？"白一鸣深深地望着她说。

"不，不，我们不合适，你会遇到更优秀的女孩子。"

"别给我说这些，没有了你，我就什么都没有了。我不能没有你。你看着我的眼睛，我在和你真诚地对话。为什么你从来都不看我的眼睛？你为什么从来都是心不在焉？"

苏以莞好像刚刚意识到自己从来不敢看他的眼睛，一时之间连她自己都说不清楚这是为什么。在他的要求之下，她将眼神与他对视，仅仅一两秒，她马上转移开视线。他的眼神中充满着水一样的深情。但是，这不是她想看到的，这让她觉得慌乱，觉得害怕。

"我听不懂你在说什么，我只想告诉你，我们是不可能的。我真的不喜欢你，我们在一起是不会幸福的。"苏以莞一连串地说。

"我会让你喜欢上我的，我有信心！"他坚定而坦率地说。

"爱情，世间唯有爱情是不能勉强的，这你应该明白，它和什么条件都没关系，它是一种感觉。"苏以莞强调说。

"我喜欢的，我就要努力争取。"

"你太偏激了！"

…………

正当苏以莞被白一鸣纠缠得无计可施之时，杨晓燕恰好走过来。她笑盈盈地给苏以莞打着招呼："以莞，好久不见，这刚好逢上周末就来找你玩了。这位是？"

"哦，我叫白一鸣，以莞的男朋友。你一定是她的好朋友吧！"白一鸣主动而自然地搭讪说。

"是的，是的，我还没有听以莞说起过呢！这保密工作做得也太好了吧。"杨晓燕咯咯地笑着说道，满眼呈现出来的都是琢磨不透的内容。

苏以莞听白一鸣说是自己的男朋友，忍不住白了他一眼，心里一阵愤恨。她慌忙解释说："晓燕，他只是我的一个普通朋友，并非男朋友，别听他瞎说。"

"嘻嘻，没事，我大概知道什么情况了。"杨晓燕神秘地笑着。

这一瞬间，白一鸣心情甚好，他神采飞扬地说："那我今晚就请你和你最好的朋友一起用餐喽。"杨晓燕鼓掌说："好，好。"苏以莞只好默认同意，她暗自下定决心，她要尽快摆脱这一切，这是最后一次身不由己。

杨晓燕坐上车之后，不停地赞叹说："这车子坐着非常舒服，白先生真是年轻有为啊！"

白一鸣心里乐滋滋的，嘴上却说："哪有什么作为啊！"随即他又顺势说："唉！以莞她看不上我啊，有时间多帮我说合说合啊。"

杨晓燕看向苏以莞，只见她满面忧郁，沉默不语。她马上说："我这朋友啊性子就是有些孤傲而已，白先生事业有成，潇洒英俊，是很多姑娘求之不得的如意郎君呢。"

白一鸣接道："以莞，你听听你朋友是怎么说的，你这朋友性格也好，开朗外向。这一点啊，你要多接受人家的影响。我认识你这么久以来，都很少见你笑过。"

苏以莞继续保持沉默，不接他们的话。半晌，她忽然脱口而出说了一句心里话："我感觉你们俩挺投缘，而且性格也有相似之处，白先生，我觉得你可以考虑一下这个事情。"瞬间，整个车里的空气仿佛凝固了似的，刚才叽叽喳喳说话的两个人，现在一句话也不说了。

杨晓燕最终打破僵局说笑道："以莞，你是不是吃醋啦？怎么开起这种玩笑来了。"苏以莞立即说："没有，你知道我是一个不爱开玩笑的人，我说的是认真的。"杨晓燕接话道："我倒是求之不得呢，只是不知人家白先生对我有没有眼缘啊。"

苏以莞偷看了白一鸣一眼，只见他脸色十分难看，刚才谈笑风生的愉悦表情，这会儿已消失得无影无踪。

在一家西餐厅门口，白一鸣的轿车停下来。优雅的纯音乐逐渐让人的心情放松到一种自由的状态，这也可能就是音乐独特的魅力所在。琴、棋、书、画的艺术形式往往是一种精神的升华，更是一种缺憾的美，艺术永远不可能从艺术家的创作中极尽完美地体现出来，因为再完美的艺术也有创作者再次聚集灵感后的缺憾，这恰恰是艺术不可估量的高度之美。

在整个用餐过程中，白一鸣都很绅士地给苏以莞和杨晓燕用刀叉分割牛排，不断地给她们斟上果茶。杨晓燕不住地夸赞他细心，会照顾人等等。白一鸣看起来心情很好，他的眼睛不时地深情注视着苏以莞。苏以莞明显能够感觉到这一点，她几乎没有和他对视过眼神，也很少接话。

杨晓燕打趣地说："我都成为电灯泡了吧！"

苏以莞嗔怪道："别瞎说。"

晚餐结束的时候，杨晓燕与白一鸣互留了联系方式。白一鸣说："以后有杨晓燕在，找你就容易多了。"

苏以莞听完心里就咯噔一下，瞬间感觉一切都暗淡下来。

"你还找我做什么？都已经跟你说得很清楚了。"苏以莞忍不住问道。

"那咱们做朋友总可以吧！就是普通朋友。你总得给我一点儿时间吧。"白一鸣接道。

杨晓燕说："是啊，是啊，做普通朋友也不错嘛。生而为人，谁还没有几个朋友啊。"

苏以莞神色黯然地摇摇头。

白一鸣驾车送她们回家的途中，车厢里一直循环播放着忧伤的情歌，大家谁都不说话，这种音乐的意境充满了悲戚的氛围。

那天晚上杨晓燕留宿到苏以莞的住处。这么多年以来，她们从来没有像现在这么亲密地相处过。面对白一鸣锲而不舍的追求，苏以莞感觉很无助，很惶恐。躺在被窝里，她告诉杨晓燕，她无论如何都无法接受这样一个人，她对他的一言一行都充满反感。杨晓燕若有所思地说："你的心是被一个人装满了吧，其实白一鸣并没有你所描述的那么令人讨厌。"苏以莞瞬间泪眼模糊，她哽咽着说："你想多了，我和他根本不是一个类型的人。他屡次的举动已经让我在单位备受非议，现在所有的同事都觉得我在非常高调地谈恋爱，可是我根本无法解释清楚这些，他扰乱了我平静的生活。"

杨晓燕不敢再说什么，她翻来覆去地睡不着觉。她又想起往事，想起关于南晋风的一切。看着苏以莞慢慢进入梦乡，她心里久藏的嫉恨再次涌现出来，这种感觉让她难以抑制。她蹑手蹑脚地悄悄打开她的抽屉，果然苏以莞有着与自己相似的习惯，就是把日常的笔记本放在随手方便找到的地方。她把那册厚厚的日记本轻轻地放进自己的双肩包里。做完这一切，她暗中观察苏以莞毫无知觉，她能够感知到她均匀的呼吸声。直到完成这件事之后，她才安心地躺下熟睡。

星期天的下午，苏以莞送走杨晓燕后，手机铃声响起来。这个来电是白一鸣打过来的，虽然她没有存储他的手机号，但是现在还是有印象的。这真是一件令人痛苦的事情！她决定不接他的电话。但是紧接着他又一直打了四五个，看着屏幕上的一串未接电话，苏以莞有一种前所未有的厌恶感。她很快又收到一条短信，手机屏幕上显示着"你没事吧，我马上到"。苏以莞瞬间觉得无处遁形。

果然，不到十分钟的工夫，白一鸣就站在楼下喊她了。她从窗户探出脑袋，看到他手拿一大束玫瑰花，身着一套银灰色的西装，笔直地站在楼下微笑着望着自己。旁边的位置停放着他的奥迪座驾。她就像看见一条蛇一样赶紧缩了回去，这个阴魂不散的幽灵，他怎么又来了！她斜倚在床边不知道该如何是好。

正这时候，外面响起有节奏的敲门的声音。苏以莞走到门口问道："谁？有什么事情吗？"

"以莞，是我。你一直不接电话，我很担心你。怎么，不欢迎我吗？"

"我挺好的，谢谢你的关心。"苏以莞冷冷地说。

"如果你不开门，我会一直站在这里等你。"

白一鸣执着的声音传过来，苏以莞已经领教过他的个性，生怕他坚持站在那里影响到邻居们，只好极不情愿地打开房门。

一进门，白一鸣就把鲜红的玫瑰花放在苏以莞的面前。"以莞，送给你的！请收下吧！"

苏以莞关上房门，没有接他手里的花。她仿佛没有听见他说话一样，示意他坐下说话。白一鸣只好将鲜花放在茶几上，然后在沙发上坐下来。

苏以莞也在旁边的另一个沙发上坐下来，压住心里的反感说："说吧，这次把你所有想说的都说出来，把所有要解决的问题一次解决了吧。"

"我有太多话想和你说，我希望你给我一个机会，我爱你！我想和你生活在一起一辈子，朝朝暮暮，永不分离。"白一鸣说话的工夫，眼睛早已蓄满了泪水，他痴痴地望着苏以莞。

"真的很抱歉！我不想谈恋爱，我真的无法接受你，因为我发现我们根本不是一个类型的人，我们也没有共同语言。你应该明白，这不仅仅是对我自己负责任，也是对你负责任。"苏以莞认真地向他解释道。

"你可以不喜欢我，我喜欢你就足够了。这么多年来，我想要什么就一定会得到什么，你却让我有一种强烈的挫败感。我一直都是很自信的一个人，我一定会让你喜欢上我的。我不能没有你!"白一鸣泪如泉涌地说。

他说的每一句话，甚至包括眼泪，都让苏以莞觉得很压抑，很无所适从。

"白先生，原谅我的决绝，你一定要有清醒的认识，我不想带给彼此更深的伤害。你总是找我，打扰我，这给我带来很大的痛苦和压力! 如果真的喜欢一个人，是希望看到对方快乐的。你说，你不能没我，这么多年来，我都不曾出现，你不也活得好好的吗? 所以，请不要这样说。"

正在这时，白一鸣以迅雷不及掩耳之势拿起茶几上的一把水果刀，照着自己的手腕猛割下去。

苏以莞吓得脸色惨白，她一边慌忙去夺白一鸣手里的水果刀，一边失声惊叫着:"不要这样! 不要这样!"

苏以莞把抢来的水果刀扔在地上，眼睁睁地看着殷红的鲜血顺着白一鸣的手腕流下来，她慌乱极了，随手拿来沙发上的一条纱巾缠在他的手腕上，随后拨打了120。

白一鸣软绵绵地躺在沙发上说:"别打抢救电话，不要救我，就让我死了吧! 以莞，你还是很在意我的，不然的话，就让我死好了。"

鲜血很快把裹在手腕处的纱巾浸湿了，苏以莞紧紧抓着他受伤的手腕呜咽地哭道:"你怎么可以这样做? 你这一条活生生的命啊，怎么可以为了这点儿事说放弃就放弃，你这是要我此生背负一条人命债吗? 这太可怕了，太可怕了!"

"我对你说过，我爱你! 我不能没有你，如果没有你，我会死的。"白一鸣苍白的嘴唇颤抖着说。

苏以莞再次发出一阵绝望的哭泣声，这血淋淋的爱意表达，让她陷入一种无比煎熬的恐惧之中。苍天啊，为什么要让我遇见这样一个人，我该怎么办? 怎么办啊!

120救护车赶到事发现场的时候，白一鸣另一只手还牢牢地抓着

167

苏以莞，嘴里呓语着："不要离开我，不要离开我……"她清楚地知道，自己此刻对他的恐惧已经超出了原有的怜悯。

听到 120 的响声，整栋楼的居民都出来观看这场稀有的挥刀割腕自杀的惨剧。楼上楼下的人围得水泄不通，到处都是人声鼎沸。救护医生用担架抬着白一鸣，苏以莞紧跟在后面。她身后不断传来人们议论纷纷的声音。

"这人怎么会自杀啊？"

"嗐，争风吃醋的事吧？除了这，能有什么事让人自杀啊？"

"也是，也是，天啊，现在的这些姑娘也真是不得了。"

"是啊，这下可是把人家小伙害惨了……"

…………

虽然那些声音都不大，但是依然被苏以莞听得清清楚楚。她如芒在背，机械地移动着脚步，好像那双腿不是长在自己身上一样。她像梦游者一般游荡于人群中，口中咀嚼着默然的哀伤。她忍受着心灵的折磨，试图唤起少女时代英雄南晋风带给她的一切美好，然而面对眼前的事实，所有的想象都归于徒然。围观人群的喧哗声，再一次拨动她心中残存的最后一分高傲的余烬，她感觉有泪珠不听话地滚落在脸上。这泪珠是可耻的！她尽快擦去它，但这可恶的液体还有发红的眼睛都在揭示着她的脆弱和彷徨。她不知道自己是如何从人群中逃离出来的，她错以为是重新获得了某种精神上的力量。

白一鸣软绵绵的身体被担架抬着，就像一具肉眼可见的幽灵，纠缠于那个时空的左左右右，方方面面。直到苏以莞跟着 120 上车的时候，围观群众的那些熟悉而又陌生的面孔才渐渐散去。

第二十二章　孽　缘

对于苏以莞来说，这是一段黑暗的日子，看不到光线的黑暗。幼时的成长虽然不易，但那些多数是来自生活上的艰难，她从来没有意识到人生还会遇到如此难以逾越的"劫难"。

在医院，白一鸣的手腕伤口被包扎后，又输了消炎液体。他脸色苍白地躺在那里，看上去一点儿力气都没有。护士像吵孩子一样，对苏以莞说："好好照顾你男朋友，他再来晚一会儿的话，估计命都没有了，你知不知道多严重！"苏以莞低着头不说话，只觉得心里就像积压了一座大山一样沉重无比。

白一鸣的母亲是一个戴着金丝边眼镜，烫着短卷发很有讲究的老夫人，她平生只有这么一个儿子。当她闻讯匆忙赶到医院的时候，苏以莞正满脸忧郁地坐在白一鸣的病床前。

"你就是苏以莞?"白一鸣的母亲目光冰冷地问。

苏以莞羞涩地点了点头。

"你可以走了，不过你记住，求求你以后不要再招惹我儿子。自从你出现之后，整个把我儿子毁了，他以前多阳光，看看现在差点儿连命都没有了……"白一鸣的母亲忍着怒火一口气地说。

"妈，您不要这样说，这根本不怪以莞。"白一鸣挣扎着坐起来，虚弱地辩护道。

"我，伯母，事情不是这样的……"苏以莞满腹委屈，想要解释又不知道从何解释。

"我不想再看见你！你们这种乡下来的女孩子，心里总想着高攀我们城里人，用尽伎俩！你也不看看自己什么身份。你走！赶紧走！

我会照顾好我儿子的。"白一鸣的母亲满脸的鄙夷之色，内心的怒火终于爆发出来，她冲着苏以莞大吼大叫了一番。

苏以莞想解释点儿什么，却发现很多话都卡在喉咙里一句也说不出来。她面色通红，看了白一鸣一眼，转身走出病房。她听见白一鸣的声音传过来："以莞，不要走！不要走！"听到这近乎沙哑的呼喊声，她的脚步走得更快了。她的确一刻都不想停留在他身边，如果不是白一鸣母亲赶过来对她一番羞辱，在这个关头，她又如何能够忍心决绝地离去。

苏以莞决定拼尽所有也要"逃离"白一鸣，她已经不再相信他的任何一句承诺，他不会放弃对自己的追求，这一点她已很清楚。接下来的时间，她以最快的速度，置换了手机号码。又在第二天向领导递交上辞职申请书。她搬了家，换了住的地方，重新应聘到新的职位。她租住在一个偏远的公寓里，准备休息几日，再去工作。

在新的宿舍里，苏以莞感觉就像放飞出笼的小鸟一样自由自在，她总算松下来一口气，再也不用受到各种纠缠和扰乱了，这才是真正属于自己想要的宁静岁月。平静下来的这一个多星期，她除了与疯子娘和苏如意联系过之外，再有一个人就是杨晓燕。经历过这次白一鸣自杀事件之后，她心里的阴影一直无法消散。她需要诉说来缓解一下紧绷的心情，她给杨晓燕说了这件事情，杨晓燕夸张地说："我的天哪！这太令人感动了。"她这样奇怪的理解，让苏以莞觉得实在无语。那种血色的印记，她永远都不想再经历，那承载着太沉重的折磨，每当她想起来都会觉得惶恐不已。

那天，她整理书桌之际才发现日记本不见了。日记本里写有很多关于对南晋风的思念和回忆，她觉得实在太可惜。于是，她用尽回忆去搜索日记本可能丢失在哪里，却怎么也想不起来。这令她有些懊恼，只好不再去想这件事情。

在一个万籁俱寂的夜晚，她躺在床上翻来覆去地睡不着觉，她因孤独而思念着疯子娘、南晋风，以及旧时关于泉河关庙镇的一切记忆。她想起第一次遇见南晋风挥毫泼墨的场景，想起他优雅如侠客般迷人的微笑，以及他从熊熊大火中将自己救出的坚毅。想起关庙镇上那无数条泥泞的小路，想起那些面朝黄土背朝天却捉襟见肘的人们，以及那古老河边郁郁葱葱的芦苇……

她拿起笔，忽然就有一种强烈的创作冲动。她拿出来南晋风写的那本古诗词，看了几篇后，整个夜晚，她文思泉涌，在一个厚厚的笔记本上写下了多页细密的文字。主要是借着本身的才情、分析、刻画以及充沛的情感，写下她当初决意要写的《古诗词新解》。她对文字的狂热既有崇高敬意又有随心所欲。既有深情的表白又有久远的倾诉。她沉溺在纸张与墨水的交织中，如获新生。是的，她从来没有感知过生命如此的豪放、惬意和光明。凭着对这种创作的热爱与倾付，她觉得这部《古诗词新解》不管耗时多久，某天必须要完成，哪怕只为了她当初对南晋风说过的话，哪怕只为了某天他能够意外阅读到，哪怕读者只有他一个人。对于她来说，这种创作都是有绝世意义的，都是充满神奇力量的。

她很快接到一个新闻出版单位的录用电话，她又做起熟悉的行业。然而这种平静不久就被打破了。

那是一个静谧的星期日早晨，苏以莞被一阵敲门声惊醒。首先反应在她脑海里的是房东有什么事情，然后她又觉得不大可能，她又想着是邻居有事情，随后她又推翻了自己的想象。她穿衣起身，稍微整理一下蓬乱的秀发。她诧异地打开房门，却瞬间惊呆住！

白一鸣身着一套咖色系西装站在她的面前。多日不见，他的面颊瘦削而憔悴，眼神中布满难以估测的痛苦意味，现在的他和之前那个潇洒自如的形象相比，简直判若两人。

苏以莞忍不住"啊"了一声。就在她毫无防备之际，他迅速地关上了房门，紧紧地拥抱住她瘦弱的身体。

苏以莞死命地挣扎着，这些好像都无济于事，她感觉自己快要不能呼吸。良久，白一鸣松开她，他的脸几乎贴上她的脸，她感知到他的鼻子嘴巴都喘着粗重的气息。她万分惶恐地望着他。

白一鸣泪如泉涌地说："以莞，你怎么忍心换了手机号？怎么忍心搬了新的地方？怎么忍心让我再也找不到你？你知道我这段时间以来是怎么活过来的吗？我每日每日地找寻你，几乎找遍了北京城的大街小巷，因为你的离去，我开始酗酒，日日借酒浇愁。如果还找不到你，我真的会死去！没有你，我活着还有什么意义？"

苏以莞不是无情的人，此刻却没有一丝一毫的感动，谁又能够体会她内心无声的悲恸？她感觉有个巨大的深渊在等待着自己一样，仿佛只要她一退步或者一前进都会随时掉进黑漆漆的悬崖。

"我再也不能失去你！你再也不能离开我的视线！你这辈子不要再想着逃跑，听见没有？"白一鸣痴痴地望着她，哽咽着说。

"我不明白上苍为什么要这样惩罚我，让我遇到你这样的人。你这完全是强求，强求，你知道吗？就算走在一起也不会有好结果。我就是死，也不愿意和你这样的人在一起。"苏以莞终于忍不住心底的无奈和绝望，泪如雨下。

"以莞，你死都不愿意和我在一起，这太令我伤心了！我不知道是什么在支撑着你高傲的内心，哦，我想起来了！杨晓燕带给我的那本日记就是你拒绝我的理由吧？"

"日记本？我的日记本，我明白了。"苏以莞忽然想起来自己丢失的日记本，原来是和杨晓燕有关，她瞬间心里五味杂陈。

白一鸣看到她的表情，一种入骨的难受向他不由分说地袭来。他愤恨地说："看来我说对了，你不是不想谈恋爱，你是被一个叫南晋风的男人迷晕了。你真是太令我难过了，我那么喜欢你，你从来都没有一点点感动，却为了一个虚无缥缈的人牵绊思慕。我恨那个人，恨死他了，他可能早就死了。"

苏以莞泪如泉涌："求你不要再说这样的话，我不能接受你，跟任何人都没有关系。你说这些狠毒的话语，只能让我更加憎恶你！你对我不是喜欢，也不是爱情。喜欢和爱都是奉献的，不是像你这样强求的。"白一鸣发出一阵悲戚的冷笑："别说得那么高尚，你是我的，你永远都逃不掉！当然这应该感谢你的好朋友杨晓燕，如果不是她告诉我你住在这里的话，我可能还找不到你，更不会知道你拒绝我的原因是什么。"

杨晓燕，又是杨晓燕，这真是一个阴暗无比的小人。苏以莞一边懊悔不该信任杨晓燕，一边暗自发誓，此生与此人老死不相往来。

172

"白一鸣，你到底要怎么样？"苏以莞绝望地看着他，她的声音夹杂着一些歇斯底里，一些苍凉无助。

"很简单，除非你答应做我的女朋友，否则你别无选择！另外，告诉你一件好事，前两天由杨晓燕带路，我们已经开车去过你的家乡，去拜望过我的伯母——你的疯子娘了。"白一鸣脸上挂着几许宽慰或者是扬扬自得的神情。他接着又说，"我可以随时让你的新单位辞退你，信不信由你，京城新闻出版单位几乎都是我们的长期合作客户。"

白一鸣的这番话，让苏以莞有一种暗无天日之感。天哪，杨晓燕竟然妄自带领他去过家乡，并且已见过自己的疯子娘！这样的事情，在那片土地上应该像散落的柳絮一样，已传遍角角落落，整个位寺村甚至整个关庙镇都传遍了。那些村庄上的人们总会一传十、十传百地在向别人说起一些事情的时候，不自觉地再次添加上自己的一些夸张判断。那是她从小生活过的地方，她比任何人都熟悉。还有自己刚刚找到一份新工作，不能再失业了，她需要先活下来。

她呆呆地坐在那里，半晌嘴里苦涩地吐出来一句话："好吧！我答应你，只是我也有一个请求，在我和你结婚之前，你要尊重我，不要有非分之想。"她现在毫无办法，这种口头的应允也是权宜之计。

白一鸣高兴得有些失态，他想拥抱住苏以莞，但是想起她说的那些话，只得克制住了这样的冲动。他想握紧她的双手，但是她冷漠的表情让他迟疑了。总之，他想用一切肢体语言表达对她的爱恋，但是又都遭到一种潜意识的阻隔。纵然如此，他依然非常开心。他兴高采烈地将她额前的乱发轻柔地捋到她的耳后，她没有挣扎也没有配合，她几乎没有任何表情。但是这对于他来说，已经是莫大的安慰。他眼睛里似乎有无数颗星星在闪烁。

他激动地望着苏以莞说："我答应你！我早就说过，一定会让你喜欢上我的。今天起，你就是我女朋友，也是我的未婚妻了。从今以后，我一定好好对待你，我还要带你去见见我的那些朋友。"

她点了点头。纵然那个时候，她潜意识里明白，或许这就是注定她一生悲剧的开始。

　　送走白一鸣之后，苏以莞感觉头脑一片空白。她一直都是一个很有原则的人，而现在经历的一切都是稀里糊涂的，都是违背心灵的。她深深地想起南晋风，想起那个点燃她青春懵懂之情无可替代的英雄一般的男子。那次别过之后，她一直怀抱着期待和向往，她永远都记得有关他们之间的一切记忆，她坚信某年的某一天他一定会再次与他重逢！那些被她回忆过千百万次与他有关的一切细节，至今回忆起来仍然能够让她荡起极致的思念洪流，仍能够让她瞬间泪流满面。哪怕是街道边、咖啡厅所有飘扬出来的伤感的音乐，只要是被她的耳朵听到，立即就会毫无疑问地勾起她忧伤的、刻骨的思念。那些被前古人写碎的、吟醉的相思诗词，都被她在无数个孤独忧伤的夜晚反反复复地吟诵。因他，她迷恋上乐府诗《李延年歌》："北方有佳人，绝世而独立。一顾倾人城，再顾倾人国。宁不知倾城与倾国？佳人难再得！"她其实喜欢的是里面"绝世而独立"那样超世脱俗的意境罢了，而她心中的英雄正是绝世而独立的，正是难再得的。尘间万千面孔，"绝世而独立"仅一人而已，那倜傥潇洒，那眉目如炬，在她心中举世无双。那沉静深邃，不屑于与众人为伍，无人知己而独立栏杆或桥头的苍茫与孤独，无一不是她对他永不妥协的牵念追随，她对他无声无息却日夜燃烧的思念余烬！然而，现在她却答应了白一鸣这荒唐的请求。她无处倾诉心里的悲伤和愧疚！

　　她软绵绵地躺在沙发上，感觉浑身一点儿力气都没有，她无声地流着眼泪，这是她认识白一鸣之后第多少次流下眼泪了，她不记得。总之，她已为这段逃不掉的孽缘或者命运哭过很多次。

　　疯子娘打电话过来，很是兴高采烈的样子。她说以莞长大了，谈对象了也没有给娘提起过，人家小伙子都开车来咱家了。苏以莞"嗯、嗯"地点着头，她不想让疯子娘为自己再操心了。疯子娘还告诉她，那小伙子给她带来很多见都没有见过的礼品，也给邻居们都买了一些礼物，村里人都夸这个人很不错。从疯子娘语无伦次的表述中，苏以莞得知白一鸣不仅仅去看望了疯子娘，还去集上买了一

174

些礼品发送到村民们手中。

听说苏以莞的对象是一个北京人，就连口音都是纯粹的广播音，几乎整个村庄的人都去疯子娘家里围观这个外地人。据说因为白一鸣当时坐在院子里的板凳上陪着疯子娘说话，围观的人们挤满院子后，就连墙头上、烟筒上都爬上去一些半大孩子，人们都觉得这是一件很稀罕的事情。因为在关庙镇上的一些村庄里，女孩子长大后都是要嫁到附近村庄上的，而且都要打听祖祖辈辈几代人的一些消息之后，才可以确立定亲的。而现在忽然出现在村里的白一鸣就像是一只大熊猫一样，让人觉得稀罕，觉得有趣。白一鸣去关庙位寺村的那一天，刚下过雨不久，路面很多地方还有稀泥。轿车连续多次陷入村里主路的泥坑里，都是靠着蹲在路边的村民们齐力推动，最后车辆才驶出淤泥坑的。

听到这些消息，苏以莞的内心似乎获得某种安慰。白一鸣挨家看望村民们，她感觉他至少也是一个善良的人。但是她知道，那依然不是爱情，仅是一丝稍微松懈的宽慰与感激之情。

第二十三章　虚　荣

苏以莞给杨晓燕打电话，语气充满着克制不住的愤恨："晓燕，你太令我失望了!"电话那头的杨晓燕故作懵懂："你在说什么？我听不懂。"

当苏以莞压着火气说约她出来见面的时候，她在电话里发出一阵令人毛骨悚然的大笑："见面？算了吧！我想你根本不想再看到我，我其实也一样。"

"枉我那么信任你，可是我不明白，你为什么要偷走我的日记本？为什么要告诉白一鸣我的新住址？为什么要带着他去我们村上，给我造成现在的痛苦局面？你脑子里到底是怎么想的？"苏以莞有些歇斯底里地在电话里连珠炮似的问道，她明显看到自己因气愤而手指在不停地颤抖，她第一次发现自己因为情绪原因，会有这样惊人的肢体变化特征。她暗自告诉自己，冷静，冷静。

杨晓燕显得格外平和。她不慌不忙的声音，从电话另一端传过来："你说为什么，是你从我身边抢走我一生中最喜欢的男人南晋风，又是你屡次激起我心里的嫉恨，让我不得安宁。我开始变得现实，忘记过去那段不真实的暗恋。现在像白一鸣这样条件的男人就是我择偶的标准。可是我依然没有那么幸运，我恨白一鸣，我也恨你！你活该只能和自己不喜欢的男人在一起，我只要想想，你每天痛不欲生的样子都觉得很开心，哈哈哈……"

"你无耻!"苏以莞愤然从嘴里挤出这几个字之后，果断挂了电话。

杨晓燕放下手机，笑得前仰后合，花容乱颤。她肆意而夸张的笑声引得站在前台的服务生惊讶地望着她这边。她此刻一个人坐在咖啡厅的一角，悠扬而带着淡淡忧伤的纯音乐不断回荡在耳边，她又开始耸动肩头呜呜地抽泣起来。

那天，她反复酝酿着合适的措辞，最后才鼓足勇气给白一鸣打了电话。出乎她的意料，白一鸣接到她的电话十分热情："你在哪儿？我刚要打电话给你。"他们约好在绿地公园的门口见面。她暗自窃喜，精心打扮了一番。她梳着一个新的扎花发型，戴上精美的钻饰头卡。净面后涂上水乳霜基础护肤，然后打上隔离液、粉底液、定妆粉，细致地画了一个好看的柳叶眉，又打好清浅的腮红，最后涂上一个淡色的口红。对着镜子左左右右地看个遍，这才满意地离开镜前。她那天穿着一条浅粉色的牛仔背带裤，上衣是一个白色的宽松 T 恤，脚穿一双白色运动鞋，看上去既青春动人又美丽活泼。她来到绿地公园正门的时候，他已经开车而至，等候在那里多时。

"好久不见！"杨晓燕热情洋溢地向白一鸣打着招呼。白一鸣立时感觉到迎面扑来一股刺鼻的香奈儿香水味道。他对每一款香水都不陌生，因为他本身也会经常选择喷洒适合的香水。他显然明白，这不怪香水味道过于浓郁，而是使用者本身用量的把控问题。

"你有以莞的消息了吗？唉……"白一鸣似乎连基本的礼貌都忘记了，他急切地向她打听着苏以莞的消息。他看起来明显比上次憔悴很多，眼神连一点儿光泽都没有，以前满面春风的神情荡然无存。

"这，我目前也联系不上她，不过，我会尽量帮你找到她。"杨晓燕内心的嫉恨再次被白一鸣落寞的神情和焦急的询问点燃起来。

"我每天都开着车到处找寻她，所有出租的房屋，我尽量都去查找，可是半个多月过去了，依然没有她的任何消息。不知道她是否安好，唉！我真的非常担心她，我快急疯了！"

她良久不说话。这时候的空气似乎被沉默浆染得有点儿停滞的感觉。

"其实，与其苦苦追求一个不喜欢自己的人，还不如珍惜眼前人。我觉得你是一个非常重感情，也非常优秀的男人。"杨晓燕看着他的眼睛，真情流露。

177

"唉！以莞是我这一生遇到的最好的女子，没有她，我再也不会接受任何女孩了。"

听到这样的话，杨晓燕的心像被无数的虫子在噬咬。

他们并肩走在公园的小路上，虽然已是秋天，周围依然散发出阵阵令人心旷神怡的花香。白一鸣无心欣赏这公园的美景，只顾暗自神伤。

不知是谁先提出来"喝酒解压"这个词语的，他们不谋而合一起去了酒吧，大口喝着啤酒、红酒。在酒吧暧昧的灯光下，在一曲接着一曲的伤感情歌的旋律下，他们都不记得彼此说了些什么，但是都在诉说自己的哀伤。

他们一路散步似的走着，头脑都很清醒。她笑着说，这是一场清醒的醉。他送她回到宿舍，他躺在沙发上几分钟后就睡着了。当他猛然惊醒的时候，看到她身体上的浴巾散掉，露出柔滑白皙的胴体，以及美人鱼一样优美的身形线条。他的醉意顿时消散已尽，面色通红，有些不知所措。

"晓燕，快把衣服穿上。"他从沙发上起身，却被她赤身的裸体紧紧地拥抱住，他嗅到她肌肤每一寸毛孔里散发出来的淡淡清新的味道。

"我喜欢你！"她以柔情似水的眼神望着他，呢喃地说。

"抱歉！我只喜欢以莞！"他推开她绵若无骨的身体，冷静地回答了这么一句话。他以无可动摇的决心拒绝了她，头也不回地关上了房门。

她在房门被关上的响声唤回现实之后，开始彻底地蔑视自己，她哭泣着，用指甲胡乱地挠抓自己的身体，直到她看见有殷红的血顺着白色的地板砖蚯蚓一样地流淌在地上，而她并没有感到伤口的丝毫疼痛。自此，她觉得自己是一个丧失尊严且又廉价低俗的女人。这激发了她内心疯狂的恨意。

她本来这一辈子都羞于再见到他，可是她不想就这么算了。次日，她像什么事情都没有发生过一样，笑盈盈地打电话给白一鸣，告诉他要带他去苏以莞的家乡找找看，说不定能有意外收获。

白一鸣欣然答应，只要有关苏以莞的半点儿消息他都不想错过。按照她的计划，他们一起去过关庙镇之后，她把苏以莞的那个日记本交给了他，同时把她的新住址也一并给了他。她非常愿意看到他们两个受尽所谓爱与不爱的痛苦与折磨。可是，她更恨不得他能够死掉才觉得解恨，才可以让这个世界上唯一知晓她那次丧失尊严且赤身裸体被拒绝的事实的人消失。其实，用不着她的期盼，这场孽缘早已注定苏以莞和白一鸣之间的一切悲苦。

　　就在杨晓燕和白一鸣从关庙镇开车返回到北京的那天晚上。他们在一家中餐厅的雅座坐下来点了饭菜。

　　长途跋涉的确令人很疲惫，他们需要吃点儿东西休息一下。就在白一鸣去洗手间的工夫，她的内心重新燃起嫉恨的火焰，她以最快的速度从双肩包的第一层拿出来一个牛皮纸包裹的东西。那东西有鸡蛋黄大小，外面用丝线缠得很紧实。当这牛皮纸包裹的东西刚一拿出来，瞬间一股呛人的中药味就弥散出来。她拿着那个包裹的双手忽然就有些打哆嗦，她又努力让自己想起那天她赤身裸体被拒绝的羞辱场景，漂亮的眼睛里开始渗出一种不容分说的邪恶。她的手不再颤抖，她淡定地把那牛皮纸包裹的中药粉末解开，那灰褐色的药末弥漫出更浓烈的药味。她环顾四周后，拿起对面餐桌上白一鸣专用的不锈钢水杯，利索地拧掉盖子。然后她将牛皮纸包裹的足以毒死两条狗的生草乌碎末，全部倒进那个不锈钢的水杯里。随后，她心满意足地合上水杯盖子，毫无痕迹地将它放回原地。

　　白一鸣从洗手间出来之后，她假惺惺地关切道："你这几天可是真辛苦，今天又开了一整天的长途车。我包里带的有板蓝根颗粒，你可以来一包泡水喝，清热去火的。"白一鸣微笑了一下说："给我来一包吧。"她打开双肩包取出来两包板蓝根颗粒，随之散发出来一些淡淡的生草乌的药味。

　　白一鸣说："这板蓝根还一股中药味啊，我可从来没有喝过这玩意儿，管用吗？"她笑道："当然管用，我太累或者上火的时候都是喝这个的，这是我包里常备的宝贝。"说完，她把他面前的不锈钢水杯拿过来，然后将那两包板蓝根颗粒倒进去，又在旁边的饮水机里接了五十度的温水，合上盖子之后来回晃荡几下后，递给白一鸣。

"谢谢你，你似乎很会照顾人。"白一鸣接过水杯笑着说。

"我，是吗？我自己从来不觉得。"她禁不住心里泛起一种复杂的悲凉之感，她很想抓起这个水杯将它全部倒掉。

"是真的。"他说。

"你喜欢我吗？"她直直地盯着他的眼睛。

"抱歉，你又扯远了，这完全是两码事。"他的回答，让她再一次想起那天的羞辱。她的嘴角不经意地颤动了几下，她还是装出很豁达的样子，笑了笑。

吃过晚饭，白一鸣礼貌性地开车送她回到宿舍，然后才回到自己家里。

就在那天夜里，生草乌的毒性在白一鸣体内，如同定时炸弹一般开始发作，他肚子疼得大喊大叫，几乎快要死掉。他的母亲焦急万分却不知如何是好，起初他们以为是吃坏了肚子，随着白一鸣痛苦表情的加剧，他的母亲吓坏了，她拨打了120急救电话。抢救人员到来的时候，白一鸣像一只软绵绵的羔羊一样蜷缩在床的一角，嘴里发出"啊呀，啊呀"的痛苦声音，他的脸因疼痛而显得扭曲变形。到了医院的急救中心，所有的值班护士和医生都是小跑着，有护士说着："快点儿！这是一个危重病人，他好像中毒了。"最后经过两个小时的洗胃，他才勉强捡回了一条性命。他的母亲坐在他床前，心疼得不停掉泪。而医生包括他自己，始终都没有弄明白中毒的真正原因。

杨晓燕想着那些往事，慢慢停止了哭泣。

无论怎样，她都不想再看到白一鸣与苏以莞这两个令她憎恶的人。她心里燃烧的愤恨一天都没有停息过。当她得知白一鸣并没有被足量生草乌毒死的时候，她恨恨地骂道："真他妈的命大！"

杨晓燕是一个有着强烈虚荣心的人，哪怕在她穷得只有一百块的时候，她依然会拿出来这一百块去买上一个鞋子或者包包。就像现在她其实就是一个捉襟见肘的月光族，但是她依然会坐在充满芬芳香味的咖啡厅里点上一杯咖啡、一份比萨，然后细致如丝地坐在那里慢慢品味和享受着似乎高贵的感觉。她习惯性地特意选坐在玻璃窗口的位置，以便用眼角的余光就能感受到来自玻璃窗外那些穷人、路人不时向她投来的羡慕眼光。

人生有时候遇见谁，仿佛是一种必然的事情。

伴随着一阵清雅的味道，挨着玻璃透光的位置又坐过来一个男子。他看起来二十七八岁的样子，衣着打扮十分得体：上身穿着一件休闲的牛仔外套，里面搭白色T恤，下身穿着藏青色的休闲裤子，脚穿一双白色运动鞋。他有着乌黑浓密的头发，浓眉大眼，以及俊朗的面庞。一眼瞧上去，会觉得这是一个很有活力、很有气质的男子。他落座之后，点了一杯咖啡和一份黑椒牛排。

杨晓燕和他仅隔着一个座位，他坐的位置恰好是她的正对面。她抬眼就刚好能够一览无余地看到他。刚才就在他从她身边经过的时候，她已经敏感地嗅到他身上散发出淡淡的古龙香水的芬芳味道。很巧合，她偶尔也喜欢用古龙香水。他们其实彼此都在注意着对方。伴随着咖啡厅的轻音乐，他们会不经意地对望一眼，然后再各怀心事地将目光转移到玻璃窗外。

大约过了半个多小时的工夫，那男子好像去了一趟洗手间，在回来的时候他意外地在她身边停了一下，他礼貌性地问她："小姐，你也是一个人品咖啡吗？""是的。"杨晓燕轻声回答。她既惊讶又暗自温暖，这男子是她喜欢的类型，帅气又有品位。

"我可以在这里坐下来吗？"那男子试探性地问。

"请坐。"她微笑着说。

就这样，他们重新点了乌龙茶、开心果。她和他面对面地聊了整整一个下午，他们聊得很投机，彼此都感觉有着聊不完的话题。

这个名叫钟峤的男子是北京本地人，家中独子，离异无孩，在银行工作。潜意识里杨晓燕感觉遇到了属于自己的缘分。如果是在乡下，杨晓燕对钟峤的态度，可以立时变得简单起来，因为爱情在乡下永远无法披上豪华的外衣。在北京就不一样了，虽然爱情在这样的大城市里，几乎只能是小说的产物，但美丽的时尚丽人与潇洒的银行职员，对于他们的处境，大可以有滋生出爱情的温床，而不只是停留在一些小说的情节里，带着虚幻的渴望得到某种心灵的启示。小说会给他们规定该扮演的角色，喜剧或者悲剧都只能由作家说了算。而浮华的杨晓燕，只想做现实中喜剧的女主角，收获她想要的爱情。

如她所愿，三个月的热恋之后，她和钟峤闪电般地结婚了。这让周围所有的人都觉得有些神速。婚礼当天，她的母亲秀英和弟弟杨阳、妹妹杨晓曼都到场了。过后，秀英诧异地问她："这婚事，你没有通知苏以莞吗？"她当即笑容僵硬，说了一句："不要提她！"秀英便不敢再吭声。

结婚前夕，杨晓燕带钟峤来到京城最好的一家世界品牌的钻饰店。钟峤给她挑了好几个款式她都说没眼缘，直到营业员拿出那颗璀璨的两克拉钻石戒指，她才露出满意的笑容。

营业员拿着计算器熟练地用手指头点着按键，然后说："十五万八千元整，今天时逢节日，又加上你们买了耳环和项链，这是直接给你们的九折优惠价格。"钟峤听完这巨额数字，当时脸上就有点儿难看，他示意她出来一趟。她似乎感觉到那几个营业员在窃窃私语，在嘲笑讽刺。她跟随他的脚步走出钻饰店门口。

他以商讨的语气说："咱还是选个小点儿的钻戒吧，这个也太贵了，我一个月工资还不到两千元，结婚后我们还要考虑生活啊。"

"你可真小气！这样的钻戒戴在手上，不光是我有面子，你也有面子。那不买了，我们走！"杨晓燕生气道。

回程的路上，钟峤见她一句话不说，知道她还在生气。

"我就是想给你买，存折上也没有那么多钱啊。"

"你自己想办法。不买你就是小气，就是对我不好。"杨晓燕气呼呼地一个人走了。

为这件事，他们之间第一次有了分歧和矛盾。为了挽回这种局面，钟峤只得吞吞吐吐地向母亲张口要钱，谎称有重要的事情。母亲再三追问，钟峤终究不肯说出缘由。母亲心疼儿子，只得把唯一的存折交给了他。

当钟峤带着杨晓燕再次来到那家钻饰店，阔绰地让营业员把那枚大钻戒包装起来的时候，杨晓燕用眼角的余光感觉到营业员们都在用羡慕的眼光望着她。付账的时候，收银员赞叹说："你男朋友对你真好。"她装作无所谓地笑笑，随后亲密地挽起他的胳膊走出钻饰店，她有一种如沐春风的感觉。走在大街上，她感觉到从头到脚的光鲜，她强烈的虚荣心在这一刻得到过短暂的满足。

直到婚礼上，钟峤为她戴上那枚钻戒的时候，钟峤的母亲才明白儿子想尽办法给自己要存折的真正原因。原本挂在脸上的笑容，慢慢凝固。

第二天晌午，钟峤的母亲在收拾房间的时候，看见梳妆台上放着几个精美的大红色首饰盒，还有几张折叠好的发票。为了证明心里的疑惑，她展开了那几张发票，果然证实了自己的猜测属实。她细算了一下这笔账：耳环、项链、钻戒、手镯下来一共是二十二万多元，其中光是钻戒的价格就已是十五万八千元。这对于当了一辈子的一个国企职工来说，简直就是天文数字。当时通常结婚，只有富人才有金首饰的，普通人家结婚都没有这个环节。她心里当时就难过透了，怪不得儿子最近总是背着她，打电话给亲戚和朋友借钱，原来就是仅仅为了这个光鲜而奢侈的婚礼。她恍惚地走出那个房间，心想：这杨晓燕到底是怎样的一个女人？当初儿子和她提起这事的时候，她就觉得不合适。她觉得需要了解一下她的方方面面，所以她强烈建议了解一段时间再说婚姻的事情，可是儿子偏偏不听话，就像着了迷一样地每天和对方黏在一起，这曾令她感觉非常恼火。可是现在，这个杨晓燕短短的一段时间内，竟然已经让儿子背负了十几万元的债务，她觉得这个媳妇不能要！

吃早饭的时候，她试探着问儿媳妇："晓燕啊，这钻戒不少钱吧？"晓燕笑笑撒谎道："妈，哪有？这钻戒不是真的，街上十元钱买的。"听了这话，钟峤的母亲更是对她感到厌恶，这是一个谎话连篇、虚荣无度的女人！她美丽漂亮的皮囊下隐藏着怎样的品格，她根本无从知晓。

她本想揭开晓燕的谎言，最后想想还是算了，或许她只是想给自己一个好点儿的婚礼而已，婚后踏踏实实过日子也未尝不可。她

183

压住心里的愠怒，一语双关地说："这女人结婚了，就该好好过日子，不要整天再想着那些华而不实的东西，一点儿用都没有。"

杨晓燕自知理亏，没有吭声，自此心里对婆婆有了隔阂。但是一家人又要每天见面，不喜欢看见也要看见。在日复一日重叠的时光里，她们之间因冷漠引起的嫌恶，几乎让她们不能对视。哪怕钟峤在家的时候，她们也伪装不成和睦的样子，依然不能对视。

这场积蓄已久的仇怨，最终在几个月后的一天像火山喷发似的爆发了。

那天，杨晓燕一下班就把一堆品牌化妆品放在茶几上，然后在卫生间洗了手出来。钟峤的母亲看见那一堆醒目的化妆品，就阴着脸忍不住唠叨："我们那时候顶多就用一只雪花膏，一辈子用在抹脸的钱也顶多二百块钱，现在的人倒是好，动辄就买上千块的化妆品，也不算算自己一个月工资两千，还吃什么喝什么……"

"妈，你一看见我花钱心里就不舒服，我看你是存心找碴儿。结婚几个月以来，我哪天不是在忍受着你的不满意？"杨晓燕好像要把这么久以来的怨气全都一股脑儿地撒出来，才觉得好受。

钟峤坐在沙发上手里拿着遥控器，焦躁地不停地换着电视频道。他最怕出现的矛盾冲突现在已经如洪水一般，挡都挡不住。"晓燕，你怎么给妈说话呢？"钟峤冲着杨晓燕来了一句。

"我怎么不能说话了？好啊，你们母子合起伙来欺负我一个外人是吧？你们当我是泥巴捏出来的啊……"杨晓燕声泪俱下地叫嚷着，昔日的漂亮妩媚在这一刻都变成了俗不可耐、不可理喻。

钟峤被她突如其来的发作，惊吓得不知所措，他仿佛看到千军万马一样的迷茫和痛苦，在这终将消失的时空里一齐向他奔腾而来。

"晓燕，我欺负过你吗？我什么时候欺负你了？自从你进了这个家门，我哪一天不是好好伺候着你？钟峤他爸爸走得早，我一个人把这孩子拉扯大，我希望他过得幸福、快乐，我怎么可能欺负你，我不明白你这是什么逻辑！"钟峤的母亲也一改往昔的涵养和宽容，厉声斥责道。

"你对我不满意，你以为我看不出来吗？娶不起媳妇，为什么还要娶?"杨晓燕毫不示弱,针锋相对。

…………

钟峤被这两个女人激烈吵架的阵势气得呼呼直喘,他感觉自己的耳朵眼都快要炸掉了,他将手里的电视遥控器狠狠地摔在地上,大声叫嚷道:"你们俩不要再吵了!都少说一句不行吗?"

两个人总算停下斗架的激昂姿势,各自悻悻回屋。

自这次吵架之后,大家心里多多少少都留有隔阂,家里很少再有欢声笑语。

那天晚上杨晓燕和钟峤商量说:"这样压抑的日子我不能过了,咱再买一套房子搬出去住吧。"钟峤说:"结婚的欠款还有好几万没有还上,你让我去哪儿筹钱买房子呢?"杨晓燕神秘地指了指他的脑袋,撒娇说:"你就是笨,动动脑子啊。"

"怎么动脑子?"钟峤似乎有了兴趣。

"你想想看哈,我觉得咱们俩不应该过这工薪阶层的生活,咱们完全可以凭借自己的智慧过上荣华富贵、光鲜耀眼的生活。你在银行上班这些年,也积累了不少的高端客户资源,而我呢,在连锁超市担任采购部总监一职,也就是说每天所有的供应商都需要经过我的审核和签字才可以顺利铺货到超市。不如我们俩把彼此最有利的资源、彼此最合拍的人脉都一一结合起来,绝对可以做一个属于我们自己的大事业。"杨晓燕望着钟峤的眼睛认真地分析道。

"我觉得有道理,我手上的确掌握着很多高端理财客户的资源。不过这具体该怎么实施呢?"钟峤禁不住心动了,他觉得这是一条很快能够走向辉煌、走向成功的道路。

杨晓燕笑道:"这你就不用操心了,你只管尽力做好你的事情,记得别掉链子。"

"可是,这第一桶金,我们去哪儿筹借?做事业总得有资金垫付才行。"钟峤愁容满面。

杨晓燕语气坚决地说:"这个是靠你来想办法哦,利用你银行工作的职务之便吧。"钟峤沉思半晌,最后说:"好吧,我保证没有问题。"她神秘地笑着,吻了吻他的脸颊说:"我就知道你完全没有问

185

题的。"

　　她笑起来是百媚皆生的那一种女人，她的动人之处永远是她令人无可抗拒的画中人一般的卓越美丽。他热烈地回吻她的脸颊、眼睛，沉溺地捕捉她柔软如樱桃一般的嘴唇。他为她解掉宽大的睡袍、内衣。鹅黄色的暖调床头灯，散发出无限的温馨气息。

第二十四章　奢　靡

　　两个月后，按照事先安排好的计划，钟峤顺利挪用了银行的一笔资金，而且他把这件事情做得天衣无缝。有了这笔资金之后，两人开始筹划下一步的投资方案。在杨晓燕的提议下，他们注册成立了圣源公司。公司的法人为钟峤的母亲钟淑敏，自然股东为钟峤，公司实际操控人为杨晓燕。这家公司是一家中间商，策划方案是借助钟峤的银行高端客户的人脉，向圣源公司签约投资，四六分成。利用杨晓燕的人脉，低价拿货，高价向连锁超市供货。由此，两人的资源开始实质性地汇集，并成功取得初步的成果。

　　钟峤辞去了银行的工作，每天西装革履，皮鞋擦得锃亮出现在咖啡厅、大酒店或者商务会所约谈以前积累的那些大客户。

　　那些客户都有着千万以上的闲置资产，也想着拿这些资金做点儿风险小收益大的生意。他们参观了钟峤的圣源公司，又细致地阅读完杨晓燕签订的一些纸质合同后，已是跃跃欲试。钟峤每次约见这些大客户都很气派，点最贵的进口红酒，去最贵的高级会所。每次他都会给这些人以阔绰大老板的感觉，他常常吹嘘得非常大：钱不是问题，这是一个稳赚不赔的生意，不然自己也不会连银行的工作都辞退。这些客户都知道，他这家圣源公司目前在与全国一流品牌的连锁超市合作，四六分成，只要有闲钱，绝对可以放进圣源公司里做投资。

　　最后，约谈快结束的时候，他总是很大气地吐着烟圈，不经意地说一句："这其实，就是躺着赚钱的生意。"

　　于是，很快就有两个有钱的大客户彭湃和赵赫，分别投资到圣源公司一亿元。其余那些大客户都在观望状态。这些高端客户他们私下都是认识多年的朋友，遇到这样的投资情况也会私下喝酒交流。这点是钟峤意料之外的事情，后来从彭湃和赵赫口中得知，他所提到的那些人的名字，他们都认识，都是多年的朋友。他心里暗自狂喜，这无疑加大了公司更加迅速签约的投资砝码。果然，几个月之后，彭湃和赵赫两人分别在原有投资的基础上，赚到了圣源公司的第一笔巨款——四千万元。

不用钟峤再找那些客户约谈，他们都已经听说有朋友赚取了巨额分红。于是那些日子，钟峤光是安排时间在圣源公司签合约，每天就已忙得不可开交。

杨晓燕和钟峤在不到半年的时间内添置了一百多万元的豪车，又重置了花园洋房，他们如愿以偿地解决了所有的问题。杨晓燕每天穿着十分讲究，衣服从来只穿两次，各类珠光宝气的耳环、戒指、项链等首饰经常性地更换。而钟峤也是每天出入各种场所都非常阔绰，接待朋友都是北京城最好的酒店。只有钟峤的母亲钟淑敏还像从前一样，保持着原有的朴实和装扮。

杨晓燕觉得钟峤就是上天安排给她的最佳人生伴侣、最佳事业合作伙伴。他们的感情比婚前恋爱的那几个月还要浓烈和亲密。只是忙碌的工作，让他们很少再有过去的浪漫心境和肌肤之亲，但是这丝毫不影响他们精神上的共同成长。他们现在相互同化，慢慢已经形成一个共同的目标。他们有着对物质欲望的无限索求，对事业辉煌的无限渴望。现在的生活才是她理想中的状态。这些是杨晓燕推心置腹地说给一个朋友的心里话。在她现在朋友们的眼里，她事业有成，勤奋上进，有着干大事的女强人风范。

人的贪婪欲望，永无止境。

为了再一次加大力度拓展商机，杨晓燕在百忙之中又兼职加入了著名的华邻集团。华邻集团创立于美国，经营各类营养保健品。华邻集团的产品经营范围其实就是从事直销，夸大产品功效宣传。这家公司的直销业务多次在中国引起争议，称其涉嫌传销、洗脑。而深谙商道的杨晓燕显然对这些都了如指掌，她还是毅然加入了华邻集团。

在华邻集团做事情，必须要先从销售代理做起。杨晓燕不愧是能力非凡，仅仅投资一部分资金做了销售代理两三个月之后，她便迅速以惊人的业绩成功晋升为销售经理。这引起了管理层的高度注意。随后，她更是以一年半的时间就做到全国销售总监，而一般情况下，别人两年能够做到销售经理就很不错了。两年的时间，她做到了华邻集团的最高级别——钻石级别，年收入一千多万元。而这个收入以及数字，她并不是特别感兴趣。对，现在对于她来说金钱仅仅只是数字而已。她的终极目标就是利用华邻集团积累起来的高端人脉，进行下一轮对自己实际操控的圣源公司的投资。果然，那些富豪无不为她的雷厉风行、商业敏锐、运筹帷幄而佩服得五体投地。听她胸有成竹地讲起圣源公司的无风险、高收益的情况后，他们中间一大部分人，纷纷表示愿意签约合作。

杨晓燕的圣源公司以这样水涨船高的势头，吸引了大批量的巨额资金，用来公司的进一步拓展运营。

现在，杨晓燕和钟崎每天的花销也都以惊人的数额在递增。他们的朋友都知道，他们现在拥有了无论怎么花费都永远也花不完的钱财。他们出入的酒店动辄都是每晚几万元的"总统套房"级别，他们日常用的家具换成了清一色的红木系列，他们吃上一顿便餐就是七八千元，就连他们平时用的青花瓷碗盘、象牙梳子等也都是价格不菲。在她的房间里陈列着各种昂贵的首饰，有翡翠、玛瑙、南红、和田玉等等。梳妆台上面更是琳琅满目，香奈儿、迪奥、兰蔻等等。一件真丝睡衣穿两次就换新，一个包包背一次就扔掉。

最近她常常在忙碌一天之后，去高级美容院放松一下身体。她做的那些项目都是非常昂贵而精致的。

现在是晚上九点，杨晓燕打电话给皇派美容院提前预约好了项目。

皇派美容院是京城一流的美容连锁机构，装修奢华而又不失典雅，从一楼到三楼所有的挂画都是那种古典的国画风格，穿插着一些非常强劲有力的书法。整个的装修色调是那种耀眼的黄色，给人

189

一种金碧辉煌的大气感觉。这里是一些贵妇名媛经常消遣的地方。每天从早上九点到晚间十二点，客人都把时间约得满满的，生意火爆。

杨晓燕停好车，走进皇派的玻璃大门，立即有两名迎宾女孩笑容可掬地为她拉开门，然后弯腰说："欢迎光临，亲爱的好久不见哦。"

随后，又有两名接待女孩走过来，面若桃花地笑着，轻搀着她坐在大厅的沙发上。一个女孩蹲下身子给她换了拖鞋，然后将她的一条小腿搭在自己的肩膀上，轻轻地捶捏着。女孩把她的一条腿捶捏完了，又换她的另一条小腿搭在自己肩头上。

这时候，另外一个接待女孩端来了一个精美的果盘与粥品，笑盈盈地将它们放在她面前的茶几上，半弯着腰身眼睛看着她说："亲爱的，这个是专门为您准备的果盘与银耳粥。"

"谢谢！"杨晓燕道谢，随后喝了几口粥。

"那咱们现在就上楼做项目吧！楼上的房间已经为您准备好了。"两个美容师女孩走过来，一人搀着她的一只胳膊，嘴里不时地说着："亲爱的，您慢点儿。"

"您办的年卡好像没有怎么消费呢！想做什么项目，您可以随时过来的！对了，这几天搞店庆呢，凡是来消费的顾客全部送一次童颜护理。"

"哦，好的，我有时间就过来了。"杨晓燕的高跟鞋踏在高档红色实木地板上发出"咔咔"的声响。

"亲爱的，您是这里的老会员了，如果今天您想要定童颜护理的话呢，我们给您一个优惠价，一个套盒可以做十二次，折扣下来也就是五十万多点儿，这可比平时办卡少了好几万呢。"美容师说。

"嗯，我先体验一下再说，我也不差这点儿钱。"杨晓燕迈着优雅的步子，一字一句地说。

美容师赶紧说："对呀，您有的是钱，不差这点儿钱的。您长得这么女神范儿，连我们这些女生看见都愿意多看几眼呢！"她们来到二楼的一个房间门口。

190

"亲爱的，请这边来!"杨晓燕跟随两个美容师来到这间包厢里。

两个美容师显得很有礼貌："您需要洗个澡吗？"

这间包厢是在二楼，全封闭式的，美妙动人的轻音乐在包厢里悠扬地回荡着。

这两个年龄大约只有十七八岁的女孩，穿着粉色的宽松长裤与粉色的紧身上衣。在为杨晓燕做古典式 SPA 全身推油护理前的准备工作。这是皇派最近刚刚推出的新增服务项目，外加赠送一次花瓣浴。所有尊贵的女客户们都跃跃欲试。

"您可以先去洗个澡，我们马上就准备好了。"

"好的!"

杨晓燕先去玫瑰花瓣浴室洗了澡，出来的时候，一股淡淡花香萦绕着她。她接过美容师手里的毛巾，擦干净自己美丽的身体后，穿上美体中心统一的丝质袍衣。袍衣有点儿大，她窈窕动人的身体套在里面，像架了个空壳子，感觉空荡荡的。

接着她来到包厢，这间包厢的环境优雅别致，简直可以用"豪华"两个字来形容，悠扬的轻音乐，暧昧的灯光，令人放松的 SPA 床。床很大很宽，给人无限的想象力。

"我已经洗好了。"她用手下意识地揽了一下自己湿漉漉的头发。

"好的，您稍等! 我们马上就好。"一个美容师边忙着保养前的一些准备，边说。另外一个拿起吹风机，敏捷地给她吹干了头发。

"您好，现在开始为您做护理吧。"

"嗯，尽快。明天一大早还有很多事情要忙。"她点点头。按照美容师女孩的提示，她躺在了 SPA 床上。她的脸色微微潮红，身体朝上躺着。她的眼睛微闭着，音乐声和煦如风，滑过她的如玉肌肤。她身上穿着的那件袍衣，因为宽大，前胸的扣子带松散着，她用手拉了拉，重新系紧扣子带。

美容师背对着她正在调配精油。她们拿着一个红色玻璃托盘，将玫瑰、桂花、茶树等精油调配在一起，最后再加上爽身修复润肤油。瞬间，一股异香扑鼻而来，满屋盈芳。配完精油，开始为她做面部护理。她呼吸均匀，胸部像绵延的山丘起伏着。美容师的视线一直落在自己的双手上，目不斜视。做完面部护理后，接着做手部，最后是做全身护理。

在美容师的示意下，杨晓燕面部朝下，趴在床上。按照护理要求，她松开了前胸的扣子带，她的背部完全呈现在美容师的面前，美容师伸出双手，很自然地松开了她的丝质袍衣。

丝质袍衣在一阵温柔而充满想象力的拉动中，缓慢离开了她的身体。她全裸着身体，一丝不挂地对着两个美容师。两个美容师端起玻璃托盘，将混合精油洒在她的后腰部，还有背部，一汩汩凉丝丝的感觉，立即渗透到她的肌肤里。

"请放松您的身体。"美容师的语言里带着一种平静。一个美容师在她的腰部开始按摩，另一个美容师在她的背部按摩，就这样来来回回地，细心、均匀地用着力，时不时问她力度是否合适。那种指法很舒服，从上到下，从左到右，巡回流转。

十分钟后，精油的效力开始发作了，杨晓燕的腰部慢慢感觉到温热，有一种令人快乐的惬意。精油流淌着，往前胸扩散。美容师善意地提醒她，身体躺正，不要动。

她"嗯"了一声，没有动。

"请把您的背部挺直。"两个美容师的脸上分别都有很多细密的汗珠渗出来，挂在那里，亮而透明。

"好的。"她挺直了身体，舒了一口气，听话地配合着。

美容师继续按摩。

"手法是不是再轻点儿，这样行吗？"美容师柔软的小手穿过她的腹部，随即很快收了回来，慢慢巡回到她的腿部。

"嗯，还好。"她的身体重新舒展开来。

"请您把身体翻过去，面对着我们。我们俩都是这里的一级按摩师，如果您有什么地方感觉不舒服，可以随时提出来。"美容师满头大汗，礼貌性地提示。

她翻过身体，笔直地躺着。

美容师看着她，像欣赏一幅美丽的图画。她们的双手最先触到杨晓燕光滑的肩头，这时候她们加快了推的速度，两只手时而推往肋骨，时而滑向胸部底端。迎来送往中，她感觉身体越来越轻松，她终于知道什么是护理的最高境界了。

再纸醉金迷的生活，最终依然要回归到现实之中。

"亲爱的，全套SPA按摩已经完毕，感觉还好吗?"美容师女孩的额头渗着一层晶莹的汗珠，礼貌性地轻声说。

她好像一下子从梦幻中醒来："哦，挺好的。"

"下面咱们开始体验童颜护理吧!"美容师说着，就把提前准备好的精油套盒拿了出来。童颜护理也就是在面部护理的基础上，增加了一些新式的手法以及护肤品。大约过了四十分钟左右。整个童颜护理结束了。

美容师拿出来一个镜子放在她的面前，声音略带惊讶地低声叫着："呀! 您看看您现在的皮肤状态，简直就像婴儿的肌肤呀，又白又嫩呢! 这童颜护理一次的效果，竟然如此神奇!"

杨晓燕拿着镜子，上下左右地看着，脸上露出满意的微笑："是的，效果真是不错。"

"您现在就把这个童颜护理套盒定下来吧，现在店庆很优惠呢，一个套盒做十二次折扣下来才五十多万呢!"

不等她思索和说话，那个美容师又紧接着说："您看您用现金，还是转账?"杨晓燕很阔绰地摆了一下手说："都可以，定了!"

美容师笑逐颜开地说："亲爱的，您看您做过这个项目之后，整个人的气色都提升了呢。"

杨晓燕付款完毕后，很优雅地站在穿衣镜前转了一圈。

"哎呀，亲爱的，您看看您的身材，很完美啊，不过，您看您的腰身有点儿粗呢，这影响了您整个线条的美感。"美容师啧啧地咂着嘴巴说。

杨晓燕顿时心里有些懊恼，赶紧转过身盯着自己的腰围观看，腰身仿佛真的没有以前纤细了。

"唉!"她禁不住叹了一口气。

美容师马上说："其实您这个真想修复也很容易，我们这里有一款身材管理器，保准三个月帮您达成心愿，不仅腰身恢复从前的纤细，而且三个月还会保证帮您打造出比现在要好十倍的 S 形身材，我们可以签约保证效果。"

"竟然有这么神奇的东西，我想了解一下。"杨晓燕的眼睛一下子有了亮光。

美容师很快打电话让店长拿来一套类似塑身衣样子的衣服，递给她说："这个就是时下明星都在用的身材管理器，它里面还有上百种功能因子，可以给人体带来无形的能量和功能，它有多好啊，谁穿谁知道。"

"哦，怪不得那些明星身材都这么好呢，这需要什么价位可以拿到手？"杨晓燕动心地问。

"您都是我们的老顾客、老会员了，我直接给您最低价格，也就是我们老板拿货的价格，不赚您一分钱。您的体形和年龄的话，要打造得完美，需要两套替换，两套的话，一百五十万元给您好了。而且这个价钱您可千万不能给其他顾客说啊，说的话，我这生意都没法做。"店长一边给杨晓燕递上玫瑰花茶，一边说。

"一百五十万元？"杨晓燕疑问地重复了一句。

"是的，我都给您说了，给您这个价钱可是我们老板进货的价格，主要是想等您三个月后，让您给我们店做做口碑宣传呢！"店长是一个三十岁左右气质高雅的女人，说起话来不卑不亢。

"那如果三个月没有效果呢？"杨晓燕急着问。

"三个月无效果，拿回来我们双倍退您款。"店长一脸认真地承诺说。

"亲爱的，像您这么有钱的女人，一定要对自己好一点儿。这点儿钱花得值啊，您又不缺这点儿钱，您说是不是？"店长继续推销道。

"钱嘛，我是不缺，关键不知道效果如何。"杨晓燕说。

"您要信不过我，我也没有办法，不过明天再想这个价位拿到不太可能，因为今天是趁着店庆，给您的一个福利。"店长说着以退为进的话，一边看着杨晓燕犹豫不决的样子。

"好，买了。"杨晓燕不再犹豫。

店长笑盈盈地把两套身材管理器用精美的礼盒包装好，帮她放进车厢，又是一番入耳的赞誉。

　　杨晓燕拎着精美的礼盒，大步走出皇派美容院，到家已是凌晨一点了。当她到家的时候，钟峤因忙于应酬也刚刚从一家大型的商务会所赶回来。两个人都太累了，拖着无边的疲惫，很快进入了梦乡。

　　杨晓燕仅今晚在皇派美容院这一次的消费金额就高达两百多万元，而钟峤今晚在商务会所的消费也是一笔不小的数字。诸如此类的超乎寻常的消费金额，这两个同类人从未认真进行过一次收支是否平衡的计算。

　　他们膨胀欲裂的虚荣心，随时都在悄无声息地牵引着他们，走向漫无边际的悬崖深处……

第二十五章　人以群分

自从苏以莞答应做白一鸣的女朋友之后，他总想邀请她去见一些平时要好的朋友，或者带她参加一些公开场合的交际活动。苏以莞却总以各种理由推托，她根本不想在这些场合抛头露面。她只想寻找机会彻底离开他，离开这个令她忧伤彷徨的城市。

这是七月份的一天，闷热的天气夹杂着几分潮湿的气息。

霓虹闪烁的晚上，白一鸣约苏以莞一起去公园里散步。走在弥漫着花香的公园小道上，能明显看到两侧的椅子上，有一对对相拥的情侣，他们或在卿卿我我，或在窃窃私语。苏以莞忽然意识到自己不该来到这个地方。"我们回去吧！"她说。

"还是走一走吧！"白一鸣自然而然地拉着她的一只手。她有些紧张，想要挣脱却被他有力的手掌握得更为牢固。他们俨然就是路人眼中一对幸福的情侣，肩并肩地漫步在公园的小道上。

在一处茂密而安静的树丛处，白一鸣停下脚步，他像是按捺不住自己内心的狂热，猛地将苏以莞瘦弱的身躯拥抱在怀里。她拼了命地挣扎，生气地推开他说："放开我！你答应过我的，结婚前不许碰我！"

"你是我的，你迟早都是我的。以莞，别再这样好不好？"白一鸣哀求她说。

"我不明白你在说什么。"她回避道，暗淡的路灯下她痛苦的表情依然很清晰。

"你不去见我的那些朋友，也不跟我一起参加公众场合的活动。你每天都像防贼一样地防范着我，你这是真心做我女朋友吗？你说

196

让我尊重你，连手都不能拉一下，这大半年以来我一直都是这么做的。你生病了，我每天每天地照顾着你。我常常想，如果有来生，我不再追求你，不再让你伤心。可是，这一生，我生死都要与你在一起。我爱你，胜过爱我自己！难道你连一点儿都不感动吗？"

"你说吧，你把想要说的话，全部都说出来！"苏以莞痛苦地望向幽深的丛林。

"我当然要说，你从来都不笑，从来都是一脸的忧伤，为什么你从来都不笑？"他的脸离她很近，他的表情有些严肃。

"我没有什么值得开心的事儿。"她如实说。

"好吧，我就那么令你讨厌！你从来不看着我的眼睛说话，你从来都是心不在焉，我不知道是什么在支撑着你该死的傲慢，我哪一点配不上你，你说出来啊……"

"我没有傲慢，一点儿都没有，那是你自己的错觉。"苏以莞解释道。

"明天中午，我带你去见我最好的几个哥们儿，你最好去！我都给人家说好了，就连酒宴都订好了。"

"好吧！"她无力地答应着，声音里传出来一种被逼迫上刑场的悲壮之感。

"明天上午十一点整，我准时来接你！"他激动地说着，眼睛里充盈着无限的柔情。

她还是几乎从来不看他的眼睛。她有着那种纯净、朴素、善良的天性，即使离开学校已经工作好几年了，她举手投足还是充满着那种孩子般的无邪痕迹。她是那种让陌生人头十天里会当成缺心眼或者傻瓜的女子。

纵然幼时在位寺村经历过诸多的心理阴影，但是她还是简单到毫无人生经验，也没有任何多余的想法。但不可否认，她生性优雅却自视清高。那种人们所共有的追求所谓幸福的本能，在她身上，往往表现为对凡夫俗子的不屑理会。她向往理想中的爱情，理想中的英雄式男子自始至终只出现过一个——南晋风。可是回到现实，她只觉得造化弄人，现在她所有遇见的人或者事，都是庸俗的、无奈的，而她却毫无办法地一天天重复着这样看不见光亮的日子。她想逃离白一鸣的视线，逃离这俗不可耐的人群、俗不可耐的一切，她单纯的设想直到现在也没有找到一个合适的契机。她糊里糊涂，优柔寡断，她害怕伤害到任何一个人，也害怕伤害到白一鸣。当然，那绝对不是因为爱情，那是因为基于她内心深处的悲悯情怀。可是，那时候她并没有意识到这种悲悯在一些人或者一些事上，是应该坚决杜绝的。

次日上午，她思来想去，最后还是心软了。她决定如他所愿，见见他的朋友们，仅仅是应付性地走一遭而已。她梳了披肩长发，化了淡淡的妆容，穿了一袭洁白的纱裙、米色高跟凉鞋。

他第一次看见她化淡妆的样子，他眼睛直勾勾地望着她说："简直太好看了！真是清水出芙蓉之感。"他今天上身穿浅蓝色短袖，下身穿浅蓝色牛仔裤，脚穿一双运动鞋，看起来英俊洒脱。他的心情很好，始终面带着微笑，包括他接每一个电话之际的神情，都是面带笑容的。当然此时，手机早已更新换代到轻巧的智能手机了。

白一鸣习惯性地为她打开车门，然后开车。约莫二十分钟左右的车程，他们来到提前预订好的酒店位置。这是一家十分气派豪华的五星级酒店，坐落于繁华的市中心地带，在酒店的正大门前面，喷泉汩汩，花香怡人。花圃里五彩缤纷的玫瑰、郁金香等，远远地就送来了令人赏心悦目的感觉。这些美丽的花儿挤着、挨着，满含着水汽的清新。喷泉喷出来的水恰似一朵朵更大、更动人的花。

白一鸣轻挽着苏以莞的手，缓步进入酒店。这一次，她没有拒绝。他的朋友们都已经到齐了，她虽没有多少社会经验，但也知道既然来了，就不能让他感到为难。

他们穿过富丽堂皇的大厅，坐了电梯，按了去六楼的按键。电梯里只有他们两个人，他牵着她的手，无限深情地注视着她的眼眸，他有一种想去吻她的冲动，但是他又克制住了。他似乎明白，她这次默许牵手，只是不想让他失了体面，而不是一种纵容。

这么久以来，他几乎已完全了解她单纯却高傲的性情。他确信，令他情非得已、失魂落魄的正是她身上这种孩子般的无邪与单纯。

无数个思念她的夜晚，他总是在想无论怎样，他都要迎娶她、保护她。他不容许这个如无瑕美玉一般的女子遭受世间任何的污浊。他希望漫长的一生里，她永远都像现在这般单纯、善良、无邪，甚至允许她高傲姿态的存在。这种夙愿，是他在一次醉酒后，混沌不清地对她说的话。

他们从电梯里走出来，直接向酒店的包间"兰花厅"走去。快到包间门口的时候，她停下了脚步，她非常腼腆地说："去见你的那些朋友，我还是有些紧张。"她就是这样的，平时表面上性情平易，实际上却非常腼腆、羞怯。在认识她的所有人眼里，她步履安静，满蕴着无邪，满蕴着孩子一样的活力，这是她自己所不知道的，如果有人当面给她说出来这一点，她一定会羞得无地自容。

他微笑，以鼓励的口吻安慰她说："没事，这都是我平时比较要好的一些朋友，不用紧张。"

她深呼吸了一口气，好像第一次认真地注视着他的眼睛。她从他的眼神里找到了一种期待和勇气。他们手牵手并肩走进了房间，他的朋友们都在大声地说笑着。

白一鸣礼貌性地说："让弟兄们久等了，这位是我的女朋友苏以莞。"苏以莞挨着白一鸣坐下来，和大家点头示好。接着白一鸣又向她挨个介绍了他的八个朋友的姓名。这里没有人知道，她向来就是这性情，不上心的事情，什么都不记得。就像现在白一鸣逐一介绍完毕后，她一个名字都没有记住一样。

午餐进行到一半的时间，他的这些朋友已经完全放松下来，喝酒，畅聊，开怀大笑。

因为生性高傲，苏以莞心里生出来一种苦楚，一种她保持缄默、绝口不提的苦楚。在她看来，这个房间所有的男人，包括白一鸣，都是一模一样。他们粗犷、庸俗，除了金钱、地位、名誉之外，他们好像对一切都麻木不仁。凡是与自己不符的看法，他们就不分青红皂白，盲目仇视。她的眼睛里充满着天真，以及对这些人的轻蔑和看不惯。她现在一丁点儿都不再紧张。

这群男人聊得兴起，有两个人讲起来前几天出去游玩的路上，加大油门直接撞死了一只绵羊。这幕惨剧惹得苏以莞瞬间哀伤难过，却引得另外的几个男人哄然大笑，有个面色红润、粗壮健硕的男人哈哈大笑之后，竖起了大拇指赞扬道："哥们儿真是有魄力。"然后，白一鸣也开始接着朋友们的话题，放肆、聒噪地讲着一些什么样的趣闻奇事，苏以莞简直快要一句都听不下去了。

还有一个白脸大眼睛的男人，讲起来上周几个人在一家蒙古包餐厅，吃到的绝世美味——烤乳鸽。讲起来那只有两个月大的乳鸽，口感有多么的新鲜与娇嫩……

这里的每一个人似乎都不知道，她有多么不喜欢这样的环境氛围。她厌烦一切大嗓门、大声音的说话或者高谈阔论，置身于这样聒噪的环境，使得她一会儿工夫就头晕脑胀。她极喜清净，而这一点，白一鸣好像一直都不了解。这也怪不得他，因为他本身就是一个非常世俗、非常世故的商人。这也是苏以莞一直从内心抵触他的真正原因。在性情上，他们真是格格不入、无从交流的两类人。

其实苏以莞惯常的行为方式，也只是她心高气傲、睥睨万物的结果而已。现在，这酒桌上的男人们都各抒己见，聊得欢畅。她再怎么憎恶，也只能克制，表面上尽量迁就。但她是一个非常不善于伪装的人，那是她毕生学不来的，她也从来不想学那复杂的、违心的东西。很快就有人看出来，她郁郁寡欢的神情。白一鸣不时地给她夹菜，她吃得很少，说话更少。

那个因喝酒而面色通红的男人，还是按捺不住把话锋转向了苏以莞。他哈哈大笑着说："一鸣，让你女朋友喝一杯吧，大家第一次见面。"

苏以莞忙说："我不会喝酒。"

白一鸣袒护道："算了，算了，以莞她滴酒不沾的。"

"酒不喝就算了。我说一句实在话啊，我觉得你这女朋友跟你不像一路人，太安静，也不爱说话。"那个面色通红的男人，继续说道。

大家谁都没有注意到，此时的白一鸣脸色已经变成铁青色。就在大家都没有任何预知的情况下，白一鸣"哗啦"一下将酒杯摔碎

200

在地，怒不可遏地指着那个男人吼叫道："你什么意思？以莞她在我眼里没有任何缺点！"

一桌子的人都吓坏了，苏以莞也吓坏了，她从来没有见过他发这么大的火气。

那个面色通红的男人，也毫不示弱地站了起来，说道："我说哥们儿，你也太重色轻友了吧，我只是说一句心里话，没有其他意思。"他的这句话好像激起了白一鸣更大的愤怒。他手指着那个男人说："重色轻友？你说的这叫人话吗？我不允许任何人说她的不是！"

苏以莞急得眼泪都下来了，哀求白一鸣说："你理智一些，不要这样，不要这样……"

白一鸣丝毫不理会这些，他陷入这种怒气的冲动中无法控制，那个男人和他一样不愿甘拜下风。

这时候，桌上的另外几个人纷纷都站起来劝和："都是自家弟兄，有什么事情慢慢说，慢慢说。"

还有一个男人讲和说："你们俩今天都喝多了，不能伤了和气。"

白一鸣威风凛凛、气势汹汹地吼道："我根本没有喝多，我清醒得很呢！"

那个男人也扯着嗓子叫道："我没有喝多，你们都上一边去。"

两个人就像公鸡斗架一样，越发恼火，越发兴奋。倘若不是另外几个人拉着，他们一定会打斗得头破血流才会罢休。

苏以莞心痛如绞，她回到宿舍，哭了好一阵子，那是源自她对自己的愤恨：白一鸣今天冲动、极端、狭隘的表现令她心里难过至极！她痛恨自己为什么会认识这样一个不可理喻的男人，这究竟是怎样的一种灾难性的惩罚！而白一鸣完全不理解她为什么哭泣，他手足无措地劝说她："不要哭了，不要哭了，你告诉我，我究竟哪里让你伤心了？"

她不知道该怎样表述内心的憎恶，她停止了抽泣说："你太冲动了，你朋友都没有说什么值得让你大发雷霆的话，你为什么要风度尽失地发脾气，我真的不能理解，你怎么会是这样一个人！"

白一鸣满腹委屈地耸耸肩头说："以莞，我的天哪，我还以为你哭什么呢，原来是为这事。我还不是因为在意你吗？你在我心里无比重要！任何人说你一句不好，我都会和他翻脸的。"

苏以莞冷冷地说："我感觉不是这样的，一个宽容、慈悲的人无论遇到什么事情，都不该是今天的这种表现！你，真的太令我失望了。我只能说，我们的灵魂相距太远，永远都不可能有交集。"

白一鸣叹了一口气说："你永远都无法理解我的心情，因为你不爱我，而我，愿意随时为你付出我的一切，哪怕我的生命！"

苏以莞惶恐地说："你不要再说这样的话了，我真的不想要这样的爱，这太沉重了。"

他爱抚地看着她，又说："我真不想让你去上班了，你如此单纯无邪，如此天真烂漫，我总担心有一天，一些世俗的东西会把这些都给你破坏掉。我在商界摸爬滚打多年，也许你觉得我粗鲁、世俗，但是我爱你的心却是真实的。我多想好好地保护你，让你永远像现在这样不谙世事，童心未泯。"

她起初默不作声，过了一会儿说："不行，我还是要上班的。我不需要你的保护，我自己能够照顾好自己。"

"嫁给我吧！"他从商务皮包里掏出一枚红色心形的精美小盒子，他只轻轻一摁，盒子就自动弹开了，里面露出一枚璀璨的大钻戒。然后，他单膝跪地近乎哀求地又说了一声："宝贝儿，嫁给我好吧！"说完，他拿起苏以莞的手温柔地吻了吻，想要把戒指给她戴上。

苏以莞就像被蝎子蜇了一下似的，猛然缩回了纤细的小手。

"哦，不，不，我还没有考虑过这些问题。"

"宝贝儿，我真的不想勉强你。我会给你时间的，你考虑一下吧。"他声音低沉地说完，将那枚钻戒重新放进心形的红色首饰盒里，然后将它放在沙发上。

他深情地对她说了"晚安"后离开了。

苏以莞躺在床上陷入了一种痛苦的旋涡，她感觉有一种无形的力量在逼迫自己向着可怕的深渊走去，而这个在她眼里毫无任何优点可言的男人正是"可怕的深渊"。她暗下决心，决不可以和他这种人生活在一起，那将是与狼共舞，那将是地狱之门！在这里，一贯清高孤傲的她没有一个知心的朋友，她一肚子的苦楚和难过不知道向谁说起，她感到一种前所未有的孤独。是的，从前她也孤独。但那是一种平静的孤独，而现在却是一种无边压抑的孤独。

就在这时候，白一鸣又叩响房门。她有气无力地打开门问道："你怎么又回来了？"他说："外面刮起大风了，我回来帮你把窗户关上。"她不再说话，心里不知道什么滋味儿。他临走的时候，又关切地嘱咐她："我刚才给你泡好的玫瑰花茶，别忘记喝，听说对痛经有缓解的作用。"

窗外的夜色渐浓，昏黄的路灯折射出很多忧伤的影子，她多想摆脱眼前的一切，多想再见大英雄南晋风一面。她忍不住泪流满面。

她拿出南晋风写的古诗词，继续创作那本《古诗词新解》的书稿。

第二十六章　炉　火

　　晓驰联系上苏以莞，是从几个家乡熟人那里好不容易才打听到的。在他来到苏以莞所在的城市之前，他还一直流浪在江南或者江南以南的那些地方，终日以乞讨为生。他找遍大大小小的寺庙，为了寻找从未见过面的母亲苏然。这个梦想，他坚持了好多年，至今依然没有放弃。

　　那天，苏以莞忽然接到一个陌生的固话号码。接通之后，从电话那头传来一个粗犷的男中音"喂"的一声，苏以莞礼貌性地问对方："你好，你是哪位？"那人说："你可能已经不记得我了，我叫晓驰。"苏以莞又惊又喜，半天没有反应过来："啊，晓驰，晓驰你还好吗？姐姐一直都很挂念你……"

　　是的，自从晓驰十二岁那年作案被捕入狱，杨万山和秀英就再也不认这个儿子。在狱中，只有苏以莞费了不少周折去看过他几次。在她善良的心里，无论这个孩子有着怎样不可告人的屈辱来历，他都是无辜的，可怜的。他毕竟是姑姑苏然唯一的孩子。她对晓驰的感情并不比亲弟弟苏如意少一点点。晓驰十三岁出狱后，一直流浪于全国不同的地区和省份，去往各个寺庙找寻他的母亲苏然。村里出去打工的人曾多次见到他，蓬头垢面地出现在繁华的街头或者荒凉的隧道。这些，苏以莞都听说过，每一次听说晓驰的惨状，她都心痛如绞，只是不知道怎么能够联系到他，帮助他。其实，她心里一直牵挂着这个弟弟。

　　当晓驰按照约定好的地点，出现在北京火车站的时候，苏以莞也早早就等候在那里。只是十几年不见了，她已无法一下子辨认出晓驰的模样。当初那个文弱的孩子，现在已经长成一个粗犷、健硕、皮肤黝黑的魁梧男人，她哪里能够找寻到他旧日的一点儿影子？因为晓驰都是用公用电话与她联系，现在她虽然焦急，也只能够站在预先约定的地点等着。

火车站的噪声四起，刚刚下了火车的一大批人，茫然而疲惫地像潮水一般涌现在火车站的广场上，他们有的挎着皮包，有的背着包袱手里再提着一些行李，还有的农民背着鱼鳞袋子。他们带着迷茫的眼神似乎毫无章法，毫无目标地分别向东、南、北这些方向走着，不断地有人折回来，再重新找方向。火车站就是一个喧嚣、混杂的地方，很容易让人迷失方向。而这个时候总会有一些票贩子不停地逢人就问："坐车不坐？去哪儿？"很多人都是摇摇头继续茫然地朝前面走着，有一些农民工会接茬问道，要去四环怎么走、要去广播电视台附近怎么走之类的问题。那些票贩子总是装出很热心的样子，朝他们摆摆手，然后他们嘀嘀咕咕地说了些什么，其他人也就听不清了。在这个嘈杂的地方，竞逐蝇头微利的俗气令人觉得憋闷，觉得心烦意乱。

苏以莞把目光集中在三十岁左右的年轻男子身上，努力搜寻着晓驰的身影。

正在苏以莞焦急无奈之际，一个乞丐打扮的男人朝她摆着手。他背上扛着一个包袱，胡子拉碴，头发凌乱。上身穿一件洗得发白的锈红色短袖，下身穿着一条很短的不符合他身形的破洞裤子，脚穿一双破旧拖鞋，脚指头上的脏污似乎刚从煤灰里面掏出来的一样。有行人从他身边走过，嫌恶地趔趄着身子，眼神中尽显鄙夷之色。

"晓驰！"苏以莞好多年没有喊过这个名字了，这个名字与眼前的这个人一样，都是陌生的。

"嗯，总算找到了。"晓驰羞赧地笑着答应，他明显有些紧张，一只手不停地向后捋着凌乱不堪的头发。

苏以莞一下子拉着他的手，亲切地说："晓驰长大了，如果不是事先联系好的，就是走在大街上我也认不出你来。这些年，你受苦了！"

晓驰还没有说话，眼泪就先流了一脸。

苏以莞从挎包里掏出来纸巾，心疼地递给他说："晓驰，你受苦了，我知道。咱回去慢慢说话。"晓驰多年积压的委屈，好像一瞬间都倾泻而下，他结结实实地流了好一会儿眼泪，才平静下来跟着她乘坐公交车回到宿舍。这是他流浪在外十几年来第一次受人关怀，他是喜极而泣！即使坐在公交车上，众目睽睽之下，他也很想哭个痛快。他像个孩子似的止住哭泣，对她说："我终于找到你，找到我的亲人了。可是我还是没能找到我的母亲苏然，我还会继续找下去。"她满含泪花说："你一定会找到她的。"

苏以莞租住的房子是一室一厅，她铺了褥子让晓驰暂时睡在沙发上。然后把提前给他买好的几套男装和鞋子都拿出来，让他洗完澡换上。

等她再看见他的时候，晓驰俨然已经换了一副模样。他身材伟岸，白皙的面庞看起来很是俊秀。她惋惜地教导他说："你得找份工作，好好干下去，然后节假日的时候再去找你母亲。"他答应了，他也希望自己能够活得像个人的样子。

一个星期后，晓驰顺利地应聘到一家实体公司做业务。这一生，他的心情从来都没有像现在这么好过，他从来没有感受过像现在这样的快乐时光。苏以莞总是下班后，做好饭等着他一起吃，对他嘘寒问暖。他觉得以前的岁月都被蹉跎了，荒废了，而现在才是真正充满阳光的人生。他勤奋精进，斗志昂扬，仅仅两三个月的时间，他的销售业绩达到公司前三名。苏以莞为他高兴得几乎要流下眼泪，因为她觉得这个苦命的孩子，终于从淤泥坑里面爬出来了，终究凭借他自己的坚毅与奋斗成功自救。她觉得这是她几年来最为开心的事情了。他们常常一起吃着饭，讲着过去关于关庙镇发生的他们所熟知的那些事情。苏以莞总会不经意间露出美丽的笑容，而她自己并没有发觉，她的确已经很久没有这么开心地笑过了。她常常在这样无忧无虑的光景里，忘记了白一鸣的存在。

自从晓驰来到苏以莞所住的宿舍之后，白一鸣每次约她出来的时候，她总是想向他提起这件事，但是她还是觉得他们之间还没有亲密到这份儿上，所以一直没有提及这件事。直到那天白一鸣执意要送她回去，说要看看她有没有照顾好自己，她拗不过他，只得让他送自己回到宿舍。

苏以莞一打开房门，白一鸣顷刻间愣住了，他看到一个模样清秀的年轻男子坐在沙发上，静静地翻看着一本杂志。不由分说他心里控制不住的醋意和妒火迅速地滋长起来，他的脸色非常难看。晓驰这时候也看见白一鸣走了进来，他也忍不住愣了一下，慌忙放下杂志。

看到白一鸣阴沉着脸色，苏以莞忽然想起上次他在朋友聚会上冲动的情景。她连忙向白一鸣介绍说："这是我姑姑苏然的孩子，也就是我的表弟——晓驰。他刚来北京不久，对这个城市还不太熟悉，暂时借住在这儿。"

白一鸣的脸色并没有好转多少，他强压着醋意和妒火，强装出洒脱说："哦，表弟啊，你怎么就没有给我提起过呢，也好让我好好招待一番。"

苏以莞没有接他的话，转头对晓驰说："这是我的朋友白一鸣。"

很显然，白一鸣对她口中介绍的"朋友"二字很不满意。他故作随意地补充了一句："我是以莞的男朋友，我们确立恋爱关系快一年了。"

晓驰心里像针扎似的疼痛了一下，他不知道自己为什么会有这样的感觉，他强颜微笑道："你好！你坐吧。"

"你好！"白一鸣也生硬地客套了一句。

他们都在沙发上坐下来，三人相互注视，忽然间就都沉默得无话可说。

这样的冷场，在白一鸣这里还是不多见的，因为他是一个非常擅长交际的商人。但这一刻他也沉默了。为了缓解这种僵局，苏以莞分别给他们接了白开水。两人几乎同时把那白开水放到桌子上。就连苏以莞把那杯白开水递到晓驰手里的情形，白一鸣都醋意大发，万分难受。

这样三人相对的奇怪沉默场景，令苏以莞着实发窘。她心里深感别扭，因为凭着女性的本能，知道这窘相绝非什么温和的表征。她从他们的眼神里看到了排斥和敌对，这令她惶惶不安。其实她真正担心的是晓驰，她觉得他只是一个苦命的小孩子，她还停留在过去旧时对他的印象里，那个耷拉着鼻涕的晓驰，孤独可怜的晓驰。所以，无论发生什么事情，她都会不惜一切代价去保护他，维护他。她心里的确是这样想的。

晓驰觉得有些歉疚，好像这冷场是他一个人的过错，所以他现在百般难受。他努力想找点儿话题，就说北京的天气比南方凉爽一些之类的话。白一鸣敷衍地"嗯"了一句。晓驰觉得自己没话找话，说出来的话又不得体，仿佛只是废话。他忽然十分瞧不起自己，就说："你们坐，我先出去有点儿事。"没有想到，白一鸣这时候站起身冷冷地说："不必客气，我该走了。"无论是晓驰还是苏以莞都能够明显感觉到，他语气里的冷漠和火焰。

苏以莞心里很不是滋味，她示意晓驰留下来，然后开门送白一鸣出去。晓驰本想礼节性地和他说一句"再见"，但见他冰冷如霜，头也不回地大踏步走了出去。晓驰心里莫名地很难受，他觉得白一鸣根本配不上天使般纯洁的苏以莞，他只是一个粗鲁无礼、傲慢善妒的家伙。

苏以莞送白一鸣下了楼，街道上的行人熙熙攘攘。她知道他带着满腔的怒火，她自己也为他这个样子而难过。

"你刚才很失态！咱们到前面谈谈吧。"苏以莞忍不住说。

他们各怀心事走到旁边一个冷清的角落。白一鸣忽然停下脚步，转身两手抓住苏以莞的肩头，他的眼神因为妒火的燃烧而有些发红。"告诉我，为什么这样的事情不提前和我说一下，你知道我心里是什么滋味吗？"

"他是我表弟，一个可怜的孩子，十几岁就为了找寻我的姑姑、他的母亲而流浪在外。你堂堂一个大老板、董事长，怎么可以这样对待一个可怜的人！你的心胸太狭隘了！"苏以莞朝着他叫嚷道。

"你让我如何对待他？我真想现在就把他从你的宿舍赶出去，然后狠狠地揍他一顿，让他从这个城市里消失！当你打开门，我第一眼看见他的时候，我就想冲上去打他一顿！"白一鸣咬牙切齿地说道。

"你简直就是个疯子！他是我表弟，不是别人，我不敢奢求你帮助他，只求你千万不要伤害他……"苏以莞气得眼泪都快出来了，她近乎哀求他。

"以莞，我告诉你，我不想任何男人靠近你，就连哪个男人多看你一眼，我都觉得心里难受万分，我都想撕碎他！你是属于我一个人的，我会永远保护你，永远疼爱你……"白一鸣疯了似的摇晃着她的双肩，然后一把将她紧紧地搂在怀里，仿佛失而复得的宝贝一样。任凭她瘦弱的身体如何挣扎，他也不愿意放开。

苏以莞痛苦不堪，慌乱之际咬了他的下巴。他"啊"的一声用手捂住下巴，总算放开了她的身体。他冲动地陷入了一种混沌的状态。直到这时候，她才意识到眼前的这个男人有多么可怕，她从来没有听说过或者见过一个男人是这样爱一个女人的。这根本就不是爱！这种生病的、扭曲的、变态的爱，快要令她崩溃了。

"我们之间彻底不可能了，你就是一个疯子！我宁可孤独终老，也不可能嫁给你这样一个人。"苏以莞擦着眼泪恨恨地说。

"都是你那个该死的表弟，本来我们俩好好的，我希望他尽快从这个城市消失！"白一鸣的眼神里露出了从未有过的凶恶。

苏以莞哭得更厉害了。她哀求他说："求求你放过我，放过晓驰，求你千万不要伤害他。如果你对他造成任何的伤害，我将永远都不会原谅你！"

这些话，彻底将白一鸣最后的理智摧毁，他痛苦地叫道："你为了维护这个晓驰，竟然求我！你竟然为了他求我！这究竟是为什么？"他失控地抓起她的脖子，就像老鹰抓小鸡一样轻而易举地把她挤在墙角上。她感觉自己马上就要窒息了，她发出呜呜咽咽的声音，他这才放手。她不停地咳嗽，她刚才真的差点儿被他掐死了。这个阴魂不散的男人，那一刻她恨透了他。

"我恨你，我永远都不会爱上你这个恶魔。"他刚刚稍微平息的火焰再次被激起，他以闪电一般的速度，狠狠打了她一个响亮的耳光。她感觉脸上火辣辣地疼。她没有哭，眼睛喷火地盯着他的眼睛，一字一句地说："白一鸣，我们彻底结束了！"说完转身就要离开。

白一鸣就像如梦方醒一般，忽然扑通一声跪在她面前声泪俱下地说："对不起，我不该对你动手，我错了。如果你离开我，我一定会活不下去。"说完，他狠狠打了自己两个耳光。他继续说："以莞，请你一定不要离开我，我不能没有你。"

这时候，有几个行人远远地驻足观看。

苏以莞失魂落魄地说了一句："你起来吧。"

白一鸣脸上挂着泪水说："你不原谅我，我不会起来。我真的不是故意的，我很后悔，那会儿我根本控制不住自己的情绪。"

苏以莞冷冷地、违心地说："你起来吧，我原谅你了。"

白一鸣从地上站起来，双膝都是浮土。他眼睛红红的，看起来非常狼狈。苏以莞就像经历了一场巨大的灾难一样，头发凌乱，眼睛也是红肿的。

"你走吧。"她冷冷地说，眼睛像是要喷射出来一团火。

白一鸣神情恍惚地驾驶车辆离开之后，苏以莞拖着无比沉重的脚步回到宿舍。晓驰看见她神情呆滞、头发凌乱的样子心疼不已，他扶她躺在沙发上。她无声地哭泣着。晓驰说："你想哭就哭出来吧！"她不再掩饰，痛痛快快地哭了一场。

她终于可以把积压心底这几年来的心事说给一个人听了，她把几年来如何认识白一鸣，如何遭遇他的纠缠不休，他如何以死相威胁，包括今天他是如何狭隘、冲动地醋性大发对她又掐又打，都毫不保留地讲给了晓驰。晓驰心疼至极，他不知道该如何安慰她这颗惶恐而受伤的心。末了，她告诉晓驰说："这个地方我一天也不能再待下去了，我想要尽快离开这里，否则继续和他纠缠不清，我迟早会悲伤而死。"

晓驰说："我听你的，我能够帮你做些什么，我一天也不希望你再遭受折磨。"

"我们收拾一下，连夜离开这里。"

"我们的工作呢？"晓驰问。

"工作我们都暂且不要了，以后换个城市再找，我必须得尽快离开了，白一鸣说不准明天就会来找我。"苏以莞神色紧张地说。她现在对白一鸣真的是怕极了，现在一想到他冲动起来发红的凶恶的眼睛，她都觉得毛骨悚然。

　　"我们去哪里?"晓驰一边匆忙收拾着行李，一边问苏以莞。

　　"也没有更好的去处，我疯子娘一个人在老家，咱们暂且回去住下来，过些日子我想重新换一个城市工作。"

　　"我陪你。"晓驰坚定地说。他们分别把重要的东西，整理成两个大的行李箱，搭上出租车到了火车站。恰好还有去泉河关庙的大巴车。

　　等坐上大巴车的时候，苏以莞才算长出了一口气。她暗想，终于逃出了白一鸣的"魔掌"。虽然这已是第二次逃跑，但她感觉这也是最后一次。她的心情不自觉地就轻松了起来，这种没有压抑，没有悲伤的感觉真好。

　　因为是夜班车，大巴车上一半的座位都是空着的。尽管如此，晓驰还是和苏以莞坐在了紧挨着的座位上，他们比任何一个时期都感到亲切。

　　苏以莞放下心事后，不一会儿工夫就睡着了，她的头斜靠在晓驰的肩头，发出均匀的呼吸声。晓驰轻柔地把她的头和半个身子放在自己腿上，他看着熟睡的苏以莞，她乌黑的长发散落在他腿上，白皙娇嫩的脸颊弹指可破。他禁不住用手轻抚了一下她美丽的面庞，随后他又被自己的举止吓得不轻。他忽然意识到当白一鸣说是她男朋友的时候，他为什么胸口像针扎似的疼痛。他为自己有这样的想法而羞愧至极!她从小就呵护他，到现在还是像母亲一样地呵护他。他从小到大一直都尊敬她，甚至流浪在南方的岁月，都是一半靠着找寻母亲的信念，一半是靠着对她的想念，才有活下去的动力。

　　可是现在，他悲哀地发现他竟然爱上了她!是的，是悲哀的。他觉得这是对她的一种亵渎，所以这是令他感觉羞愧难当的地方。眼下，她正像受了伤的鸟儿一般需要抚慰和温暖，而自己却在这个时候情不自禁地爱上她，这一切是多么不合时宜。他暗自用手指掐着自己，提醒自己，不能再对她存有爱情的心思。

第二十七章　爱与痛的边缘

　　刚刚立秋，关庙镇就有了秋的味道。天空像被洗过了一样湛蓝，一些云朵温柔地飘浮着，犹如美玉一般温润细腻，棉花般软和，更有初雪一样的纯净。蝉音从浓郁的枝叶间漏出来，嘹亮中似乎平添了一丝凄美。几片树叶飘落，叶脉微黄，落在那些数不尽的荒草或者花朵上，映衬出一些时节交错的气息。

　　"你咋这时候回来了？"疯子娘见到苏以莞第一句话就问道。

　　"放假了。"苏以莞善意地撒谎道，她不想让疯子娘担心。

　　"那晓驰咋回来了？晓驰不是在南方要饭吗？"饭后，疯子娘又疑惑地追问。苏以莞就跟她说，他们刚刚联系上不久，以后晓驰就不用要饭了，过段时间去外地找个工作。

　　"上次来看我的那个北京小伙子，你对象，叫啥我也忘了，他咋没有回来？"疯子娘又问，苏以莞佯装刚想起来说："噢，他忙着呢，现在回不来。"疯子娘总算不再问了，她也长出了一口气。

　　苏以莞和晓驰暂时在这里住了下来。疯子娘睡在堂屋西里间，苏以莞睡堂屋东里间，晓驰睡西厢房。疯子娘平日不怎么去人群，除了逢集的时候去集上凑凑热闹，通常都是她一个人孤独地在院子里坐着。现在苏以莞回来了，她一天到晚都笑得合不拢嘴，她孤独了太久。

　　苏以莞刚到家的那天晚上，他们三人围坐在一起，亲热地说着话。疯子娘讲位寺村里新近发生的一些事情，说着说着又说到了以前她已经听过几遍的那些过去的事情。讲到集上的某某人东西卖得贵，某某人东西卖得便宜，以及村里的男男女女、各种庄稼、鸡鸭猪狗。晓驰讲在南方遇到的一些奇葩的怪事，苏以莞就讲在大城市经历的一些世面，疯子娘听得津津有味。他们说得口干舌燥，倒上几碗水喝了，继续说。直到感觉公鸡第一遍打鸣的时候，他们才去睡觉。

疯子娘已经老得步履蹒跚，头发全白，背也驼了下来。只是她还像以前一样，乐呵呵地傻笑着，忙忙碌碌地帮着苏以莞和晓驰一起做饭，打扫院子，去田地里走一走。倘若不是这特殊情况，苏以莞哪儿能够陪伴她在家里待上一段时间？

位寺村熟悉的小路、胡同、河流以及人们和那逢集的热闹场面，都让苏以莞有着充分的安全感。每日里无忧无虑的，让苏以莞暂时忘记了白一鸣，忘记了那痛心蚀骨的滋味。她仿佛获得了重生，获得了精神与灵魂的解放！

晓驰以前对位寺村有一种强烈的憎恶，这源于他的出生和成长都蒙受太多的曲折。这些日子，他觉得这个村子的一切都是那么可爱，淳朴。而从前他却发誓永生再也不会踏进这里半步。苏以莞给他讲感恩，讲宽容，并且尝试劝说他去看看秀英。他想起灰暗的童年，起初流着泪不愿意去。到了晚上他想通了，决定去看看秀英。

秀英打开大门看到一张陌生的面孔，她抬起惺忪的眼皮问道："你是谁啊？"她的声音已苍老得微微发颤，里面透出一丝苍凉。

"我是晓驰啊。"

她皱纹堆积的脸上露出惊诧："晓驰？你咋回来了？一点儿模样都找不着了，你走的时候还是个半大孩子。"

"是啊，您也变了模样。"

秀英热情地让他进了堂屋，倒了一碗白开水给他喝。

晓驰坐下来，看着眼前熟悉而又陌生的一切，百感交集。这时候，秀英从抽屉里拿出一个精美的影集，一张张翻开给他看。她一边翻着影集的图片，一边做着详细的解说。她翻着那些杨阳还有杨晓燕的光鲜照人的图片，不停地注解着，这张是在哪儿，那张是在哪儿。这张是在陵城民俗村，那张是在世界之窗……她不断地夸赞着他们的胆识和成就，她的口气和神态里都充满了不经意的骄傲和

213

炫耀的快意。晓驰只是默默地看着，默默地听着，没有发问一句。

"你不高兴啊?"秀英收住笑容，问道。她发现她兴高采烈地讲述了半天，好像对牛弹琴，这让她觉得与自己的预期不符。

"哦，我没有不高兴，我在看着，听着。"晓驰如实说。他不问话，不接话，只是因为他觉得他们的人生与自己的人生，完全都不在一个层面上，相差太远，根本不知道从哪儿问起，从哪儿插嘴。秀英却不这么认为，她觉得晓驰故意不接话茬。她还是像从前一样狭隘，眼睛里看不到别人的难处和疾苦。

"你爹还在监狱里，你想不想他啊?"秀英打开话匣子，想到哪儿说到哪儿。她已经好多天没有找到一个能够坐下来，认真听她说话的人了，平时村民们都知道她难以相处，谁愿意跟她在一起说话呢? 她现在是完全自由的一个人，不再受任何人的奴役，她觉得在自己整个的一生中，唯有这个时期才是最自由的，平静的。直到现在她才是主宰自己命运的主人。

虽然秀英已是古稀之年。但她的盛气凌人并没有因此改变多少，这是晓驰内心对她的深刻评价，这也是他最后一次看望她。此后，他再也没有踏进过这个院子。

"我问你话呢，你爹杨万山还在监狱里，你就不想去看看他吗?"秀英诧异地又一次问道。

"我不想。"晓驰干脆地答道，并带着一脸的灰暗和忧伤。

"我只想去找俺娘苏然，我一定会找到她的。"

"你还在找那个女人吗?"秀英哈哈地发出来几声凄惨的笑声，听起来让人觉得浑身难受，甚至有种毛骨悚然之感。她接着又说，"她比我好命啊，虽然早早地被打发走了，可是你爹杨万山却记挂了她一辈子，一辈子啊! 我是啥呢? 整天伺候着他吃，伺候着他穿，他对我非打即骂，从来没有拿我当个人看。特别是你娘被他房进地下暗室之后，他的魂啊，就被你娘勾走了。你娘没有办法，在地下暗室里生下了你，我被他指使着照顾你们母子。我那个心痛啊，每天都是生不如死。你娘走后，他再也没有正眼看过我，我还得忍气吞声，养活你这个情敌的儿子。活该! 他现在被判刑十五年，他最

214

好死在监狱不要出来。就是出来了，我也不会和他过一天日子，我要和他分家，再也不能伺候他吃，伺候他喝了。那时候，你才几岁，还记得村里人都骂你啥话吗？骂你孽障、野种，哈哈……其实，你还不就是个孽障，不就是个野种……找你娘，找去吧，说不定那女人早就死了，哈哈……"

晓驰的脸色由红润变为铁青色，他鄙夷地望着秀英说："你都变成一个老太婆了，心性还是如此丑恶、如此刻薄。你好自为之吧！"他站起身，头也不回地走了。他身上散发出不符合他身份的高贵修养。

秀英看着他消失在茫茫夜色中的身影，嘴里还不停地重复着，孽障、野种。她的逆来顺受与她的趾高气扬一样，令人无法生出同情心。直到现在，她心头的恶念仍没有减少一点儿，这更证实了人们对她的看法：她是一个可怜又可恨的女人。

晓驰回去时候，院子里的灯泡还亮着。

疯子娘已经睡了，苏以莞还在堂屋里等他。晓驰的眼神中透出来一种旧时的孤独和迷茫。

"见到秀英了吗？"苏以莞关切地问。

"见到了，她除了老了以外，其他都没有什么变化。"晓驰叹了一口气说。苏以莞瞬间明白了他口中的"没有变化"是什么意思。

"不管怎样，你去看她了，你安心了，这比什么都好。"苏以莞若有所思地说。

晓驰点点头。他关掉院子里的灯泡，月色很白很亮，温柔地照射在堂屋的门口，照射在他们的身上。这种相对，使得他们陷入奇怪的沉默氛围。他看到她娇嫩的面颊在月光下散发出美妙绝伦的画面感，女性的细腻柔美、清雅纯洁倘若出自天性，不求韵味而韵味自现，才是真正的动人。晓驰虽对女性之美尚少识见，但他觉得女性的细腻，在她身上已达于极点。他几乎要陶醉了。

她打破沉默说："时间不早了，去睡吧。"蓦地，他一把抓住她的纤手痴迷地亲吻起来。她吓坏了，猛地缩回了手。她羞怯、惊愕地望着他，还没有等她开口，他就含情脉脉地望着她，语无伦次地说："我，我喜欢你。"她惊得冷汗直流，牙齿咯咯打战。她气恼得整个面颊通红："晓驰，你疯了！我一直把你当孩子，你是我姑姑苏然的儿子，是我血脉相连的弟弟！"

"可是，在这个世界上，只有你给我温暖，我一直都很想念你。"晓驰动容地说。

"你走！"她低声道。

"这绝不可以！你若是真的为我好，就应该死了这个心。你知道的，我因为白一鸣的追求，受尽了痛苦和折磨，你难道忍心看着我继续痛苦、难过吗？"苏以莞气得有点儿喘不过气来。

晓驰羞愧万分地说："对不起！看见你难过，我心如刀绞。"

苏以莞平静了一会儿说："你死了这个心就好。"

又沉默地僵持了一会儿，他们才各自回屋去睡了。

第二天在饭桌上，他们仿佛隔着许多屏障似的，一刻也不敢对视。他偷眼看她，发现她比昨天、比记忆中更憔悴，也更忧伤。苏以莞躲着他，竭力避免两人单独相处的机会，她尽量不与疯子娘分开。她刚刚过上几天无忧无虑的日子，就又碰上这种尴尬得要命的事儿。这个苦命的、可怜的孩子，她一直都把他当成孩子。可现在他为什么要说那样的疯话？为什么要破坏这美好的亲情？她眼神中又重新涌现出无边的哀伤和忧郁。

善良的苏以莞既害怕伤害到晓驰，又绝不能给他一丝希望，这令她十分压抑和难过。

晓驰自制了渔具，去河边钓鱼，这样子他们就可以一整个上午，或者一整个下午都不碰面。看到苏以莞因为他的那些话而郁郁寡欢，他懊悔得要命，恨不得打上自己一顿才好。他天生孤独内向，郁郁寡欢，喜欢沉浸在自己的世界里，是她赋予他截然相反的性格：勇敢刚毅，充满活力，无拘无束，豪爽宽容。是她教会他心怀悲悯和善待生命，最终将他由内到外塑造成一个意志坚定、极富涵养的男人。他的内心是十分尊敬她的。

他坐在河边钓鱼，出神地望着清澈的带着杂草的河水，独自歉疚。他想起过去流浪在南方的街头，他没有一刻不想她。在那些阴

216

暗的住着无数老鼠的隧道里，在人声鼎沸、灯火辉煌的广场里，找寻她的影子。在火车轰鸣、雷电同行的夜晚，在泪水枯竭、辗转反侧的夜晚，随时随地与她在梦里相遇。在凄凉无助、病魔肆虐的角落里，在匍匐在地小心捏起每一次嗟来之食的迷茫里，他企图以自己的死亡来消灭她的影子。直到他终于找到了她，并且体会到与她朝夕相处的快乐。就在前几天，他翻看的一本书里，赫然写着"我和自己的表姐结婚了，过着相濡以沫的生活"这句话、这样的句子，彻底勾起了他隐藏的喜悦。他不必再日夜焦虑自己的爱情是一种罪过，不必再忧心如焚谴责自己是个下作的小人。可是，现在他悔恨不已！他不该说出来那些疯话，惹得她伤心难过。现在每每看到她忧郁的眼神，他就心如刀割。

尽管他在钓鱼的时候失魂落魄、心不在焉，但是他仍然用幼时积累的钓鱼技术——在河边的砖头下面找出来许多鲜活的蚯蚓，当作鱼饵，收获了大半桶的鲫鱼、鲤鱼、白鲢鱼、泥鳅等。他像一个大获全胜的将军，鸣金收兵，将所有的战果带走。这大大调整了他的心情。

看着晓驰提了大半桶肥硕的鱼儿回来，疯子娘和苏以莞兴高采烈地围过来。

"呀！钓到这么多鱼，你还会这技术。"苏以莞惊讶道。

晓驰微笑着说："明天还去。"他们默契而欢快地讨论着，鱼收拾干净后怎么个做法。经过此事，他们之间总算又回到了放松的相处模式。

他们重新获得了和睦而温馨的亲情，但晓驰却再也做不到像以前一样，他依然会用灼热的眼神久久地盯着她看，依然会情不自禁地想要多一些时间与她相处。可是一想到自己失控的心醉神迷，将会为她带来数不尽的忧愁，他就立时觉得爱情的火苗消失殆尽。这种感觉令他备受折磨，他暗自下决心要给这种隐忍的折磨，做出一个残酷的了断。

一次吃饭的时候，他们商量着过几天就要离开位寺村，要出去找工作。苏以莞说："咱们可以在离家乡近一点儿的城市工作，我再也不要去北京了。"晓驰空洞的目光望向远处，他神色悲怆道："抱歉！我不能再和你去同一个地方，我要选择另外的城市好好工作，空闲时间去找我的母亲。"

苏以莞疑惑不解地问："这是为什么？"晓驰深深地望着她，与她四目相对。她纯真的眼神还是如泉水一般干净、美丽。他刻意地移开自己的视线，伤感地说："没有什么，我只希望你永远快乐、幸福。

苏以莞欣慰地说："你能够乐观、坚强地面对一切，我也就放心了。无论在什么地方，我们都过得平安、快乐就好。"

她没有看到，她也无法看到，此刻晓驰的心，在离别的悲怆里发出无声的恸哭……

第二十八章　惶惶不可终日

那天傍晚时分，太阳已经落下去，红灿灿的晚霞还挂在遥远的天际边。位寺村的上百户人家的烟囱里，开始向外冒着袅袅炊烟。一小部分泥巴和芦苇、泥巴和麦秸盖成的屋子，沿着很多窄细的胡同排开，一大部分青砖或者红砖的瓦房、平房显赫地穿插在其间，格外耀眼。静静的河流清澈见底，河床里蛤蜊、河蚌、卵石洁白光滑，宛如史前伊始。

一辆黑色宾利越野车驶进了村落，接着那司机又下车向路边闲聊的人们让烟、问好，然后问及苏以莞家在什么地方。有几个老人站起身，热情地用手比画着，在第几个路口的第几家。他道谢后，驾车驶向人们所指的具体位置。这时候人群中忽然有人说："我想起来了，这个人的口音和长相和上次来的那个外地人一模一样，这是苏以莞的对象。"

"对，对，是这个人！"人群中有人附和着说。

没错，此人正是白一鸣。由于宾利越野车体积庞大，根本无法驶进细窄的胡同，他只能把它停在胡同前面一个空旷的地方。他心事重重地来到苏以莞家的大门前，几次欲叩响大门，又几次彷徨地垂下手臂。他渴望立时见到她！又害怕打开大门，迎接他的是失望而归。他无法确定这一切，就像无法确定他和她之间现在到底还有没有可能一样。

自那天晚上他们争吵、折磨分别后，他再也没有看见过苏以莞。那天他失魂落魄地回到家里后，非常后悔自己竟然动手打了她，这是他自己都不敢相信的事情。他是那么地在意她，爱惜她，怎么就

219

忽然冲动得控制不住自己？他悔恨得泪水如注。晚上母亲去他的房间喊他起来吃饭，他躺在床上呜咽着胡乱说着："……以莞，对不起，对不起……"

他母亲又心疼又恼火地说："又是那个苏以莞，她又折磨你了吧。我早说过这个女人不适合你，你怎么偏偏就不听我的话呢。天下的好女人多的是，你什么样的女人找不到，为什么偏偏要在这一棵树上吊死？我可怜的孩子，妈妈看见你现在这个样子，心里是什么滋味儿啊。"

白一鸣坐起身来，双眼红肿，头发凌乱，看起来憔悴不堪。他焦躁地说："妈，你不用管我的事儿，我自己会处理好。我爱她，我只爱她一个人。我不该对她动手，我让她伤心了！"

"唉！"他母亲长叹了一口气，一副无可奈何的样子。他不忍心看着母亲难过，象征性地吃了点儿饭菜。那天晚上他做了一个梦：他梦见苏以莞浅笑着向他走来，他欣喜地喊着她的名字，她却好像听不见一样，很快不见了踪影。他努力想呼唤她，却怎么也喊不出声。他跑遍所有熟悉的地方，找寻她的身影，却发现眼前都是空旷的沼泽地，他深陷其中最后连呼吸都很困难。他惊醒了！他掐了自己一下，幸好刚才只是一个梦。这时候他才注意到他的身体还有整个头部，全被柔软的锦缎被子蒙住了。

早上，白一鸣匆忙地梳洗之后，就打电话给苏以莞。然而，电话里却始终传来——您拨打的电话已关机。他准备好了很多自责的话，还有真实愧疚的心，他想即刻见到她，他想她想得发疯。或许这种浓烈的思念，源于他对她伤害过后的一种强烈的危机感。他顾不得那么多了，他火速地开车赶往苏以莞的住处。他急促的敲门声，引得房东的到来。

房东是一个肥胖的年老妇女，她满眼惺忪，不耐烦地说："别敲门了，昨天见她拎着大包小包的东西，走了。"

"啊，她走了？"他惊诧至极，接着又问，"您知道她去了哪儿吗？"

"我哪儿能知道？人家又不说。对了，他们是两个人一起走的，还有一个皮肤有点儿黑的男人。"房东知无不言。

白一鸣对房东道谢后，匆匆离开这里。但他移动脚步的瞬间，由于精神恍惚却差点儿摔倒。他软绵绵地坐在驾驶座上，就连握着方向盘的双手，都觉得无缚鸡之力。他需要冷静一会儿，他快要崩溃了！

苏以莞又一次不辞而别，又一次仓皇逃跑。她怎么可以这样做？怎么可以如此决绝？怎么可以置他尊贵的身份、显赫的社会地位、宝贵的尊严于不顾？他又伤心又痛恨！他想不明白这到底是为什么，一份想要的感情，怎么就如此难得！她走了，带着那个令他情绪一再失控的男人走了。他一想到她和那个人一起吃饭、说话，甚至欢笑，他的心就嫉妒得生疼。她会去哪儿？换一座城市？或者暂时回到家乡？都有可能，去找她吧！无论如何都要把她找回来，无论在哪里都要把她找回来！

他思绪混沌，痛苦不堪，使劲捶打着面前的方向盘。忽然，他又露出一丝轻蔑的微笑。他决定蔑视自己这份卑贱的爱情，蔑视苏以莞。她的淳朴善良、她的天真烂漫、她的简单无邪、她的高傲矜持，在这一刻都是丑恶的，讨厌的。她使他受尽了爱的折磨和痛苦，这都是她一再傲慢的拒绝所致！他发誓，要忘掉她，蔑视她，从即刻起。

他整理了思绪，试图对苏以莞采取蔑视的态度，不再胡思乱想。为了转移注意力，他开车去了公司。在会议室召集全体职员开会、谈规划、扩大经营范围。中午他约了几个朋友吃饭，他神色忧郁，始终有些放不开。朋友们小心翼翼地陪他说话，却没有人敢问他为什么脸色不太好。他和他们说着一些不着边际的话，譬如这天气比较适合出行，最近传统中医养生馆比较盛行等。他只小酌了几杯就醉得人事不省，有两个朋友把他扶出酒店，一人架着一条胳膊，才费力地把他送回家里。他嘴里只是含糊不清地说了几句："我没事儿。"他的母亲看他醉酒，知道他还是为苏以莞烦忧，心里暗自难过。她给他连续喂了两杯水，稍微缓解一些醉意，才让他暂时在沙发上睡下。

白一鸣醒来的时候，已是灯火辉煌的晚上。苏以莞的影子左右右右地浮现在他眼前，无法驱除。他的母亲说："上次我给你提过的，那个局长的女儿，相貌、学历、工作都很优秀，这两天我就安排你们见个面吧！你不能再这样折磨下去了。"出乎她的意料，他回答得很干脆："可以。"她欣喜若狂："后天中午吧，后天刚好是星期日，我邀请她来咱们家做客。"

　　"都可以。"他简单干脆。

　　"哎哟，我的儿子，你终于开窍了，走出来了。"她激动得差点儿流出眼泪。

　　结果到了第二天，白一鸣就改变了主意。他的母亲气得不知道该说什么才好："我刚给人家打过电话说好，你这边又改变主意了，你到底心里是怎么想的啊？"

　　白一鸣冲母亲摆了摆手："妈，我的事情不用你操心，你什么也别管。"看着儿子一副萎靡不振的样子，她也只得无可奈何地叹了一口气。

　　半个多月后，白一鸣再也无法忍受伪装的漠然，终于病倒了。他茶饭不思，夜不成寐，去医院检查，结果什么病都没有。只有他母亲知道他的症结在哪里。她流淌着眼泪，违心地给儿子说："你去把那个姑娘找回来吧！否则你的相思病没有人能够治得好。"他亦知道，他所有的自欺欺人都是没有用处的。他决定长途跋涉开车去苏以莞的家乡找寻，其实，他也无法确定她是否在那里。但那个他曾经去过的地方，是最有希望的，也是唯一寻找她的途径。

　　现在，当白一鸣站在苏以莞家大门口的时候，他却迟疑、犹豫，甚至患得患失。这些其实根本不符合他以往的做事风格，他太害怕失去她了。他终于叩响了那扇大门，坚定地，毋庸置疑地叩响了几遍。

　　打开大门的正是苏以莞！虽然白一鸣比记忆中更瘦削，更憔悴，但是她还是能够一眼就认出他。她就像看到了一个可怕的幽灵一样，瞠目结舌，连连后退。

　　"你，你怎么来了？"她声音里藏着掩饰不住的颤抖和惶恐。

白一鸣双目含情地望着她的眼睛，不顾旁边晓驰和疯子娘的惊讶表情，深情款款地对她说："我，一直在想你。"

她羞怯至极，惶恐至极，迅速地转身跑回堂屋里。他紧追在她身后，也毫不怯生地在堂屋的板凳上坐下来。

见此情景，晓驰说："请你不要再吓到以莞，不要再打扰她。"

白一鸣不接他的话，目不转睛地望着苏以莞说："无论怎样，我都不能再失去你，我知道，上次我让你伤心了。我郑重地向你道歉，对不起！我说过的要用这一生去好好保护你，可是我却伤了你的心。"

苏以莞不说话，眼泪噗噗下落。她哭，是因为这难以逾越的纠缠，这无边无际的灰暗。

白一鸣又转身对晓驰说："对不起，我也向你道歉！我是因为太爱她，才会心生醋意，请你理解。另外，我这次来也特意想邀请你去我公司做管理人员，或者我能够提供给你的帮助和服务，我都会尽心尽力。"这样的道歉，他在先前是无论如何都无法做到的，因为他是一个自信到自负的人。

晓驰面无表情，胸膛挺立，冷冷地回答："我不需要你的施舍。我固然微不足道，但我并不低三下四。"他眼睛里闪烁着怒火，继续说："我本来就已打算好这两天去附近的城市。我只有一个心愿，希望她能够生活得快乐。请你想一想，她与你在一起的时候，是否真的快乐。另外，我不希望任何人勉强她。"

白一鸣显然怔住了。

"我虽然很渺小，但是我有自己做人的底线与准则。"晓驰继续说道。

听他说了这么一通话，白一鸣脸色发红，浑身有着不易察觉的战栗。

"哦，我这次来的目的，就是希望以莞能够给我一次机会，我要把她带回北京。你就放心吧！我一定会好好对待她的。"

"好吧！怎么选择是她自己的事情，我明天上午就离开这里了。"晓驰淡淡地说，好像这一切都不再和他有任何关系一样。

223

三人之间，陷入了片刻的沉默。疯子娘热情地做好了饭菜，招呼他们围坐在一起吃饭，这样气氛才算稍微缓和了一些。那天晚上，苏以莞把自己的床铺让给了白一鸣，她和疯子娘睡在一起。那一夜，她彻夜未眠，白一鸣的到来，使得她的神经绷得紧紧的。哪怕怎样劝说自己，她都无法放松下来。她翻来覆去，冥思苦想了一夜，也没有想到什么好的办法。

　　次日上午，晓驰收拾好行囊准备去省城了。白一鸣熟练地启动宾利轿车，诚意想要送他到县城，他却决然不肯接受这好意。他神情淡然地向他们一一辞别。

　　苏以莞感觉一肚子的话，此刻却连半句都说不出来。她还是心疼这个弟弟，不放心他。窘促之中，她抓起他的双手，紧紧握着。

　　晓驰吓了一跳，随即说："不用担心我，我会在那里尽快找到工作，好好活着。"

　　一旁的白一鸣禁不住闭上眼睛，不忍直视。他干脆回屋去了，心里难受得想要把自己的手指头扭断。

　　"唉！到了那里给我打个电话，保持联络吧。"苏以莞终于说出话来，然后含泪松开晓驰温暖的手掌。

　　"嗯，嗯。"晓驰苦笑了一下，然后大踏步，头也不回地远去……

　　晓驰的离开，使得白一鸣的情绪有些掩饰不住的喜悦。他不自觉地变得话题多了起来，不停地没话找话地说一些事情，这让苏以莞很是反感。

　　"我们什么时候启程回北京？"他终于说到了一直想说的话题上。她沉默片刻说："我不想和你回北京，我真的害怕。从你进入大门的那一刻起，我的神经都绷得紧紧的，怎么都松弛不下来。你走吧！"

　　"我有那么可怕吗？你一天不跟我走，我就一直在这里陪着你。求你不要再想办法逃走，就算你逃到天涯海角我也会去把你找回来。"他执拗地说。

　　她气得有些喘不过气来，绝望地说："我过两天就跟你走，可是我感觉我已经患上抑郁症了，若不是还有精神期盼，我现在只求一死！"

"别说傻话，我们会幸福的。"白一鸣没有注意到她的绝望，只注意到她动摇了离开他的决心。他接着说，"我们订婚吧！然后尽快结婚。我想等我们真的在一起了，你就不会像现在这样抵触我了。"

苏以莞沉默着，不说一句话。他又继续说："等回到北京，我就带你去咱们的一栋别墅看看，我准备把那儿当成咱们的婚房，你去看看，那装饰风格我都是根据你的喜好设计而成的。院子里有山有水，更有诗情画意……"

她不置可否地回答着："都可以。"她知道，只要跟他一起回到北京，她再也没有挣扎的力量了。其余的一切对于她来说，都没有了意义，因为这几年来她最想实现的目标，是离开这个令她痛不欲生的人。

因为白一鸣出现在这个院子里，她对这里原来的亲切感荡然无存。如果这就是命运，她觉得她再也无能为力改变这悲惨的命运。她心里像重新被装满了石头、砖块，以及许多坚硬无比的东西，沉重、压抑得不知所措。她总在这样最绝望的时刻，想起来那一束微光，她的大英雄南晋风，以此来支撑她活下去的勇气和希望。

那天早上他们要启程回北京了，白一鸣强烈建议带上疯子娘一起去北京的别墅居住，他还告诉疯子娘他们回去就要订婚，择日就结婚。大家住在一起方便照顾。

疯子娘一辈子没有离开过这个镇子，晚年更不想离开这个村子，她早已和这里的每一条河流，每一条胡同都建立了至死不渝的感情。无论白一鸣怎么劝说，她都以无可动摇的决心拒绝了他。疯子娘告诉他，只要闺女过得开心快乐，她在哪儿都一样。

苏以莞禁不住将头转向一旁，泪水潸然。

一回到北京，白一鸣直接将苏以莞安置到中凯王府小区的别墅里。这里是北京最好的黄金地段，小区大门设计得非常威武和大气，几米高宽大的古铜色大门，两侧高耸的白玉大理石柱子，给人一种气势磅礴之感。跨过大门，迎面就看到一个圆形造型的彩色系喷泉，包围在喷泉里面的绿化带的苍松翠柏，更是美不胜收。在绿意盎然

225

簇拥的中央建有一个古典的小亭子，亭子上面有长方形的古典书案，上面有古竹简，有雅致的笔墨筒，里面放着大大小小的毛笔。照着一把椅子的中央摆放着一台古筝，旁边还放着一架古色古香的古琴。让热爱传统文化的高雅之士禁不住想坐在那里弹上一曲，或者泼墨挥毫一番。这些精致一旦入眼，让人即刻有顿忘俗世之感。

随后一个星期里，白一鸣以惊人的速度，成功操办了他们盛大的订婚仪式。当他所有的亲朋好友举杯向他们道贺之际，苏以莞恍如惊梦，她已经变成亲朋宾客们口中的白家人了。而白一鸣婚礼的预定时间，就在下个月的国庆节，这更是紧促得让她来不及思索和喘息。就在刚刚的订婚仪式上，白一鸣已经难掩兴奋地向大家公布了婚礼的时间。

其实，从那天一路长途跋涉开车回到北京，白一鸣都没有休息过一天。

人的精气神果然是由心情而决定的。连同订婚礼服、订婚首饰、订婚宴席等等的策划和定制，都是他本人亲力亲为，从一些细节上来说，他是一个追求完美的人。这场订婚仪式他期待得太久了，渴望得太久了，他以充沛的精力和无穷的活力穿梭于这些烦琐的事物之间，他的脸上没有透露出一丝疲惫，却始终挂满着笑意。

订婚仪式结束的那天晚上，白一鸣将苏以莞送回别墅。然后，他在沙发上坐下来，含情脉脉地望着苏以莞说："下个月国庆节我们就要结婚了，你想要一场中式婚礼或者西式婚礼？"

苏以莞面若冰霜地回答："都可以。"

"你怎么又是这句搪塞的话？你好像一点儿都不开心，你为什么不尝试着接受我？"他的语气里有着一种霸气的斥责。

"我要去卸妆了。"苏以莞说完就朝里面的洗手间走去。

她卸完妆，简单拍了点保湿水。她望着镜子里的自己，忽然就泪如泉涌。她已经不是她自己，她是谁？她稀里糊涂地和这个粗俗讨厌的男人完成了订婚，还要在下个月和这个人结婚。天哪，她不敢想象，越想就越觉得窒息。她一动不动地呆坐了好久，自问怎么会陷入这绝望的境地。她再也无法忍受恐惧和悲伤，她渴望逃走，

226

又渴望永远留在旧时的静寂和孤独中。

这时候，她忽然在镜子里看到白一鸣怔怔地看着她。还没有等她回过神来，他紧紧地抱住了她的身体，疯狂亲吻她的脸颊、嘴唇。她抵死挣扎，却是没有用的。他轻而易举地把她拎到床上，她惊恐地望着他，嘴里发出清晰的悲鸣。

"不要这样！求你别这样！"他不是听话的、富于同情心的小孩，他是出自俗世的猛兽与勇士。任凭她泪水洗面，他心灵的狂野依然如故。她的牙齿咯咯打战，身上的衣服都被他蛮力地撕掉，她意识到自己寸丝不挂，这耻辱感令她浑身战栗，冷汗直流。

"你走！我要喊人了。"她惊恐万分。

他死死摁住她的双臂，以及她发抖的身体，深深望着她的眼睛说："喊人？你真可爱，你是我的妻子，下个月我们就要结婚了。"他狂热的冲动绕过盛年的岬角，就连面对她激烈的反抗也显得富于挑战。这场绝望的挣扎持续到近乎半小时的光景，她精疲力竭地连哀求他的话语都说不出来了。她还是被他强暴了。就此，那个幽暗的、深秋的夜晚，成了她一生如影随形的阴霾。外面响起了雨声，如同悠扬而悲切的古老琴曲。她双手掩面，哭得肝肠寸断，痛彻心扉。她打开窗户，想一死了之，脑海里却不断浮现出疯子娘、南晋风、晓驰……那些亲切的面容。本能的怯懦，让她失去了自杀的勇气。

在那个夜雨如诉的夜晚，在那个黑暗如狱的夜晚，她趁他熟睡之际小心翼翼地走出卧室，准备再一次仓皇出逃，却被他忽然惊醒后拽回。

他怒不可遏地朝她咆哮："你还是想逃跑！你都是我的人了，你还跑！"他面目狰狞，眼神扭曲地死死盯着她。她吓得几乎快要晕倒。他再也无法控制自己隐藏的愤怒，挥起拳头对她就是一顿猛打。她奄奄一息地躺在地上，嘴里一股血腥味，她感觉快要死了。直到这时候，他好像才如梦方醒，扑通一下跪在地上，声泪俱下地恳求她的原谅。他把她凌乱的头发捋在耳后，跪在地上搂着她的身体，不停地说着："对不起，对不起，你为什么要逃跑？为什么？以后不要再逃跑了，好不好？……"

之后的一个星期，白一鸣哪儿都没有去，日夜照顾着她，寸步不离地陪伴着她。

苏以莞像是变成了哑巴，终日忧郁得不说一句话。看着她失魂落魄、悲伤欲绝的样子，白一鸣的心快要碎了。他又开始像以前一样懊悔、自责，甚至自虐。

第二十九章　死　别

　　苏以莞常常睡着睡着就忽然惊醒了，脸上挂着清晰的泪水。白一鸣关心道："你怎么了？做噩梦了？"她惶恐地望着他，就像撞见了鬼一样惊慌尖叫道："是你，就是你，刚才就是你一直拼命地追杀我……"他柔和地说："那只是梦，别多想了。"他偶尔体贴入微，偶尔会忽然失控地指着她狂笑不止："你不是高傲吗？你不是死活都不肯接受我吗？是你让我受尽爱情的折磨，流尽伤心的泪水，为你一再卑微。都是你造成的！你怎么不逃跑了，你逃跑啊！"

　　她吓得大气都不敢出，捂住眼睛不敢看他癫狂凶恶的眼神。她在这种悲伤、惶恐、绝望的围困中度日如年。她终日以泪洗面，在极度哀怆的情绪里身心憔悴。他总是在这样的时刻，表露出不可饶恕的忏悔，以及对她入骨的疼爱。他跪着或者匍匐在她身边，乞求她能够止住忧伤，但是那些话都分明不起作用。他轻吻她脸颊的每一寸光滑肌肤，甚至感觉到她每一个毛孔都渗出对他的厌恶。他吻着她晶莹的泪水，并心甘如饴地把那些咸涩的液体，以无比享受的神情吞咽下去。或许是动了恻隐之心，或许是怕她真的死去。总之，他再也没有强求她行云雨之事。

　　在每一个清晨，她若是睁开眼睛，看见有阳光照进卧室，才能意识到自己并没有忧郁而死，还在顽强地活着。

　　是的，唯有看见阳光，才能使她看见些许的希望。

　　多年以后，她还是因此害怕每一个阴郁的天气以及淅淅沥沥的雨天。她渴望太阳的出现，以此证明她还活着。由于心情过度悲伤压抑和毫无节制地流泪，她的视力变得模糊不清，她陷入了一种失明的恐慌之中。

她又想起了旧时自己因一场大火而眼睛失明，想起大英雄南晋风终日为自己针灸，帮助恢复视力。他当初那么尽心尽力地为自己调理烧伤及视力，一定是希望自己能够安好。而现在，自己这样的状态，绝不是南晋风想要看到的。她忽然就觉得那遥远的光明还在，那遥远的希望还在，她一定要振作精神，活下来。她告诉自己，不要掉眼泪，不能失明。她撰写的那本《古诗词新解》尚未完成一半，那是她将来送给南晋风的最丰厚、最宝贵的感恩献礼。如果还有将来，哦！一定还有将来！

白一鸣像照顾孩子似的照顾她的衣食住行，并且常常阴魂不散地告诉她说："宝贝儿，我们就快要结婚了，你要开心一点儿，别再愁眉苦脸了。"她怔怔地说："我想要出去工作，我想要自由地活着。"他说："现在你这个样子我根本不放心，等你情绪稳定后再谈这个事情。"此后，她陷入一种恼人的绝望，再也不想说一句话。

那天，苏以莞在一本书上看到这样的句子："女人死后要和丈夫合葬是国人的传统。"她立时把书扔下，给疯子娘打了一个电话。她们相互报了安好之后，她踟蹰地问疯子娘："大姑姑今年春天去世后，埋在哪儿了？"

疯子娘惊讶地答道："你咋会忽然想起来这事了？当然是埋葬在她婆家那个村里了，和你大姑父合葬啊。"她惊得半晌说不出话来，单纯无邪的她从来不知道这些世事风俗。

"难道大姑姑不能埋葬在我们家——她的娘家吗？娘家可是她出生的地方。"

疯子娘憨厚地笑她："傻孩子，哪儿有出嫁了的闺女，百年之后埋葬到娘家的道理？这是祖祖辈辈传下来的规矩。"

苏以莞轻描淡写地说："我不懂这些，就是想知道，想问问而已。"挂完电话之后，她陷入一种更深的绝望里。天啊，难道自己和白一鸣结婚后，就算是死了也要和他埋葬在一起吗？不，不！生前不能把控的命运，难道要在死后也是听之任之。不，这太可怕了。哪怕付出生命的代价，她也绝不和这个男人结婚，死，绝不能与之同衾！她焦虑不安，好几次她看见他熟睡中的样子。一念忽起，真想用被子闷住他，让他从此再也没有呼吸。但是那种一闪而过的念头，很快就被她否定了。她真的不忍心，那是一条活生生的命！她被自己生出的谋杀想法，惊出了一身冷汗。她宁愿选择忍受濒临死亡的绝境，也不忍心去伤害他，这不是因为任何的感情，仅仅是因为她纯粹的善良，她可悲的善良，她至死不渝的善良。

这种不人不鬼的日子，苏以莞煎熬了二十多天。直到那天白一鸣接到一个电话，必须到公司签一份合约。他看她还睡着，轻吻了她的额头说："宝贝儿，我很快就会回来。"随后，他反锁了卧室门和防盗门后，匆匆离去。

苏以莞根本没有睡着，她从窗帘侧面确切地看着他的背影消失以后，简单穿好衣服准备逃走，然后却发现卧室的房门被反锁。她所在的位置是二楼，不知道哪儿来的勇气，她猛然打开了窗户，然后蓦地跳进旁边的一个小阁台上。其实窗户与阁台的位置是错位相隔，把握不好的话随时都会失足坠楼，她已经顾不上那么多了，哪怕是死，这次她也要逃出去。她站在小阁台上四处观察，旁边刚好有一个白色的排水管，她爬过去一把抓住排水管，顺着排水管滑了下去。

她拼了命地朝外面跑去，那时节正值九月的天气，雨水泥泞，天上还下着不知疲倦的小雨。由于恐慌过度，她的一只鞋子在雨中跑丢了，她不敢沿着原路找寻，继续拼命朝前方跑去。这一刻，她心里只有一个信念：时间就是生命！如果这次逃跑失败，他很有可能会失手打死自己。

她对他此刻只有无边的恐惧，无边的害怕，已再无任何怜悯之意。她跑到马路的十字路口，拼命挥舞着手臂，请求出租车停下来。因为下雨，出租车少得可怜。她紧紧抱住肩头，就像受惊的兔子一样惊恐地四处观望。

终于，有一辆出租车出现了，红色的字迹显示"空车"。

那辆出租车，在她的拦截之下停了下来。她惊魂未定地坐上车。

司机是一个面善温和的男子，他问道："去哪儿？"

"走，你直接往前面走。"她声音颤抖着说。

司机迷惘地看了看她说："没有目的地吗？"

"赶紧走，先走再说。"她急切地说道。司机按照她说的向前驶去。

"你看起来神志恍惚，你怎么了？"

她的眼泪扑簌簌流下来。

"你说出来，说出来或许我可以帮帮你。"出租车在一个空旷的广场附近停下来。

苏以莞泣不成声，简要地把这段孽缘的来龙去脉讲给了眼前的司机。

司机惊讶地瞪大眼睛说："这种情况，涉及的勉强、威胁、暴力你都可以报警啊。"苏以莞听完连连摆手，不，不。

司机说："你到底怕什么？"她说："我不忍心这么做，我不想他受到伤害。"那司机就像发现新大陆似的打量着她，眼神中露出温和的同情。他又说："我现在带你去妇联办公室吧，去录口供报案，然后有足够的证据，你就可以去法院起诉他，到时候省妇联会帮你发一封公函到法院，写明他所有的罪证，你就完全可能打赢这场官司。"

"打官司，不，不。你不了解他的性格有多冲动，官司还没有打完，可能我就已经死了。还有你，好心的大哥，我也会连累你的。"苏以莞抹着眼泪，惶恐地说。

这时候，那司机拿起手机犹犹豫豫地在通讯录、最近联系人一栏反复刷新。他好像正在做着某种艰难的决定。

终于，司机定睛地望着苏以莞说："你真的很单纯，你知道我是谁吗？"

苏以莞一双清澈如水的眸子不知所措地望着他："你，你是谁？"

司机说："我是白总的手下，此次奉他所托，专程在十字路口'接应'你。"

苏以莞捂住嘴巴，惊慌得差点儿尖叫了出来："你，你是白一鸣的人？"

那司机又说："你不必害怕，你的善良和单纯，使我现在改变主意了。我会打电话告诉白总，没有看到你在路边出现过。"

苏以莞一时之间有点儿无法适应眼前发生的一切，问道："你是说，你会放了我？"

那男子说："是这样的。"

苏以莞潜意识当中感觉连现在他说放了自己，都是白一鸣一手安排的。她踌躇不定。那男子说："时间不多了，你没有时间怀疑我说的话，他很快就会向我证实的。"

"先生，你若放走我，那你该何去何从？"她为他担心道。

"你不用管这些，我自有办法。"司机说。他皱着眉头，思索了一会儿又说："现在只能送你去一个地方——终南山的一个千年古刹，我和那里的师父很熟。你可以暂时去那里跟师父修行，尘缘尽或者未尽，都是你将来的缘分。白总无论如何都想不到你会在那种地方。"

直到此时，苏以莞才完全相信这个男子是真的要放了自己。她感动万分，对他千恩万谢。她说："那种地方，我求之不得。"

男子意味深长地说："去吧。"她问他："能否留下您的名字？"他回答："我叫胡云涛。"随后，他联系了古刹的出家师父后，又让苏以莞保存了那师父的手机号。

事不宜迟，他驾驶出租车很快就把苏以莞送到了火车站。就在此时，他的手机铃声响起，只见他脸上顿时间煞白，急切地对她说："白总打电话过来了，你快走！"

苏以莞含泪与胡云涛告别后，朝着售票窗口奔跑而去。

直到售票员说，两百七十五块的时候，她才发现因为慌乱出逃，身上未带分文。毫无社会经验、纯真无邪的苏以莞，再一次陷入深深的绝望里。

一切都已来不及！她必须尽快离开这里。

接下来，风餐露宿的数天时间里，苏以莞终于徒步来到了北京一百多公里之外的地方。这时候的她，穿着捡来的旧鞋，满脸脏污，头发凌乱。看到她的人都说，这是一个有精神病的疯子。或许正是因为这种脏污不堪，恰恰保护了她，谁都不会想到这个脏污的乞丐，

233

会是一个容颜出众的美丽女子。漫长的几个月的长途跋涉，让她患上了腰膝疼痛，但是她没有松懈下来。七个月后，她不顾身体抱恙，靠着顽强的毅力终于到达了终南山脚下。

苏以莞来到终南山之前，对此早有耳闻。但是真的亲临此地，心灵的震撼还是很强烈的。这里融汇了古代的智慧、历史的建筑和自然的美景。冬天的终南山上静谧得不染一丝纤尘，它磅礴的气势在古今中外很多文人墨客的赞美下，更显得独具沧桑的文化底蕴。这里走出或者走进过多少绝世高人，没有人能够统计得清楚。举目间，只见云雾缭绕相缠于秀丽的山峰之巅，行人犹如进入了画境。一级级的台阶慢慢从她脚下离去，一级级的台阶连缀成了身后连绵上升的路，一级级的台阶把她缓缓送入终南山的古刹门前。

她恭敬地走进庄严肃穆的古刹大门，她在古刹众师父与师兄们惊异的目光下走进了院子。他们看到一个衣衫褴褛，头发蓬乱，满脸脏污，步履蹒跚（腰膝疼痛所致）的可怜乞丐走进寺院。但她的举止中自有一种与外表迥然不同的尊严。只需向她扫上一眼，即使暗淡的晚上也不难发现，驱使她活下来的隐秘力量并非求生的本能，而是一种渴望光明的习惯。这里的每一个人都非常热心地帮助她，有灰衣僧人去客房给她领取钥匙，有尼姑帮她拿来两套海青（寺院的衣服）带领她去洗净身子。当她再出现在他们面前的时候，她已是白皙清秀的面孔，纯净无邪的眼神，已与来时判若两人。

自此，她为期一年零九个月的禅修生活正式开始了。每天凌晨四点十分听到古老悠扬的撞钟声，她便起床和师父们一起在山上行禅、诵经、做课。早晨的古刹犹如处在云雾之巅，那团团缥缈的云雾，犹如仙境一般。她从第一天就喜欢上这里，这脱离俗世的一切，这清净无我的一切，让她恍若隔世。昨天的哀怨悲愤，旧时的恐惧彷徨，所有的苦难，仿佛都有了最后一日。

我亲爱的读者诸君，涉及佛门净地的一些具体细节，在此我不宜详说，请谅解。

足足有三个月，苏以莞都没有开口说过一句话。那些师父、师兄们起初都以为她是哑巴。到了第四个月，一个偶然的契缘，她和住持师父进行了一次深刻的思想交流。他们谈及人生、谈及价值：人的生命，真正应该按照什么去衡量？人们大部分去按照时间来衡量，希望自己可以活得长久一点儿。但是有些人活了一百岁，却活得浑浑噩噩。有些人活了五十岁，却活得光芒万丈，所以他们一直认为生命更应该是一场维度。人，为什么活着或者活着是为了什么，其实更是对灵魂上的一种考问。因为一个人只有一辈子，有的人却活出了两辈子，甚至是达到永生的境界。法无高下，契机则妙。人的一生要知福、惜福、再造福。人生是从"应有尽有"到"应无尽无"的一个过程，到最后没有什么东西是可以留得住的。这个世界上的一切都留不住，留不住生命，留不住悲喜，甚至留不住我们这一刻的对话。这世间，能够留住的只有大悲心，慈悲心。在一个人能力许可的范围内，要去影响、帮助、利益身边的人。一个一无所有的人，只要有慈悲心，也能以其精神来影响身边的人。

末了，师父双手合十："阿弥陀佛，以你之才，隐匿于此，实属可惜。不如以后每月两次的经书由你来讲解。"她遂感恩拜谢。直到她站在大殿内给大家讲解经书之时，众师兄才知道她不是一个哑巴，而是一个满腹才情的修行者。

苏以莞在这里日复一日地重复着这种静寂与平和，直到有一天胡云涛的一个电话，让她再也无法平静。那天她在禅房里抄经，意外接到胡云涛打来的电话。他告诉她："我不想让你的人生留有遗憾，一个人该有的选择的权利还是要有的。"

苏以莞诧异地问道："云涛师兄，我不明白你在说些什么，请直言。"

胡云涛这才声音低沉地说道："白一鸣今天早上走了，他是被自己打碎的花瓶碎片割断了手腕动脉，出血过多而死的。"

苏以莞脑袋嗡的一声，差点儿晕死过去。

胡云涛在电话那头，不停地说："喂，喂……你在听吗？"她声音微弱地说："我在听。这不是真的，这不是真的。他那么运筹帷幄、无所不能、强悍无比的一个人怎么可能就这样走了？"

"你冷静一下，这是真的，他的确已经死了。你再也不会被纠缠

235

了，可是你好像很伤心。"胡云涛在电话里稍微停顿了一下，接着又说，"我告诉你这个消息，主要是让你自己选择，要不要送他最后一程。他的遗体会在后天火化。"

苏以莞早已干涸的眼睛，此时泪水盈满。她呜咽着说："你一定知道，我的心碎了，别无选择。"胡云涛关切地说："我知道的，你路上慢点儿，见面后，再详细给你说。"

挂掉电话，苏以莞无力地坐在那里，泪水止不住地流。她任由无边的自责啃噬着她悲伤欲绝的灵魂，她觉得他的死都是她的离开造成的，他临死的时候，该是多么绝望！她使劲撕扯着自己的头发，甚至想把整个头皮都撕扯下来，她从来没有如此怨恨过自己。

她头发凌乱，红肿着双眼，精神恍惚地来到住持师父的禅房，向他辞行。这是她来到古刹一年零九个月，第一次打扰他的清修。他闭目打坐，见她进来，他只轻微抬了一下眼皮，说了这样几句话："你尘缘未了，凡心未除，还是好自为之吧！"她跪在地上，泪流满面地对他磕了三个响头，又将身体趴在地上，行了至高无上的"五体投地"的大拜之礼，然后依依不舍地轻掩禅门，默默离去。

她连夜赶回了北京，回到这个既熟悉又陌生的城市后，第一时间联系了胡云涛。胡云涛在火车站接了她，她坐在副驾驶座上。两人几乎一路沉默，轿车直接驶到殡仪馆门前才停下来。胡云涛把车窗的玻璃放下来，心情沉重地给她讲述了事情发生的所有经过。

自从苏以莞出逃终南山之后，白一鸣彻底崩溃和绝望了，他发疯般地找遍了所有她可能会去的地方，都没有任何消息。他又神情恍惚地上了最著名的寻人节目找寻她，最终还是无果而返。他日日借酒浇愁，性格变得更加冲动和古怪。他的事业也随着他的颓废不振而渐渐跌入了低谷，他根本无心再顾及那些身外之物。胡云涛看见他可怜、悲伤、颓废的绝望之态，有好几次都差点儿想要告诉他苏以莞的所在之地。但是，胡云涛又分明从他悲怆的眼神中看到了隐藏的愤恨和恼怒，他最终还是选择了沉默。一年以后，白一鸣患上了严重的抑郁症、焦虑症。他常常在半夜里忽然坐起来，哭着喊叫："以莞，以莞，你在哪儿啊？"他变得孤僻，不愿意见任何人。

他的母亲日日以泪洗面，全力负责监护他的行踪。他常常把家里的东西都砸得稀碎，以宣泄积压的怨恨和无助。一天早晨，他的母亲尚在睡梦中，他又胡乱地摔打，意外将家里的花瓶打碎，而后弱不禁风的身体瞬间摔倒在地，花瓶的碎片割断了他手腕的动脉。他母亲被剧烈的声响惊醒之后，发现他已经倒在血泊之中。在120到来之时，他已经昏迷不醒。由于失血过多，白一鸣最终抢救无效死亡。

苏以莞在聆听胡云涛讲述的过程中，几次发出骇人的凄厉哭声，她的眼睛肿得像熟透的小桃子。听他讲完之后，她禁不住双手捂住脸颊。她苍白的嘴唇颤抖着，不停地说："对不起，对不起，为什么要这样折磨我？这一生我都欠了他的，再也还不清了……"

胡云涛带她去殡仪馆里，他知道她必须去见他最后一面，她被自责和内疚折磨的心才可能找到支点。白一鸣的遗体静静地躺在那里，犹如隔世出土的古人，如今已无法从他的遗容上看到任何的表情痕迹。白一鸣的母亲还在沙哑着嗓子嘤嘤啜泣，她一夜之间变得苍老无比，头发全白了，这个眼睛红肿的老人并无意阻止或者驱赶苏以莞的到来。她抬眼看到苏以莞，喃喃地说："儿子，她终究还是来看你了。"

苏以莞站在白一鸣的遗体面前，深深地鞠了三躬，轻声说："对不起！我来看你了。愿你在往生的路上走好，不再受贪嗔痴之苦。"她转头对白一鸣的母亲说，"我一定会常去看您，请您节哀。"她后来的确践行了自己的承诺，几次去看望过这个可怜的老人。她这颗淳朴善良的心，至死都没有改变过。

离开殡仪馆，胡云涛问她："你还回终南山吗？"

苏以莞不假思索地回答："我很想回到那里，但我不能那么自私，只待日后了。来到北京，遁入俗世。疯子娘、白一鸣的母亲，还有未完成的书稿等，都是我无法推卸的责任。"

苏以莞问胡云涛："你现在有什么打算？我听住持师父说了，你原是古刹的一名功德无量的常年义工。"

胡云涛点点头："不瞒你说，我是打算这几天就回终南山的，继续在那里做义工。"

苏以莞双手合十，微闭双目，细密的泪珠从她纤长的睫毛中渗出来。胡云涛也双手合十，这种只可意会不可言传的交流，正是悲悯灵魂的碰撞，道中人自不必多说。

这个城市，带给了苏以莞太多的悲伤与阴影，她无法再继续留在这儿工作和生活。在她怀着满腔感恩，送别师兄胡云涛离开北京之后的第三天，她回到了家乡关庙镇。

她如愿见到分别两年之久的疯子娘。

苏以莞刚打开院子的大门，疯子娘就踮着小脚颤颤巍巍地跑过来，她分明是太想念女儿了，她喊了一声"以莞"就抱着她痛哭起来。她们抱着哭了好一会儿，才来到屋里坐下来。

"你这一次，咋走了那么长时间都不回来？也不给我打个电话，你知道我和如意多担心你吗？"

苏以莞只能把好多话都咽下，她握住疯子娘的手说："娘，我以后随时都可以打电话给你，随时都可以回来看你。前两年是工作的原因，根本抽不开时间。"

疯子娘又问："你对象咋没有回来？"

苏以莞神色顿伤，强颜装笑说："他工作比我忙得多了，暂时回不来。"

疯子娘说："好，好。"

安顿下来后，苏以莞给远在广州的苏如意以及在省城的晓驰，分别打了电话。他们久未联络，久未谋面。其实血脉亲情啊，内心一直都是相互牵挂的。

在家的那些日子，苏以莞又拿出南晋风写的古诗词细细地品味，咀嚼。然后继续撰写那部《古诗词新解》的书稿。那段时间因为写作，她的后背生疼，疯子娘心疼她，就用手帮她按压背部的痛点，这样她才会觉得身体舒服一点儿。可是她怎么也没有想到，就是那两次的背部按压，使得疯子娘的一只手废掉了。她带疯子娘去医院检查，结果竟然是她的那只手整个从手腕到十指，筋脉断裂了。因为疯子娘太老了，筋骨十分脆弱。后来每当她想起疯子娘那只萎缩得越来越小的手，都会忍不住满眼泪花。

因为在古刹的一年零九个月的禅修经历，她对南晋风遥远的追忆，升华为更为厚重的一种崇敬、尊重之情。他旧时的话语虽然依稀仍在耳畔，但那俨然已成为她终生不眠的等待。这么多年的悲伤和压抑，终于暂时告一段落。她决定要去巴黎，换个环境生活，忘记过去那个自己。

在去巴黎之前，苏以莞给胡云涛打了一个告别的电话。

胡云涛此时已在武汉，开办了一个纯粹义务办学的传统教育国学堂。胡云涛建议她，不必去那么远的地方，可以尝试下去他所创办的大明学堂当一名讲孔孟之道的老师。她苦笑道："不必了，不过我觉得你说的这个国学堂很新奇，我很想在临走之前去看一看。"

当苏以莞来到武汉大明学堂所在位置的时候，被学堂门前波澜壮阔的江水所震撼。她对前来接待她的胡云涛说："这真是个不错的好地方。"他轻盈地走在前面，带她来到院子内的大明学堂。

"你可以随意参观一下。"胡云涛说。因为是下课时间，这些四岁到九岁的孩子都身着古装在院子里玩耍。院子里的这些孩子，他们有的在练习舞剑，有的在入神地下象棋，有的在塑料模型上练习针灸手法。

"这些孩子的课间生活真丰富，令人刮目相看。"苏以莞由衷地感叹道。

他又带着她来到教室里，有几个孩子在练习国画，还有几个孩子在练习毛笔字。一眼看见苏以莞走进教室，那些孩子立时放下手中的毛笔，躬身向她问好。然后又有两个五六岁的孩子从教室里走出去，不一会儿工夫，就端过来两盘削好的苹果和香梨。那水果的切法和摆放的形状都十分的精致和考究，让人不由得就感觉到这种迎接客人的方式是十分用了心的。

"阿姨，请吃点心。"两个孩子毕恭毕敬而又奶声奶气地说。

苏以莞有些承受不起，赶紧接过两盘水果放在桌子上，心疼地说："谢谢，真是懂事的孩子，你们吃吧。"

她转过身问胡云涛："这水果是这两个孩子刚刚去切好，摆放好的？"

胡云涛微微一笑道："是的，这里的每一个孩子都会的，而且这些基本的礼数他们也都知道。"

苏以莞感觉很惊讶，忍不住说："这种传统国学教育真是太好了，这完全挑战了现代教育。"这种国学教育旨在培养仁义礼智信，重在培养美德。而现代教育只讲考试分数，压力山大，更令很多孩子都出现了焦虑。她想起了自己曾参加过一个初中生的论坛讲座，几百学生的讲座上，她提问说："哪个孩子站起来回答一下，你们将来的理想是什么？"接着就唰唰站起来十来个孩子，他们的回答几乎如出一辙，答案令人震惊。这些孩子的回答是："我们的理想是长大拥有花不完的钱。"那一刻，她听到那些孩子的回答，泪水差点儿就出来了。因为她觉得，现在的很多孩子，已经丧失了理想！那是她参加所有座谈中最为悲叹的一次。而眼前，大明学堂的这种崛起，似乎让她看到了冉冉升起的希望。

接着，胡云涛又带苏以莞参观了孩子们的寝室。更是令她耳目一新。

那些整齐的有棱有角的被子，一尘不染的床单，根本看不出是出自几岁孩子之手。

这一路上，苏以莞说得最多的一句话就是："这样的国学教育方式真好。"

临别时，她不禁对胡云涛赞叹："如果不来这里一趟，还真不知道国学教育的魅力所在，更不知道有你们这样大爱无私的义务工作者，在有力地促进并推动它的前进。我为你们这样的一群人而万分感动。"

胡云涛说："应该做的，心之所向，志之所向。我这里只是冰山一角，还有很多的义务友人在努力做着这件事情。"

多少相聚，终将是别离。

从武汉归来，苏以莞又在家乡陪伴疯子娘两个多月后，毅然奔赴巴黎。她在美丽的塞纳尔河畔写下了许多的诗词以及小说，并且重拾旧业在巴黎做了一名报业的编辑。

在焕然一新的环境里，她静静疗养多年的伤悲。

第三十章　报　恩

　　临近春节的广州城，看起来很有喜庆的节日气氛。连续几个日夜很多的街道都摆满了各类争相开放的鲜花，所有的花朵应有尽有，美不胜收。放眼望去，简直就是置身于一片花海。人们就像赶会似的在花市的街道中闲逛，或者挑选心仪的花朵。整个街道上，满溢出浓郁的花香，行人快乐的心情都被那沁人心脾的花香感染。那些花，有瓶装的插花，有盆景花。盆景花的类别更是让人眼花缭乱，紫罗兰、丁香花、风信子、波斯菊、西洋杜鹃、虎头茉莉等等花卉，都尽显着让人赞不绝口的美艳。

　　在这鲜花与人潮相互辉映的场景里，苏如意与杨晓曼也在其中。他们一边目不暇接地欣赏，一边挑选自己喜欢的盆栽鲜花。他们把挑选好的盆栽花抱到大奔车的后备厢里，这是他们挑选的放在办公室的心仪植物。

　　苏如意以三年的时间，让公司扩大了几倍的规模，业务量遍及全国各地，成就了赫赫有名的恒力铝业集团。而一些人，一些事，总随着永恒的事物发展定律而发生着改变。

　　自那次杨阳与方艺涵合谋策划"桃色事件"，致使苏如意的恒力铝业公司声誉一落千丈，跌入低谷之后，他们之间的关系，也进入了一个冰点。虽然在一个城市做事情，但是再无实质性的往来。

　　一年半以后，杨阳与方艺涵因走私与吸食海洛因而双双获罪入狱，在入狱之前，他名下的公司已名存实亡。杨阳入狱的消息，杨晓曼一直都不忍心打电话告诉母亲秀英。以至于乡下的秀英还在逢人就加倍夸赞着杨阳的功成名就。

苏如意和杨晓曼现在不仅仅是战略上的合作伙伴，更是相互依靠的亲人。他们喜欢一起回忆有关上小学与初中时候的一些记忆，一起追溯关于位寺村过去发生的事情，但绝对闭口不提苏杨两家的任何话题。每每谈起这些话题，他们都有一个共同的感觉，时光不留人，他们也不再年轻了。她会为她的母亲秀英常年坐在院子里的颓废而挂念，他也会为疯子娘一个人烧锅做饭去哪儿找柴火而担心。而他们自己，这两个孤独者之间的接近与利益无涉，却有助于他们承受联合起来的神秘孤独。

这个春节，苏如意与杨晓曼准备回到家乡过年。在把那些盆栽花摆放于各个办公室之后，他们开始启程回家。广州之城距离家乡泉河，路途遥远，他们几次替换着开车两天总算到家。乡村的一切都弥漫着熟悉而亲切的味道，那遍地绿油油的庄稼、参天的树木、黑色的土地，都是故乡的魂啊。

两年多没有回家，村里变化很大，高楼林立，过去的很多印记已经找不到了。最明显的是村里变得冷冷清清，寨门口坐着的都是一些老年人，他们看起来都比以前更苍老了一些。

苏如意停下车，给老人们递烟，亲切地寒暄。

这几年，苏如意在广州摸爬滚打总算事业有成，逐渐成为位寺村的门面。大家走到哪里，都会把他的成就挂在嘴边。

他记得上次清明节回来，给亲爹还有三两银上坟扫墓，着实风光无限。那时候，村里年轻人出去的不多，很有人气。他很低调地换了辆一般的轿车回去。也不知道谁从哪里得到了消息，还没进村口，两边就有乡亲迎接着。他知道，他是这个村养大的，不能忘了根本。他事先在车里准备好了一沓红包，见人发一个，红包里钱不多，一百元。走到家里的老宅，红包发了好几百个。早有人从集市上给他准备了香纸爆竹和祭品，用几辆三轮车拉着，村里好像都准备好了纸筐，年轻人扛着铁锹在前面，后面便是上坟的队伍，队伍排得很长很长。这都是给他亲爹还有三两银烧的纸钱，当年给他们送葬的人也没有这样多。工夫不大，人们缓慢来到地里。坟前堆满了摇钱树、聚宝盆、金山、银山、别墅、汽车等，以及花花绿绿的纸扎，还没有等他跪下，后面跪的人群中就有了哭声，或叫叔叔或喊爷爷，边哭边数落，说如意的亲爹和三两银要是活到现在，该有多好啊。吃啥有啥，喝啥有啥啊。

到了晌午头，苏如意在村边一家像样的饭店包桌，请乡亲们吃饭。他给大家敬酒时，识字不识字的都留下了他的电话。当年春节，他又给各家办了年货，乡亲父老排着队请他吃饭。他还认了五六个干爹，十几个干儿女。看苏如意脸上稍有迟疑，每个人都会说出曾给他吃穿，照顾过他的理由。他的一个远门婶子，还说他曾经偷过她们家的花生，她当时拿着扫帚想吓吓他，不料如意摔了一跤，跌破了膝盖。说着，非要掀起来他的裤腿看看当年的疤痕。苏如意嘿嘿笑着，认了她比如意小两岁的儿子做了干儿。再去广州的公司时，他的恒力铝业，多了五个干爹，十来个干儿。他觉得，没有父老乡亲，就没有他的今天，他得为他们争光，去报恩。他给村里的中学教学楼重新进行了翻盖，还设了奖学金。村里每个考上大学的孩子，他都赞助两年的学费。

刚开始，苏如意给大家无论是送钱送物的时候，人们大多在拒绝或者责怪，说他挣钱也不容易，有这个心就行了。慢慢地很多双手不自觉地伸了出来。有一天，他刚开完晨会，电话响了。电话那边直呼他的小名，说他是宝生，村东头东寨门口头一家。他冥想半天，终于想起来了，小时候上学经常路过那里。他问宝生什么事，电话那头说，俺爹病了，正在抢救，费用不够。苏如意要了他的卡号，随后让财务往这张卡里转上三万块钱。

时间飞逝啊！这一晃，又是两年多过去了。

寨门口地上蹲着的老人们都站起身，亲热地和苏如意打着招呼。有人知趣地说，如意先回家看看恁疯子娘吧，两年多没有见面了，也该想你娘了。就这样如意和几个老人握手道别，驱车回到老宅子的胡同，将大奔车停在宽敞的地方。杨晓曼这时候才下车，径直回了自己家。她也两年多没有看到自己的母亲秀英了，自是一番互诉牵挂。

苏如意推开院子里的大门，看到疯子娘比以前更苍老了，一时

243

间忍不住泪目。疯子娘半躺在那把老芦苇藤椅里，她的眼睛因为衰老而凹陷在眼眶里，眼皮松弛得耷拉下来。这并不影响她抬眼看见心爱的儿子。她半躺在那里，两只干树根一样的老手习惯性地抓着藤椅的边框，似乎这个动作会加大她内心的安全感。

苏如意俯下身，握着疯子娘的双手，结结实实地喊了一声："娘！"母子久别相聚，自是喜悦万分。

疯子娘饶有兴致地给他讲述起最近位寺村发生的大小事，讲述起位寺村那些即将消逝的、琐碎的辉煌记忆。她讲起现在的村长是歪头。如意对歪头印象颇深，上学的时候，歪头比他高了几个年级，那是一个忠厚又近乎寡言的高个子男孩。歪头打小被架车子砸伤过，一个肩膀高一个肩膀低，走路的时候，头向一侧歪着，所以村民们都习惯性地喊他歪头。疯子娘说，如今时代变了，啥都是透明化，歪头落的名声还不赖，他对村民们还算尽职尽责。歪头日常没有别的爱好，顶多也就是喝个闲酒，偶尔也学着城里人的样子，一小杯子一小杯子地喝上一壶养生茶。如意似乎心生慰藉，频频点头。疯子娘讲讲西家，讲讲东家，把村里所有认识的人都讲了一遍。当疯子娘讲到宝生这个名字的时候，苏如意忽然想起了宝生的爹得了重病，就关切地问："娘，宝生爹在家里还是在医院？病好了没有？"疯子娘听了露出奇怪的表情说："谁给你说的宝生爹生病在医院？"苏如意说："宝生以前给我打电话了，说他爹有病在医院抢救。"疯子娘半晌才说："你心善，肯定帮了他吧。"苏如意点头说："应该做的。我小时候没少受村里人的恩惠。"疯子娘长叹了一口气说："宝生他爹，算算日子死了该有三年多了，骨头该沤烂了。"

苏如意听到这儿，心里不是滋味。他感觉如今日子虽然好过了，人情却悄悄在变味。不管怎么说，心里还是有一种说不出的难受劲儿。现在的乡下情形便是如此，在不知不觉中渐渐变得现实起来。过去人们的那些亲密记忆，仿佛正在岁月的长河中不可抵挡地消逝。

疯子娘说："那你也不用心里有啥，现在的人情比起从前是淡薄了一些，政府却是好得很啊，穷人或者身体有残疾的人，会有低保，也有救济的粮油之类。老百姓的日子好歹都能够过得去。胖孩你认

244

识吧，大花嫂子的男人，自从大花嫂子死了以后，他一个人拉扯着春生和秋生，可是没少作难。可是这两个孩子现在都二三十岁的人了，还没有娶上媳妇。胖孩也是愁得很，前几年去煤矿挖煤，听说差点儿砸死在矿里。这两年不敢去那黑不拉儿的地方了，就在关庙镇上搬运沙子、石子。好歹一月也能挣到一千多块，可是他俩儿子好吃懒做，不干活儿啊。等着他爹的工资过活。这前段时间，胖孩的爹，七八十岁了，临老赶集想干点儿活儿，搬点儿沙子啥的。却不承想到了关庙集上，就出了车祸。人死不能复生，人家货车司机包赔二十万元钱给胖孩。这抵命的钱，胖孩还没有暖热，就被两个儿子惦记到心里了。两个儿子天天缠着胖孩，走哪儿跟哪儿，就连胖孩去干活儿也不让去了。两个儿子天天耷拉着脑袋跟着胖孩，也不说话，就是死缠着胖孩。胖孩最后被缠得没法了，只能把老爹二十万的抵命钱拿出来，给春生和秋生平分了。可这也不是办法啊，两人拿着这些钱天天吃喝嫖赌，花完了看看还咋过。"

苏如意听疯子娘讲了村里的很多事之后，心里喜忧参半。忧的是，过去浓郁的乡情变淡了。喜的是，如今国家富强民主，老百姓都有好日子过了，家里困难的政府就会酌情补贴。法制管控也严格了，动辄晚上都有巡逻警察转悠。人们不再像过去那样比拳头，比人多了，法制社会人人平等。人们也比过去重视教育了，日子过得再怎么艰苦，也都舍得让孩子们上学读书。现在，村子里没有一个孩子辍学打工。

母子相见总恨时间太短。这一次苏如意打算住上一个月再走。谁知道到了年后，铝业受到全球金融危机的影响，一夜之间陷入困境。都说天塌下来，自有高的撑住，可最先感到寒风的却是他们这些制造业的实体企业。先是大客户欠账，再是无订单，工人讨薪，资金链断裂。好端端的一个发展蒸蒸日上的大中型企业，面临着重重危机。偏偏这时候，村子里的胖孩打电话给苏如意，说春生得了白血病，没钱治。

胖孩张口了，苏如意就是扎着脖子自个儿不吃不喝也得答应帮忙。他知道他的命就是大花嫂子给的，他吃她的奶水长大的，她宁肯忍着春生哭闹，也想让他多吃一口奶。那不是一般的奉献精神啊。她家里做一点儿荤腥饭，总是多添一碗水，做好端给他一碗先吃着。末了，还对他说，有俺孩子吃的，就有你吃的。这份恩情，他不能忘！虽然大花嫂子自杀了，可是她的儿子春生，那是她的心头肉。春生得了白血病，他再难也得管。他想自己原本就是赤条条的苦命孩子，能够活到现在，其实都是赚的，也是沾了村里人的光。他咬咬牙，将花园洋房卖了，大奔车也处理了，给工人发发工资，交上厂房的一年房租，剩下的二十五万全部转给了胖孩，就当作对乡亲们的回报。

什么都没有了，一切都回到起点。只有杨晓曼还留在他身边。苏如意赶她走，去找个地方谋一条生路，她说，就是喝西北风也要跟他一起熬过来。那一刻，他觉得，他们的命运紧密地联系在了一起。

一个闷热的夜晚，他偷偷趁着夜色回到村里。没有等他说话，疯子娘从那把老芦苇藤椅上便站起身来，把一个存折拿出来塞他手里说："我都听从你那儿回来的村上人说了，你困难得很。你这孩子心太实诚了，你多大的本事，能够填得了那么多坑啊！这个存折上的钱，都是你这些年给我的，我也花不着。你拿着重新开始，啥都不晚。"苏如意接过那个存折就哭了，他心疼地说："娘，我让你操心了。"

苏如意对自己做过的那些感恩的事，从未后悔，他安心了。只要有人需要，他还会继续将这份感恩之心传递下去。有两三个村里走出来的大学生，受过他的资助，听说他陷入了经济危机后，都非常关心他，要给他转款，他一一拒绝了。他帮谁，从来都是真心实意的，没有想过回报。但是，那两三个走出农门的大学生，有出息了，还知道打电话关心他，他已经很知足了。他在电话里，告诉他们同一句话："爱心可以传递下去，传递给你们身边的人。"

以后的日子，苏如意当过外卖小哥，干过搬运工。杨晓曼也去做过营业员、业务员。这让他们又重新体验了一把老百姓生活的艰辛和挣扎。慢慢积累了一些资金后，他们又商量要恢复恒力铝业的运营。毕竟以前做过这行业，这说开始也容易，招贤纳士，联络以前的大客户。

恒力铝业公司再次开始红红火火地运营起来。

一个湿气很重的上午，苏如意的公司里走进来一个老人。他皮肤黝黑，一双像老鸹啄了似的乌黑眼睛在脸上平添了几分泥土般的淳朴之气，额头上的几道皱纹深刻得有些庄重。他衣服破旧，鞋子烂了一个洞，唯一的行李就是胳膊上挎着的发白的绿色背包，一眼看去，完全像一个乞丐。

老人说明了身份和来意：他是位寺村附近蒋庙村的人，小时候也是位寺村的人，也是苏如意的三爷爷。只是因为家里孩子多，他被送到了蒋庙村那一家当儿子。那一家给了他爹五块钱，他被留下来待在蒋庙村大半辈子了，他蒋庙村的父母对他尚可，只是在他十几岁的时候，他们双双去世，只留下来他孤苦伶仃的一个。他一辈子也没有娶亲，是个实打实的五保户。这几年，国家富强，政策自然也好，他还吃上了低保，治病也免费，日子还过得去，只是他也想到大城市去看看外面的世道。来之前，他向位寺村的人，要了苏如意的地址和电话，有意恳求栖身于此处打工。他早听村上的人说过，苏如意出了名的好心肠，乐善好施。

但是苏如意听完他的讲述后，对他毫无印象。蒋庙村他的确有印象，离位寺村十几里地。公司的职员以为老人就是一个骗人的流浪汉，想要把他赶走。

苏如意赶紧摆手阻止，他说既然能够说出来村子里熟悉的地名，有可能情况属实。他立即打电话给疯子娘和苏以莞。经过证实，苏如意的确有一个三爷爷在五岁的时候，因为家里穷苦被卖到了蒋庙村当儿子。也的确听说过，三爷爷一个人，是个五保户。据苏以莞回忆，在她六岁的时候父亲曾拉着她的小手走了一上午的泥巴路，去蒋庙村看望过三爷爷。她记得很清楚，三爷爷慈眉善目，对她十分亲热。看见他们去了，从枕头垫下，掏出皱巴巴的两毛钱，小跑着到附近的代销点给她买了一大包瓜子。那瓜子是用报纸包住的散瓜子，三爷爷用两手捧回来放在她的小手里。那是她这辈子吃过最好吃的瓜子了，那也是她人生中第一次吃瓜子。

苏如意挂了电话，立即亲热地喊老人——三爷爷，并安排人给他买了几套衣服和鞋子，同时安排了住宿。留他在公司干最轻的活儿，打扫卫生。

三爷爷感动得老泪纵横。

苏如意说："您这么大年龄了，为啥还要出来奔波呢？"

三爷爷咂巴着干瘪且发白的嘴唇，连连点头说："是啊，是啊，要说，时下吃穿不愁，也该知足了。"随后，他长长地叹了一口气，似有浊泪模糊了眼睛。他用脏兮兮的衣袖擦了擦皱巴巴的眼睛，那不经意的动作里隐藏着一种长久岁月积累而成的习惯。接着，他略带悲腔，缓缓地说："小孩没娘，说来话长啊。"

他这一辈子，在蒋庙村上没有过上一天好日子，因为是外村来的，又没有靠头，没有一个人愿意搭理他。漫长的孤独生涯中，他大半辈子的时间，都居住在村头的一间厕所大的茅草屋里，就像被遗弃于黑暗中的一颗石子，从来也没有人愿意和他说话。他孤独得要死，过着一天天难挨的日子。不是为了吃饭，而是为了能有人说话，他有几年开始要饭。

他挨村挨家地去要，有的人，会给他说上几句，问问他从哪儿来的。大部分人什么也不问，直接给他半个馍打发了。他早上背着一个空鱼鳞袋子，到了半下午能要半袋子馍。他半下午就开始往家走，等回到家把馍分成两天的口粮，再烧半锅水，把一半的馍用热水烫一烫，自己吃点儿，剩下的给那条终日陪着他的狗吃。好歹是个热乎饭，人和狗都觉得知足。天冷，那狗都是先钻到被窝里给他取暖，最后人和狗一个被窝，共同度过最寒冷的冬天。可是，有次那条狗得了痢疾，最后瘦得干棍一样死了，他搂着它的尸体差点儿哭晕过去。最后把它的尸体掩埋在茅草屋旁边。再后来，他总算熬到好时候了，政府给他盖了冬暖夏凉的房子，捐助了被子、褥子以及米面粮油，什么都有了。他常常想，如果那条狗也能熬到好日子该多好啊，可是它终究没有那个命。老年以后，他的确太孤单了。他常常缓慢地步行着去位寺村，去那个生养了他的村庄里，找寻所有关于过去时空的记忆，以及可以叙叙旧的所剩无几的老年人。

在位寺村寨门口的人场里，他就是晌午不走，也总会有人给他端来一碗饭吃。吃完了，他们继续坐在那里晒太阳，有一搭没一搭地说着话。他听人们说起苏如意，讲起他的菩萨心肠，都会竖起大拇指，赞不绝口。他来这里的真实意愿，其实只有一个，就是恳求苏如意将来能够在他死后，把他的尸体和那条狗埋葬在一起，他不想让那条狗还有自己，连死了，都还那么孤单。

三爷爷的声音越来越小，越来越悲切。他说完以后，还在用无比恳求的目光看着苏如意。"孩子，你能够答应我吗?"他那双老鸹啄了似的黑眼睛里噙满了忐忑与不安，他嗫嚅着嘴巴，小心翼翼地问了一句。

苏如意沙哑地回了一声："能!"当他转过身，有人看见他满脸闪烁着泪光。

第三十一章　悬　崖

在一个寒风冷冽、积雪未化的下午，警察接到群众报案：从市商业大厦二十九层办公楼圣源公司窗户处，跳下来三个人，当场死亡。

经过警方的调查排除了他杀，确系集体自杀。

三名死者的身份很快得到了核实，他们分别是圣源公司的实际控股人杨晓燕、自然股东钟峤、法人钟淑敏。

进一步了解到杨晓燕与钟峤系夫妻关系，钟峤与钟淑敏系母子关系。随后，警方通知杨晓燕与钟峤的家属并予以结案。次日接到通知，前来收尸的只有杨晓燕的母亲秀英。秀英见此惨状哭得死去活来。杨晓燕刚满三个月的孩子被一个好心的市民领养了。

三人一跃纵身而下，却留下了一群慌乱无措的债主，以及超过五亿元人民币巨额债务。大额债主彭湃、赵赫被这忽然的死讯逼进了一个比悬崖更深的地方。这两个昔日风光无限的大老板面对着三具被蒙上白布的尸体，瘫倒在地上，痛哭流涕地向警察诉说他们比死更难过的境遇。二人深刻体会到了杨晓燕的压力。为了杨晓燕与钟峤口中的四六分利润的高额诱惑，他们分别贪婪地向四处高额借款，投放在圣源公司。然而，这些钱投进去之后，再也不见分文。无论何时向他们讨要，他们均是不紧不慢地说，现金马上就下来了，要多少有多少。二人只能在地狱般煎熬的日子中等待，在等待的过程中，二人分别被十几个债主监控，催债，吓得不敢出门，就连眼下偷偷跑出来也是翻了窗户逃出来的。亲戚朋友的借款也无法偿还，被堵门催要，根本无法面对。可是现在圣源公司的三个负责人全部跳楼自杀了，死者已去，生者何堪！

　　自从杨晓燕与钟峤的人脉资源汇集后，公司规模不断发展壮大，两人也由普通职业在短暂的几年内破茧而出，成为外人眼中的事业成功的商界精英。他们高消费的生活模式就像打开了潘多拉魔盒，一发不可收拾。而他们自己却似乎对此一无所知。那些客户一笔笔投放进公司的巨款，刚开始确实一部分人拿到了不菲的分红，可是随着后面他们借西墙补东墙的状态，参与投资的客户们再也没有收到过分红，最后连借来的本钱都无影无踪。虚荣心的膨胀，贪婪的欲望，让他们在海市蜃楼般的世界里早已迷失了自己。杨晓燕曾在最得意的时候告诉钟峤，她要用前半生去努力，后半生去环游世界。几年间，她的十几张银行卡账面流水，超过一百五十亿元。

　　尽管在这种债主催款（只要接电话就是催债）的情况下，杨晓燕依然为了维持表面的虚荣，向贫困地区的儿童捐赠公司的产品和一部分钱财。除此之外，她还为那些贫困儿童赞助了一百个新书包。当她把这些财物亲手递给那些怯生生的孩子之时，她确信心灵上曾涌动过怜悯和同情。

　　人们或者认识她的朋友们，都看到圣源公司的爱心企业的代表人杨晓燕频频出现在新闻里、电视上。人们还在电视上看到她在回答记者提问的时候，声泪俱下地说："我从来没有考虑过个人的感受，只要是能够帮助到那些贫困的人群，我都觉得无比欣慰。"那时候，看到这样的新闻采访后，人们还在茶余饭后赞叹，杨晓燕是新时代的爱心楷模。

　　她每天忙碌地在她的三份事业之间穿梭，从一线品牌超市到圣源公司再到她先前加入的华邻集团。工作之余的晚上，她继续到皇派美容院享受着高消费的养颜护理。直到她觉察到自己怀孕以后，才停下来去那个地方。但是那时候，她在皇派的卡内余额还足有五百多万元。为了享受到那些人对她女皇驾到一般的尊贵和仰慕，她甚至都没有过问过卡内的余额还剩下多少。她的确是个工作狂，曾因过度劳累而差点儿导致流产。即使在医院保胎的床上，她也会一边拿着资料做着分解和记录，一边接着一个又一个的电话。

临近预产期的时候，她带着秘书去谈一笔将要签约的业务。那时候她的双腿已经肿胀得透明发光，脚上穿的鞋子要比平时大出一码。她齐耳短发，画着精致的妆容，如果忽视挺起的大肚子，她看上去还是那么干练。

那是一个来自南方的客户，一个五十多岁的留着寸头的男士。他们在会议室相见，礼节性地握手后，还没有来得及坐下来。她感觉下体一阵热流，羊水不合时宜地破了，顺着她宽大的孕妇袍流了一地。

秘书大惊失色，叫道："杨总，你……"

杨晓燕朝秘书摆了摆手，示意她不要再说下去，然后淡定地笑笑。

南方客户也被眼前的景象吓得半天说不出话来："您这是怎么回事？"

杨晓燕笑了笑，淡然地说："没事，我们先谈事情。"

南方客户似乎无法镇静下来，他低头盯着那还在顺着她小腿往下流淌的液体，惊呼道："哦，天啊，你得先上医院。"她无奈，摇头笑笑说："好吧，这都不是事，明天你去医院找我，继续商谈。"

那南方客户不置可否地张大嘴巴，语无伦次地说："再联系，再联系吧。"

这件事情在杨晓燕的圈子里成为令人惊讶而又赞叹的谈资。大家都了解她为事业的拼劲，达到了一种什么样的程度。在她刚刚生完孩子的第二天，那个南方客户并没有来，来的却是数十个催款的债主。

这时候，杨晓燕依然住着全市服务最好的月子中心，一个月十五万的费用。那些催债者，不顾护士的阻拦冲进她和婴儿的房间里，问她，什么时候可以拿到本钱。她淡定自如地说，出了满月以后。那些人不相信，干脆就睡在挨着她房间的走廊里，轮班看着她。

她知道一切即将走到尽头，一切繁华即将落幕，再也不会重来。直到此刻，她才开始后悔自己从来没有真正审视过灵魂，审视过生命。

她第一次在绝望中无声地哭泣，看着怀里的婴儿她流下了悔恨交加的泪水。在孩子满月之后，她写了个纸条放在床头，她把孩子托付给了护士，自己则在深夜从窗户爬出去逃走了。

　　那时候，他们所有的房产以及车辆全部被抵债。暗夜里，她偷偷地来到钟峤和母亲租住的一室一厅的房子里。

　　他们相见，半晌沉默。

　　"孩子呢？"钟峤问。

　　"孩子放在月子中心了，护士不会不管的。"

　　面对五个多亿的欠债，三个人同时感到深深的绝望。他们这两年多以来，活得如同流亡一般的狼狈和惶恐，时刻都会遇上被债主堵在眼前的不堪境地，他们已经被堵了太多次，他们再没有了以前的体面、尊严、豪气。他们终日如同受伤的兔子，四处逃窜，时时都有被捕捉的危险。

　　钟峤的母亲钟淑敏，是一个十足的受害者。认识她的人都说，她是一个贤德善良的女人，更是第九中学德高望重的一名退休教师。她从事教育工作的几十年所得的荣誉甚多，口碑也好。谁都想不到这样一个退休后一直与世无争的人，竟然最后被逼入绝境。事到如今，再论孰是孰非都已经没有任何意义。作为圣源公司的法人，五个亿的欠款，她又拿什么来偿还？为了儿子钟峤，她早已注定付出自己的全部，乃至生命。

　　在那个暗夜里，他们三人悄悄潜回圣源公司，做了最后的绝望商议。选择在这二十九楼自杀，绝无生还的可能。对于这最后一次的计划，以杨晓燕为首的三人都坚决如铁地选择当夜执行。

　　钟峤一手握着母亲，一手握着杨晓燕，泪流满面。杨晓燕也泪雨不停地在脸颊上流淌，她愧疚地说："对不起！是我害了你们，一切都晚了。如果有来生，我一定好好修行，好好做人。"

　　三个人忍不住抱头痛哭，然而哭过之后，又要面对严峻的现实。

　　终于，杨晓燕起身推开窗户。他们冷静地排好顺序，杨晓燕纵身跳楼之后，钟峤悄然跳下，最后跳下去的是钟淑敏。正如《红楼梦》所言："机关算尽太聪明，反误了卿卿性命。"

253

听到杨晓燕三人跳楼惨死，那些债主又惊愕又绝望。他们推测，杨晓燕的资金链断裂应该是两年以前开始的，当时他们收到最后一笔利润和本金之后，接下来就是无望的拖欠。诸多证据表明，杨晓燕早已拆东墙补西墙了。在她的遗物中，有借条显示，本金一千万元，利息两千七百万元。这样惊人的数字，揭示杨晓燕早已经站在了命运的绝壁之上，面临深不见底、超过五亿元的巨额债务。

在她跳楼之前，她还白纸黑字外加指印地向债主们承诺着，一个星期内必还债务！可是现在她的纵身一跃，留下的是一群债主的生不如死。他们有的捂住眼睛，失声痛哭，有的甚至羡慕他们以死谢幕的勇气。

凛冽的寒风穿过一排排高楼大厦，穿过一条条冰冷的马路。人们禁不住缩紧衣领，这个呼啸的寒冬里更多了几分凄凉之意。

第三十二章 真 相

伴着秋天最初的跫然足音，杨晓曼悄悄为苏如意准备了只有他们两人的生日盛宴。她事先没有做出通知，当苏如意回到家的时候，便被眼前铺满鲜花与烛火的温馨场面惊讶到了。

杨晓曼身穿黑色蕾丝长裙子，白色内搭。脚穿黑色皮鞋，头上扎着素净的蝴蝶结，平直的乌黑长发垂在腰间。她身材纤长却活力十足，不受拘束，拥有着美人鱼一样的美貌和温柔。

"铺满鲜花和烛光的房子，"她高兴地对他说，"看看是不是很有诗意啊！"

"嗯，很不错！"他赞许道。

整个客厅还有几个卧室里，她全部用心地贴上动物卡通图片，有企鹅、狗熊、小猪等可爱的表情丰富的童趣图片。她在收拾他房间的床头时看到几本书《道德经》《资治通鉴》等。"真是个老传统！"她禁不住笑道，"商人中的儒生！"她想着再去图书馆的时候要给他买几本儿童漫画，一想到他看儿童漫画高兴的样子，她就觉得这个想法实在太好了。

她还在卧室的墙壁上发现了一只大壁虎和一只小壁虎宝宝，她惊喜地去拿手机想把它们拍下来，闲来留给苏如意看，遗憾的是当她去客厅的桌子上把手机拿过来后，那一大一小的壁虎不知道跑到哪儿去了。

不得不说，到了这个年龄她有着一颗积极乐观、天真率直的童心，是多么不容易的事情。为了增添生活的乐趣，她还专门去宠物市场给他买了两只彩色的鹦鹉，那鹦鹉叽叽喳喳的叫声，让整个空

255

间都显得生机勃勃，热闹非凡。不过这鸟儿也每天吃喝拉撒，占用她将近半个小时的时间去打理。但她并不觉得厌烦，反而觉得有烟火气息。

她无须抬眼就已知道他在沙发上坐下来。她也在他身边坐下来，他们距离的位置触手可及，她感觉到他身上熟悉的薰衣草的味道是那样清新。她似乎感觉到自己心脏跳动的耸动声，而他却将全部兴趣放在从公司带回的一张图纸上。她试图克服心里的慌乱，有意追溯旧时在乡下的广阔田野上的奔腾，羞怯懵懂的那一封情书，还有正在化作标本的思念记忆。他跟她谈今天的客户，以及图纸上的设计所需要的铝原料的尺寸、厚薄等。

"壁虎！"她尖叫了一声。

"在哪儿？"苏如意丢下图纸。

"这儿呢，马上就爬过来了。真厉害，那天见到它们的时候，在你的卧室里。现在竟然跑到了沙发上，我的天哪……"

他本能地把她的身体揽到一边，说："晓曼，别怕，壁虎是很善良的。它不会伤人，就算别人伤害它，它也只会自断其尾。"他第一次离她这样近，近得似乎可以听见彼此的呼吸。他俊朗的面部轮廓，每一个毛孔都散发着与生俱来的某种孤独而神秘的味道。她无法拒绝内心这样真实的感觉。

"如意，"她神情不安地说，"我不会伤害它的，那天见到它们的时候，我是准备把它们拍下来给你看，结果它们跑得太快了。"

她样子有些痴迷，接着柔声说："你把我放到身后，分明是在保护我，你对我真好。"她忽然再也控制不住自己狂热的内心，她扑进了他的怀里！因为疯子娘那次非常生气地告诫他，绝不允许他们的关系走近之后，他从未想过自己会和她发生友谊之外的情愫。因为他是一个很孝顺的孩子，他不想违背疯子娘的训诫。可是现在，她像一个孩子似的扑进了自己的怀里，她向他敞开内心多年以来，炽热、压抑、隐忍、克制的所有情感，敞开了所有最隐秘的甬道，倾吐着心碎神伤，释放长久煎熬的百转柔肠。

"晓曼……我……"他轻声说。他的嗓音沉郁而温和，夹杂着一种东方式的忧伤。

她用脉脉含情的眼神望着他，丰盈的双唇里只滑落出这么几个字："你什么都不用说。"

他低头吻了她，双手轻易地将她拦腰抱起来，将她放在卧室宽大的软床上。他一寸一寸地仔细欣赏着她，在她身上掠过如梦一般的美丽幻影，在她眉宇间仿佛镶嵌着云朵一般的温柔。她脖子上戴着一根丝线般极为细致的铂金项链，在白皙的皮肤上几乎不容易发现。她的耳朵没有耳洞，形状完美，红润而健康。她的眼眸深邃而迷离，含着秋水一般的纯净与纤柔。

他的一生中从来没有那么粗鲁过，他一把扯掉了她黑色的蕾丝裙子以及薄如蝉翼的白色内搭。她如美玉一般光滑、细润而芬芳的身体完美地展现在他面前。他们将世界、时空、生死、阴阳、虚实，将所有的一切都在默契中融为一体。过去，如珊瑚般沉淀的那些记忆，恍若窗前观赏三月的海棠、四月的玉兰以及六月凝远的暮色时发出的轻叹。随着不可抵御的突破，再也回不去。虽然在这骇人的沉默中，他仍然能够恍惚想起疯子娘的训诫和眼泪，能够想起死亡彼岸等待他的黑色呼啸和人类刚刚被创造的混沌……

他们所有在一起的时刻，都是幸福的。有时遇上周末，两人会在阳台上一起晒太阳，一起看书。一直默默坐到黄昏，面对着面，彼此凝视，在静谧中相爱，并不比肌肤之亲的相爱减色。

他们的心绪常常不自觉地回到旧时的位寺村。他们看见自己置身于田野间的欢快，在雨水过后蹲在小桥上玩泥巴，在柳树抽芽的光景折下一段做成芦笛，以及寨门口那些永远坐在那里闲说话的人们。这些从记事以来共同度过的时光，想起来就会觉得十分幸福与温暖。他们一起追溯位寺村古老的历史足迹，多少年前他们的祖先——三个弟兄在位寺村安身立命。直到他们追溯到疯子娘在怀上苏如意后疯掉的谜团，她说："听说当初你娘在疯之前是个聪慧贤淑的漂亮美人，后来不知道遇到什么情况就神志不清了。"他沉默良久说："都是过去很多年的事情了，奶奶和爷爷应该知道，只是他们早已过世了，还有一个知情人，就是姑姑苏然，可是晓驰找了她很多年至今未果。"想到此，他禁不住叹了一口气说："其实过去的事情，就都让它过去吧。"自此，两人不再讲述这令人迷惘不定的敏感话题。

三爷爷到底在乡下那一间房子里住得习惯了，这一年多的城市生活让他觉得比在乡下更为孤独。乡下的麦苗、蚂蚱、大豆、青蛙等，比起来城市高耸的楼房、匆忙的脚步、路上塞满的汽车，不知道要亲切多少倍。他决定辞职回乡，终老在那个小屋里。

苏如意知道，像他这样的老人，要随着他们的心意，就是孝顺。

苏如意亲自送三爷爷到机场，给他买了飞机票，然后又安排秘书全程护送他安全到家。这时候，三爷爷仍然没忘了叮嘱他那句话："你可记住啊，等我死了，可要把我和那条狗合葬。"

苏如意苦笑，点头。

疯子娘再次犯病神志不清，是在三爷爷去位寺村看望了她的那个傍晚。三爷爷也想不起自己有哪些话，让她受到了刺激。反正在他们东拉西扯地说话之际，她忽然脸色煞白，手抓着那把芦苇老藤椅半仰卧的身体，一下子就坐了起来。随后就胡言乱语，哭笑无常，甚至从藤椅里走出来，推推搡搡地把三爷爷赶出了大门外。

苏如意接到三爷爷的电话后，心急如焚，他在电话里急切地问："你都对她说了些什么？"三爷爷觉得这句话似乎在指责自己，委屈地半天说不上话来，最后说了一句："我真不知道哪儿让她受了刺激。"

苏如意听着他唯唯诺诺的声音，顿觉可怜，安慰他说："我这两天把公司安排好就回去，我没有责怪您的意思。"其实，苏如意已隐约感觉到，疯子娘犯病肯定跟三爷爷讲起他与杨晓曼的事情有关，这一推测，使他的内心极度不安。他到底还是忤逆了疯子娘，没有听她的训诫。

苏如意长途跋涉开车回到家的时候，已是晚上九点多。当然，他必定带了杨晓曼一起回来，他们现在的亲密是一刻也不能分开的。

他走进院子的时候，看见疯子娘像他儿时记忆中的一样，在地上抓土吃，抓蚂蚁吃。他蹲下身子，泪流满面说："对不起！"

疯子娘看见他，嘿嘿笑着说："好吃，好吃！"继而，她又看见了他身后的杨晓曼，她失控地喊叫道："你走，你走啊！"

苏如意摆手示意杨晓曼离开。

杨晓曼临走之际，朝他做了一个非常隐秘的飞吻手势，去另外一个胡同看望母亲秀英了。

那天晚上，苏如意好不容易把疯子娘哄睡之后，躺在床上想了很多。他越想越觉得迷惑，忽然生出一个想法：一定要找到姑姑苏然！这是目前世间唯一的知情人。他不想带着疑惑不安在慌乱无措中活下去，这现在已经成为他最大的折磨，他被这种疑惑折磨得整夜整夜地失眠，语无伦次地说梦话。次日，他拖着憔悴不堪的倦容起床，打电话给省城的晓驰，让他尽快赶回来，他要开车亲自带着他去找姑姑苏然。对于这样的事情，晓驰求之不得。

苏如意将疯子娘暂时托付给三爷爷看管，随后开车带着晓驰往豫东地带出发了。豫东地带，是他仅凭着幼小记忆的模糊片段去试图寻找的，究竟有没有找到的希望他并不知道。

一个星期的时间，他们几乎找遍了豫东地区有名的那些寺庙。终于在他们准备辗转下一个目标方向之际，找寻有了结果。在淮阳的一个寺庙里，他们听正在清扫香炉的师父说，这里的确在多年前收留了一个女尼姑，只是她是个哑巴。哑巴？两人都觉得希望又要破灭了。

正巧这时候，一个六十多岁的老尼姑面无表情地从这里经过，清扫香炉的师父忙指着她说，就是她。

苏如意慌忙向那女尼姑行双手合十之礼，他定睛的片刻，还是一眼认出了这个人正是姑姑苏然。虽然她失踪的时候，他只有几岁，但他还是凭着幼时记忆里的搜寻，找到了她似曾相识的轮廓和眉间的美人痣。

"姑姑！"苏如意失声叫道。

女尼姑表情惊诧，嘴里呜呜啦啦却说不出一句话。

此时的晓驰，早已泪流满面，他跪在她的脚边，哭喊着："妈妈！"三十五岁了，他终于第一次见到了自己的母亲，这个让他拼尽一生找寻的人，终于现身了。

女尼姑俯身扶起晓驰，表情中有惊讶、疑惑、感慨、喜悦。只是她呜呜啦啦一句说也说不出来。

苏如意向她介绍说，这是当年她生下的那个男孩，晓驰。接着又向她讲述了这么多年来，晓驰年少出走流浪，受了多少罪，走了多少地方，睡过多少涵洞，一直在寻找她。她听得热泪直流，直到她缓慢地张开双臂，紧紧地将晓驰抱在怀里。母子二人在这迟到的重逢里，相拥而泣。

在场的苏如意和另外几名灰衣师父也忍不住以袖拭泪，但是苏然始终无法说出一个字。原来她因自己的遭遇伤心过度，自从哥哥将她送到这个地方，她从未开口说过话。几十年过去了，她竟然已完全丧失了语言能力。我亲爱的读者诸君，一个人悲伤至极，可以抑郁而死，更何况语言交流。

当苏如意与晓驰意识到她已悲惨地丧失了语言能力，变成了哑巴之后，重逢的喜悦便被蚀骨的心疼所取代。晓驰要带母亲还俗，孝敬她终老。征得住持师父的同意之后，苏然跟随他们离开了这个她生活了几十年的地方。

"跟我一起回位寺村乡下吧。"出了寺院的大门，苏如意对他们说。

"我要带母亲去别的地方生活，我不愿母亲再回到那个充满阴影的地方。"晓驰语气很坚决。

苏如意表示默许。现在他终于可以将前来找姑姑的心事，一股脑儿地说出来了。

他痛苦地问姑姑，当年疯子娘为什么忽然神志不清了，他很想知道答案是什么。苏然眼神迷茫，望向远处，神情极其复杂。

苏如意从车上拿了纸和笔递到她手里，还好，她还会写字！

苏然在笔记本上用娟秀的字迹写着："当年的事不如不知。"

他执着地说："姑姑，我被这个事情困扰得快崩溃了，我必须要知道。"

苏然继续在笔记本上写着："好吧！真相很残酷。你的母亲当年

260

因长得颇有几分姿色，在生完你姐姐苏以莞半年后，被杨万山诱骗到家里实施了强暴，之后又各种的恐吓。你母亲生性善良，遭遇此事之后，从那以后就疯了。更为凄惨的是她怀上了那个恶魔的孩子，那个孩子就是我哥哥视如己出的你！悲剧还在上演，我后来步了你娘的后尘，也被恶魔杨万山强奸生下了晓驰。而你和晓驰，其实是同父异母的兄弟。"

苏如意看完苏然写下的这段文字之后，瞬间险些晕倒在地。他蹲在地上，双手捂住脸声嘶力竭地哭叫着："为什么会是这样？为什么？原来杨万山竟然是自己的生父，原来他一刻也不能分离的爱人杨晓曼，竟然是他的同胞妹妹，苍天啊！为什么？……"

等苏如意的悲痛与绝望，只剩下轻声抽泣的时候，晓驰劝他多多保重。然后他手牵着母亲，用他那孤独的如同久远的化石一般的眼神与苏如意做着最后的道别。此后，他如愿地带着母亲进了一座幽静的荒山，并在多年后以惊人的毅力，开创出一座最具人气的旅游风景名胜区。只是，他们的身影再也没有在位寺村出现过。

找到答案的苏如意，开着轿车神思恍惚地回到位寺村的老宅。而迎接他的是一个令他更为悲恸欲绝的消息，三爷爷没有看好疯子娘，她跑到附近的集上意外溺水而死。被人打捞上来的时候，她已浑身漂白浮肿。

夜晚，苏如意跪在疯子娘的灵柩前，如倾如诉地哭泣，终于明白当日疯子娘为什么发火告诫自己，也终于明白疯子娘绝望的死因。他懊悔得几乎想要陪她一起死去。但是，一切都不可能再重来。

杨晓曼听说苏如意回来了，暗夜也挡不住她对他狂热的思念。她伤心地跪拜完疯子娘之后，却明显看到苏如意对自己的冷漠和距离。

"如意，你变了，你怎么了？"她禁不住生气地问。

他眼睛直勾勾地望着院子里的漆黑夜色，茫然地说："我找到姑姑了，也找到答案了。"他停顿了一下沙哑的嗓音，又从苍白的嘴唇间一字一句地挤出这么一句话："我们，其实是兄妹。"

杨晓曼倒退了几步，差点儿栽倒。她又哭又笑地疯跑出了院子，她用尽一生痴爱的男人却是自己的亲哥哥……骇人的夜空下，有凄厉的声音在位寺村回荡，人们被这种声音惊醒，狗吠缠绵。

之后，古老的位寺村又多了一个疯子。她的母亲秀英为了防止她跑丢，在她的胳膊上拴了一根布匹搓成的绳子，走到哪儿都牵着她。秀英再也不会每日孤独地坐在院子中，找不到一个人说话了。终日里，疯子杨晓曼除了睡觉，只会不停地说笑哭闹。

这几天，有泉河监狱中的消息传过来：杨万山因脑出血而猝死于监狱。而此时的苏如意彻底不再苦恼，要不要状告杨万山当年对母亲与姑姑实施的不可饶恕的罪行。

那是整个冬天最寒冷的一天，也是疯子娘五期的那天，三爷爷终因没有监护好疯子娘在愧疚中走完了他孤独灰暗的一生。

苏如意没有忘了他嘱咐过的话，他接到蒋庙村乡邻的电话后，就很快赶了过去。他以儿子对父亲的葬礼一样庄重，为三爷爷披麻戴孝尽了最后的孝心。并且按照他生前的遗愿，把他的棺材与那条狗合葬。而那条狗被合葬的时候扒出来，只剩下了一些零碎的骨头。来年，苏如意再去为他上坟的时候，发现他坟上长满了各色的小花，各类的小草。那幽寂的坟冢，在那些花花草草的簇拥下，竟然彰显出一种无生无死的平静。

不管道路多么黑暗无光，生活都还在继续。

苏如意已不打算在广州长期发展，他决意要回到家乡。他将恒力铝业集团转让给业内的一个朋友。将回笼的资金全部投放于家乡泉河县，他在县城的一个边缘地带创办了一家全省规模最大、设施最好、服务一流的养老院。

那天，他临去县城的养老院之际，专程去秀英家看望了杨晓曼。

杨晓曼头发蓬乱地坐在地上，眼神呆滞地望着远处。她一眼瞧见他，便像孩子似的嘟起嘴说："咦！你是谁，你能过来和我一块儿玩吗？"

这场面，这凄惨之境，苏如意再也不忍心多看一眼。这个他昔日如漆似胶的爱人，这个他同父异母的妹妹，他忍不住掩面而泣。泪水，顺着他的面颊和手指缝淌下来，发出整个世纪最悲惨的哀恸。

临走，苏如意递给秀英一笔钱，叮嘱她照顾好晓曼。秀英摆手推辞说："政府每个月给补贴。"苏如意满目慈悲地说："这是我的心意，你不收下，我心里也难受，以后有什么需要随时打电话联系我。"秀英红着脸，双手接过这沓钱，感激地点头就像小鸡啄米。

　　疯子娘的死，同样给苏以莞带来很大的精神打击。她闻讯从巴黎辗转回到家乡。

　　时间飞逝，一晃眼她离开家乡已是六载之多。她回来时疯子娘已经下葬，那个空旷的院子里徒留了几棵熟悉的果树和那把老芦苇藤椅。

　　她坐在那把椅子上深深陷入一种前所未有的孤独！她无数次地追溯起疯子娘，她知道在世间，再也不会有第二个疯子娘出现在这苍茫的大地上。从清晨到黄昏的无限哀伤里，她用泪水洗涤着呼啸而过的死亡记忆。

　　她懊悔这几年去了巴黎，要不然这最后的时间，她可以完完整整地陪伴着疯子娘，这是她不可饶恕的蚀骨心痛。现在，世界不过是身外之物，她深深遗憾没能在多年前获得这样的思想境界，那时还来得及在有限的生命里重建心仪的活着模式，还来得及把《古诗词新解》一书完成，并且还可能在灯火辉煌的夜晚，唤回南晋风绝世的回眸。

　　这个充满了沧桑味道的院子，正在滋养着她对孤独的深切理解。

第三十三章　灯火辉煌

现在，在位寺村已看不到过去的那种老房子了。只有苏以莞所住的这座由三两银亲自督建的老房子，还与众不同地处在原地。这源于苏以莞的怀旧心切，苏如意几次提议要在此地重建别墅或楼房，苏以莞都阻止了。她说，这个村子已经变化得找不到从前亲切熟悉的痕迹了，不能再把这唯一的老房子给拆掉了。苏如意很理解她的心情，便没有再提议此事。

她原本只想祭奠疯子娘之后，住上几天就离开，可是随着在这里一天天的居住，她慢慢很想留下来。

她着手整理了几间老屋陈设的绿釉、紫红釉的腌菜坛子等所有的物件。她在细致的整理中还意外地找到了一把银勺子，那是小时候父亲喂她吃饭用过的，据父亲说这勺子是他的祖母留下来的。这把银勺子模样还和以前差不了多少，只是因为长期搁置它的勺身长满了斑斑点点的芝麻粒大小的黑点。她把它泡进盐水里清洗干净，放在筷笼里，准备下一顿饭的时候，就要用它来吃饭，来找寻多年以前父亲用这把银勺子喂自己长大的记忆。连续两三天，她连擦带洗，把墙壁上那些陈年的灰土，连同那些横七竖八的蜘蛛网，都擦洗得十分干净。她还在擦那些旧家具的同时，触摸到了软乎乎正在产卵的大肚子蜘蛛。她和过去一样天真善良，这一点丝毫没有因为她的年龄增长而改变，她十分爱惜地放过了它们。她的指甲不小心抠破了光亮的蛛卵，她惊讶地发现有小不点儿的小蜘蛛爬了出来。她不再动它们，她还期望它们能够成为她将来最亲密的朋友，陪着她在深夜里写书稿，在傍晚里看落日斜阳。

她已经不再年轻了，也不再想忍受任何的束缚与羁绊。她只想好好地在这个古老静谧的院子里种花、晒太阳、写书稿，然后孤独终老。

当那一次苏以莞茫然地走出院子，才惊讶地注意到位寺村改变太大了：旧日的泥巴土路均已不见，楼房林立，路面宽阔，自然环境十分整洁。难怪当日她从巴黎返回的时候，竟然一时找不到自己的村庄和老宅。随后，她怀着十分惊喜的心情又去了关庙镇上，还有泉河县城。

这个当年人口最多、经济最落后的县城，现在已发生了翻天覆地的惊人变化。绿草繁花，环境优美，更有了方便快捷的交通工具——高铁。过去老百姓的苦日子终于结束了！她返回村庄的那条曾经非常熟悉的西南窑的路上，也与旧时截然不同：眼前有着显赫的"革命烈士永垂不朽"的烈士墓碑，宽阔的路两边全是郁郁葱葱的树木。她起初怀疑自己走错了路，定睛注目才发现，没错！那偌大的土窑还在，并且被严严实实地保护了起来。

她又想起了小时候，老师带着他们一群孩子清明节来此地缅怀。她想起了南晋风，多年以前送别之时，两人也曾一路沉默，那情景恍若再现！她忽然就再也掩饰不住自己的感动，任凭泪水无声无息地滑落。

那一天与苏以莞最后几年的时光，没有什么两样。

清晨五六点钟，她被窗外白茫茫的大雪照耀得睁不开眼睛，整个位寺村上一夜之间被披上了银白色的盛装。她起身穿好棉袄与棉裤，来到院子里学着当年疯子娘、三两银的样子用铁铲来清扫积雪，很快身体的热能增加，她索性脱掉了棉袄。

她即使不曾听到院子果树干枝上噗噗而落的白雪窸窣声，也能从自己骨头中的寒意里察觉到。她只穿着一件白色的毛衣和一条薄棉裤，继续清扫积雪。当她孤独的眼神落在大门口的时候，她仿佛又看见多年以前英雄南晋风微笑着从门外归来，手里还拿着新写的古诗词。她为忽然而产生的这种清晰回忆而感到莫名的失落和哀伤，因为那是一段已模糊了的记忆。纵然她一直都在怀念，那段无比辉煌的记忆却随着年龄渐长反而愈加模糊不清，仿佛流逝的时光与英雄南晋风都日益接近不真实的假想。

正在此时，大门口的轻轻叩门声，把她从散落的记忆里唤醒。她放下铁铲疑惑地打开大门，那是一个身材伟岸、长相俊朗、头发浓密乌黑的男子：他宽阔的额角，浓黑的眉毛，炯炯有神的大眼睛，以及方方的下巴都像远古的雕刻一样完美有型。他上身穿普通蓝色棉袄，下身穿军绿色的加厚裤子，脚上穿着一双浅褐色的高帮休闲鞋。他站在那里浑身上下散发出一种高贵的风度和气质。并且他自身这种高贵的气度完全不是着装打扮所能够体现的，那是一种从骨子里散发出来的看不见摸不着的感应。

她完全傻在了那里！

亲爱的读者诸君，我真的找不到更合适的词语来表达她恍若隔世、重获新生的感觉。是的，这个静静地站在那里的男子，令她脑海完全一片空白的男子，正是南晋风！

虽然已是多年未见，苏以莞还是一眼就认出了他，认出了她等待了一生的重逢！他的样子比年轻的时候，更多了几分成熟和深邃。他们四目相对，几乎是同时张口说话，她的手指因为激动而发出不经意的颤动。

"南老师，我以为再也见不到您了！"她长久并深沉地注视着他，终于泪水夺眶而出。"怎么会！"南晋风很绅士地笑了笑说，就连微笑的细节都和多年前一模一样。

一时之间，她积蓄了好多年想要对他说的话，一起涌上来，她不知道先说哪一句才好。是的，那一刻，因他的重现，世界重新复活了，她也重新复活了。她还是像多年前一样，面对他的时候，慌乱不已。

她还是情不自禁地拥抱住了他，泪水从她微闭的双眸里不停地落下来。他的两只胳膊似乎颤抖了一下，他只是像爱抚婴儿那般轻轻拍了拍她的后背。她感觉到他肌理宽厚的胸膛在时光的长河中起起伏伏。她止住了眼泪，离开他的胸怀，羞涩地说："很抱歉。"他微笑，摇了摇头。

她手足无措地把他让进了屋子，并且让他在一把老椅子上坐下来。

"这个房屋还有屋内的摆设，几乎和当年我在的时候，没有什么两样。"他感慨地说。

"是的，如意早就提议把这老房子拆掉重建，我一直不舍得。"她忙着给他倒了一大碗白开水，"天气冷，您喝点儿热水。"随后，她也拉了一把椅子在他的对面坐下来。她已太久没有听到他的声音，太久没有真实地看到过他。她像少女时代一样为这突如其来的重逢激动万分，甜蜜万分。但她明白，他更是他的恩人和亲人。

"原来的一大家人，现在只剩下你一个了吗?"南晋风疑惑地问道。

"是啊，世事变迁，这个家只剩下我和如意了。如意在县城发展，平时很少回来。"苏以莞的眼神里不由得生出一丝遥远的悲凉。南晋风深邃的目光也渗出百感交集的苍茫。

她静静地注视着他，一刻也不转移视线。这是真的，是真实的重逢，这不是在梦中! 有泪水，再次顺着她的脸颊不住地滚落下来。"抱歉，我太开心了，我以为再也见不到您了。"她哽咽着停顿了一下，"我不知道该怎么表达，我一直很期待与您的重逢，纵然我知道当转身离别一定又是泪水模糊，一定又是几天的伤感难抑。但我还是很想再见到您。我永远都不会忘记您! 我觉得与您所有的交流过程中，令我感知到一种灵魂震撼的碰触。您的慈悲善良，无私奉献的精神都深深感染着我。这世间，芸芸众生，小我者比比皆是，大我者凤毛麟角。生命有期，我会一直把您放在心中最珍贵的位置，似玉，似雪，永不褪色……"

他目光深邃，望向空旷的院子，意味深长地说："每个人都很渺小，尽力做最好的自己。你是一个优秀的作家，多多记录这个时代。"她止住了泪水，点点头。

直到此时，苏以莞才知道南晋风五年前就已重返泉河，并且在这里一直做着心系民众的慈善基金事业。他来泉河后的第二个月份，就曾经专程来这个宅子找过她，但遗憾的是，她那时刚刚出国去了巴黎。五年的时光，他把自己的青春和志向都奉献给了这片土地，对这个曾经最贫困的县城做出了不可磨灭之功。人们都说诗言志，果不其然，他的壮志尽显于诗赋。他所有的诗作无一不是表达他的鸿鹄之志以及家国情怀。

"您写的诗还是豪情万丈，气势磅礴，与以前的诗作比起来不分上下。"苏以莞感慨地说，她转身去里屋将之前他写的那些诗词以及自己尚未完稿的《古诗词新解》也一并拿出来，"您看，对比一下您之前的诗风，相差无几。"

他接过来那个已被翻得破损发黄的笔记本，翻开来看。"是的，多亏你还保留着这多少年前的诗词笔记，我只是在记录心情。"他一边翻看，一边说。

"是的，但这种精神十分宝贵，很多人的业余时间不是这样来打发的。"苏以莞由衷地感叹道，"所以您看，这本尚未完成的书稿——《古诗词新解》是我按照您写的古诗词而作的详细解析。"

他接过来，认真地翻看了几页忍不住说："这个书稿写得很不错，整体的解析非常新颖。"

"感谢您的鼓励，这个还有一小部分没有写完，我会继续完成它。"她的眼睛闪烁着翡翠一样的光泽，那些被长久岁月打磨、侵蚀、俗世的一切，仿佛从未有干扰过她的灵魂一样。

他还是那么博学多才，道骨仙风。他如数家珍般地向她谈起那些古典的诗人、文学家就像在说自家人，仿佛历代先贤都曾当过他的门生一样。他的声音低沉浑厚，谈吐十分高雅，仿佛令人一瞬间回到了远古的时代，看到了那些玉簪高绾、青衫白袍的圣贤们正手握一卷好书，或者一把斩断百转柔肠的瑶琴。他向她谈论起文学，更是有着比专业作家还牢固的文学底蕴。她不禁赞叹他："大英雄。"他摇头道："别这么说，我也很渺小，只是一直在做最好的自己。"

他们一口气说了很多很多的话，直到把一瓶开水喝得一滴不剩，她才想起来要去厨房里做一些吃的。他们又一起做了简单的饭菜，她已经很多年没有吃过这么好吃的一顿饭了。

天气很冷，雪花还在飘落，他们一起生了炉火。坐在炉火旁取暖，看院子里的飞雪似花。一起追溯多年前的关于位寺村发生的那些往事，忆起她的烧伤和失明，她还觉得那种恐惧恍若还在眼前。她忍不住问他："现在您还经常使用您的那些中医绝技吗？"他笑笑说道："我还真是很久都没有用它了，不过都还没有忘记。"

雪花渐渐变小，她提议："一起再去走一遍熟悉的小路吧！您总是来无影去无踪，我不知道余生还要等待多久，才会有下一次的重逢。"

他深深地望向天空，没有说话。随后，他跟随着她一起走出了院子的大门。

村里的大街小巷，因为下雪的缘故显得无比静谧，几乎看不到一个人影。倘若不是下雪，时下的人们也不会再像过去那样，聚集在寨门口一起吃饭，一起说话。身强力壮的年轻人都外出打工或者就业，村里只留下来老人和孩子了。另外时下电视台多，智能手机也人手一个，没有人愿意再去寨门口人多的地方去凑热闹，自然而然过去的"人场"已经随着时代的更迭而逐渐消失。

他们并肩而行，在沙沙作响的脚步声里，开启创世纪之初相似的纯净行走。那也是她一生中最闪耀、最感动的一次行走。那是一片绝美的银白色的世界，两边的树枝均已被雪花包裹得玉石一样的晶莹。村庄上的河流都已被冰封，河边的冰冻肉眼可见的宽厚，在白雪的覆盖下形成了一道奇异美丽的冰雪王国。

他实现了她的这个愿望，陪她无一遗漏地走遍村庄的大街小巷。

他们走出村子，所有的麦田均已被积雪覆盖，偶有绿色巧妙地露出来，犹如洁白的大地上点缀了一抹最精美的色彩。

她带他走到了位寺集上："您看，这是多年前您在此泼墨挥毫的地方。"她又指着两边的商铺说："看！还有这些，都已经改变了模样。"

他点头感叹道："变化是真的很大，常言说'物是人非'，这里却是'人是物非'。"他们走回村庄之际，正是雪花停下来的时候。

"您要走了吧？"她幽幽地望着他说。

他点头："送君千里，终须一别。"他来到一辆白色的轿车旁边，打开了车门。她和他挥手说再见，嘱咐他路上注意安全。

"南老师，您什么时候还会再来？"

"现在有电话，方便联系。这儿很近的，我有空再来。"他目光深邃，回答得云淡风轻。

她不忍再和他多说一句话，她只怕自己会失态地痛哭起来。

她目送他白色的车子缓缓驶出了路的尽头，那一刻她再也控制不住夺眶而出的泪水。她回到院子里，关上大门，坐在那把老芦苇藤椅上整整痛哭了几个小时。

是的，是痛哭了几个小时，直到她再也没有力气哭泣为止。她不知道为什么那么悲伤难过，她只想哭出来，才会觉得心里好受一些。

第二天早上，她收到他的一条消息："上午我就要离开泉河，回陵城了，多保重！"她终于明白自己在昨天与他挥手道别之际，为什么会有一种生离死别的伤感，为什么哭得撕心裂肺，直到再也哭不出声音。原来，他是前来与自己道别的！命运对她一再提弄：当她绝望出国的时候，他来到了这里。当她回到这里准备安然度日的时候，他却因为事业的需要而离开这里。这世间，还有什么比这更令人痛心的呢？

看着他的这条消息，她又哭了好久，在泪光中一点一点任悲伤和惆怅啃噬自己脆弱的心。冥冥中她似乎感觉到再也看不到他了，她刚刚复活的灵魂，刚刚重生的明媚现在都不见了。她站在院子里，钻进厨房里，甚至坐在他坐过的椅子上，找寻所有他曾来过的印记。那几天人们总会看见她，漫不经心地走过每一条大街小巷。她不和任何人打招呼、说话，只需稍加注意就可以看到她眼神中的孤独和忧郁。

那样失魂落魄的日子，一个多星期后她才调整过来。南晋风一定不愿意看到她如此放不下，她觉得不能再这样下去，这种状态简直是自我毁灭。她振作精神，又开始接着写那部《古诗词新解》的书稿。因为她记得他曾说过，他很期待着这部书的完稿。

世事无常。

在他们别后的几个月，苏以莞病倒了，她的身体日渐虚弱。虽然在弟弟苏如意的关照下，她一直积极配合着治疗，三年后，伴随着身体的日益衰老，她还是病得几乎连说话的力气都没有了。医生说，她患上了严重的心力衰竭，这种情况几乎是无法逆转的。

　　南晋风深谙中医之道，更熟悉此病的复杂性。这几年他虽工作繁忙，仍会时常抽出一些时间来这里陪伴苏以莞。这种温柔的陪伴也是苏以莞一生中最幸福、最温暖的时光：那时候，他们常常肩并肩一起在乡下田野的小路上散步；一起在那个古老的院子里回忆年轻时候的他们；一起在那个干净古朴的厨房里做各种的美味佳肴；一起坐在冬天的院落里惬意地晒太阳，偶然间的四目对视，她仍然会像少女时代一样羞涩得面色通红。

　　眼下，苏以莞虽然病得只能坐轮椅了，说话也几乎发不出声音。但是，她念念不忘的还是那本未完成的《古诗词新解》。临近春节的前几天，整个村上因线路故障连续停电两天，人们都买来久违的蜡烛照明，一时间位寺集上的蜡烛都卖光了。那两天晚上，大街小巷重新迎来了旧日家家都点灯照明的感觉，那是一种消逝已久的温馨。整个位寺村上烛光如炬，灯火辉煌。那一刻，她似乎找到了一种久远的灵魂归宿之感。

　　那天晚上，她在几间屋子里全部点燃了红色的蜡烛，她觉得烛火通明的感觉真好，黑暗无处遁逃。

　　她坐在那把老芦苇藤椅子上，俯身在桌子上继续写那部快要完成的《古诗词新解》的书稿。她陷入对古诗词的解析中，并沉浸在每一个字句的韵味里，完全没有意识到西屋的蜡烛早已燃尽，并且将旁边的书籍与木制品一起燃着，熊熊大火伴随着天空中红透了的晚霞一样的火势，一会儿的工夫已将那座老屋的屋脊梁头全部点燃。人们被火光惊醒了，有人在尖叫着："不好了！失火了！"

　　当苏以莞意识到失火的时候，大火已经将她包围了。她想起身，双手却已不听使唤。在这最后的紧要关头，她使出全身的力气将那部快要完稿的《古诗词新解》扔向了院子。她坐在那把古老的芦苇藤椅上再也没有站起来，她想起了坐在这把老藤椅上的三两银，想起了坐在这把老藤椅上的疯子娘，想起了她的英雄南晋风。她仿佛看见了南晋风像多年前一样，不顾一切危险将自己从熊熊大火里救出来。她仿佛看见了他们相聚在一起的所有时光……

那一晚，位寺村所有的人都披衣起身，前去抢救那场史无前例的火灾。火势渐渐熄灭的时候，人们发现那座老屋已经成为废墟，苏以莞在这场无情的大火中早已丧生。有个年轻人在院子里捡起一本厚厚的书稿，他简略翻看了一下内容，十分惋惜地说："她生前一定是在撰写这本书，这应该是她竭尽全力从屋内扔到院里的。"人们都围观上来。有人提议，这书稿要保留好，等如意回来，亲手交给他。那年轻人沉重地点点头。

南晋风与苏如意接到村邻的通知后，几乎是同一个时间段赶到位寺村的。当他们赶到老屋现场的时候，这里已是一片黑色的废墟，而且夹杂着燃烧过后的浓烈烟熏味道。

当苏如意费力地在废墟里找寻的时候，他早已哭得泣不成声。村里那个年轻人把《古诗词新解》的书稿交给了苏如意，他只翻看一页就递给了南晋风。

自始至终南晋风都面色凝重得说不出一句话，他心里的悲痛是外人无从感知的。当他触及那一卷书稿的时候，他的双手就禁不住在颤抖。当他缓慢地打开第一个页面的时候，映入他眼帘的是这样一行字："谨以此书，献给大英雄南晋风。"他的双腿像忽然失去了重心似的整个身体摔倒在地上。他努力地站起身来，禁不住一阵难以忍受的剧咳，一股血腥味向他涌来。他掏出纸巾捂在唇边，发现纸巾上浸染了殷红的鲜血。这一生，他从来没有像现在这样失态和难受过。他神志恍惚地陪同苏如意在一片麦田里安葬了苏以莞，人们发现他全程眼神空洞，双手却紧紧地握着那本书稿。这个带着创世纪之初直到永远的慈悲印记的男子，顿时让在场的人们感到时光倒流，回到了最初的源头。无须言说，这些年这片土地上发生的一切，他都熟稔于心。

一年以后，南晋风拿着几本封面色调古朴且苍凉的书籍，来到苏以莞的坟前。他俯身，将那几本《古诗词新解》放在她的坟前，就像当初深沉的口吻一样，告诉她说："我来看你了！那书稿剩余的一个章节我已替你完成，现在《古诗词新解》一书已经如愿面世了。"

一阵寒风吹过，麦苗像绿浪一样掀起宽阔的波动。南晋风用泛红或泛白的十指的指肚，小心翼翼地爱抚着坟前的那些绿草青花，那是他无声的哭泣！是他对古沈这片土地上一草一木难以割舍的深情！人们不用探问他忧伤的缘由，便已可认出人类历史上这最古老的哀恸。

很多年以后，有关古沈大地上的许多印记，永远都不会再重来。那时候世人还看到，一个须眉如雪的百岁老人，他虽已腰身佝偻，但依旧气宇不凡。他独自一人缓慢而肃穆地行走在这片熟悉的苍茫大地上……

图书在版编目（CIP）数据

大地之上 / 魏灵芝著. -- 北京：中国文史出版社，
2024.1

（跨度小说文库）

ISBN 978-7-5205-4197-8

Ⅰ. ①大… Ⅱ. ①魏… Ⅲ. ①长篇小说-中国-当代

Ⅳ. ①I247.5

中国国家版本馆 CIP 数据核字（2023）第 133512 号

责任编辑：薛媛媛

出版发行：中国文史出版社

社　　址：北京市海淀区西八里庄路 69 号院　邮编：100142

电　　话：010-81136606　81136602　81136603（发行部）

传　　真：010-81136655

印　　装：北京新华印刷有限公司

经　　销：全国新华书店

开　　本：720×1020　1/16

印　　张：17.75　　　字数：238 千字

版　　次：2024 年 1 月第 1 版

印　　次：2024 年 1 月第 1 次印刷

定　　价：59.80 元

文史版图书，版权所有，侵权必究。

文史版图书，印装错误可与发行部联系退换。